WERTHER

IMPRIMERIE GÉNÉRALE DE CHATILLON-SUR-SEINE, JEANNE ROBERT

GŒTHE

WERTHER

HERMANN ET DOROTHÉE

TRADUCTIONS DE SEVELINGES ET DE BITAUBÉ

SOIGNEUSEMENT REVUES ET COMPLÉTÉES PAR

ERNEST GRÉGOIRE

AVEC UNE PRÉFACE DE

SAINTE-BEUVE

PARIS

GARNIER FRÈRES, LIBRAIRES-ÉDITEURS

6, RUE DES SAINTS-PÈRES, 6

PRÉFACE

Werther est un des livres qui ont eu le plus d'influence et qui ont le plus excité la curiosité publique en tout pays. On en sait maintenant l'histoire, et l'on démêle la double part de vérité et d'invention dont il se compose, presque aussi bien que l'auteur lui-même. Il est vrai que c'est par l'auteur qu'on le sait et de plus par ceux des principaux intéressés qu'il y a fait entrer tout vifs. Ils se sont plaints, ils ont réclamé, on a leurs lettres ; l'auteur seul n'aurait pas tout dit : « Préparé à tout ce que l'on pourrait alléguer contre *Werther*, a dit Gœthe en ses Mémoires, je ne me fâchai pas de toutes les contradictions ; mais je n'avais pas pensé qu'une souffrance insupportable me serait réservée par des âmes bienveillantes et sympathiques : car au lieu de me dire d'abord sur mon petit livre quelque

a

chose de non désobligeant, on voulait savoir avant
tout ce qu'il y avait de réel dans les faits ; ce que
je ne me souciais pas du tout de dire, et je m'en
expliquai hautement d'une manière très peu aimable : car pour répondre à cette question, il m'aurait fallu remettre en pièces l'opuscule auquel j'a-
vais si longtemps pensé pour donner à ses nombreux éléments une unité poétique, et j'aurais dû
en détruire la forme de telle sorte que les véritables
éléments constitutifs eux-mêmes, là où ils n'auraient pas été complétement anéantis, eussent été
au moins défaits et dissous. » — Il se compare encore à l'artiste grec qui composa sa Vénus de traits
divers empruntés à diverses beautés ; et c'est ainsi
qu'il a fait dans *Werther*, dit-il, tout en y laissant
à sa Charlotte le caractère dominant du principal
modèle. Quant à nous, aujourd'hui, qui venons de
lire la Correspondance de Gœthe avec la vraie Charlotte et avec Kestner son époux, et qui avons en
même temps relu *Werther*, il nous semble (pour
emprunter aussi une image à la Grèce) que nous
pourrions dessiner la ligne sinueuse qui unit l'é-
paule d'ivoire de Pélops au reste du corps vivant,
c'est-à-dire séparer les parties artificielles et facti-
ces d'avec celles qui étaient la vérité même. Nous
serions étonné si de ce simple exposé il ne ressor-
tait pas pour tous une leçon d'art et de goût. Es-
sayons un peu.

Gœthe, âgé de vingt-trois ans, dans la plénitude et le vague d'un génie qui est à la veille de
produire, mais qui hésite encore, le front chargé
de nuages et de pensées qui vont en tous sens,
le cœur gonflé de sentiments et ne sachant qu'en
faire (sera-ce une passion? sera-ce un poëme?),
Gœthe docteur en droit, beau, noble, aimable,
après de fortes et libres études commencées à Leip-
zig, continuées à Strasbourg, et ayant su résister
dans cette dernière ville à l'attraction vers la France,
est rappelé à Francfort sa cité natale, et de là il est
envoyé par son père à Wetzlar en Hesse pour se
perfectionner dans le droit et y étudier la procé-
dure du tribunal de l'Empire ; mais en réalité, et
sans négliger absolument cette application secon-
daire, il est surtout occupé de lire Homère, Shaks-
peare, ou de se porter vers tout autre sujet « selon que son imagination et son cœur le lui inspire-
ront. »

Et en effet, dans cette période d'entreprise encore confuse et de méditation ardente où il se
trouvait, il s'était dit, pour un temps, de s'affran-
chir par l'esprit de tout élément et ascendant
étranger, de donner un libre cours à sa faculté intérieure, à ses impulsions et à ses impressions, de
se laisser faire naïvement à tous les êtres de la
nature, à commencer par l'homme, et d'entrer par
là dans une sorte d'harmonie et d'intimité avec

tout ce qui vit. En parlant de Gœthe, il faut nous
défaire de quelques-unes de nos idées françaises
par trop simples, et consentir à nous mettre avec
lui dans cet état, pour ainsi dire, d'enthousiasme
prémédité, qui ressemble un peu dans l'ordre de la
poésie à ce que Descartes a fait dans la sphère
philosophique. La préméditation, d'ailleurs, n'était
pas aussi nette pour lui dans le moment même
qu'elle lui a paru depuis et qu'il nous l'a exprimé
lorsqu'il y est revenu avec la supériorité du critique
contemplateur dans ses Mémoires. Quoi qu'il
en soit, il se fit Werther, ou, si vous aimez mieux,
il se laissa être Werther pendant quelques saisons,
sans l'être au fond véritablement. Ce n'était qu'une
forme de la vie, la forme la plus exaltée et la plus
fougueusement expansive qu'il avait à traverser
avant d'arriver à l'équilibre définitif et à cette activité sereine qui comprendra tout.

Gœthe était donc à Wetzlar dans l'été de 1772.
Après les premiers ennuis de l'installation et un
premier coup d'œil peu favorable donné à la ville,
il cherche à se distraire par des promenades solitaires dans la charmante vallée de la Lahn ; il emporte avec lui son Homère, l'*Odyssée* qu'il lisait
beaucoup alors, tout occupé de revenir à la nature,
et il croit voir des tableaux approchants et des
idylles dans ce qu'il observe à chaque pas. Les
premières lettres de son *Werther* expriment cette

disposition enivrée et enchantée avec un feu, une
vie, un débordement d'expression que rien n'égale
et que lui-même, vieilli, se reconnaissait impuissant
à ressaisir : « En vérité, disait-il en écrivant ses Mémoires, le poëte invoquerait vainement aujour-
d'hui une imagination presque éteinte ; vainement
il lui demanderait de décrire en vives couleurs ces
relations charmantes qui autrefois lui firent de la
vallée qu'arrose la Lahn un séjour si cher. Mais,
par bonheur, un Génie ami a depuis longtemps
pris ce soin, et l'a excité, dans toute la force de la
jeunesse, à fixer un passé tout récent, à le retracer
et à le livrer hardiment au public dans le moment
opportun : chacun devine qu'il s'agit ici de *Werther.* » Observation bien juste et sentie ! il est des
fruits (et ce sont ceux de l'imagination et de la fleur
de l'âme), qui ne se cueillent bien qu'à l'heure unique et désirée. Attendez, laissez passer la saison,
allez vous figurer qu'ainsi, selon le vieux précepte,
vous les laisserez mieux mûrir et que vous saurez
les perfectionner en les retardant : erreur et oubli
de la fuite rapide des Heures, de ces Heures qui
s'appellent aussi les Grâces ! Vous aurez peut-être
d'autres fruits, mais vous n'aurez plus les mêmes,
et si ce sont ceux d'autrefois que vous voulez après
coup cueillir, ils n'auraient jamais plus pour vous
ni pour d'autres leur duvet, leur saveur et leur
parfum.

Werther est le livre et le poëme de sa saison.
L'auteur d'abord place exactement son héros dans
la disposition où il était lui-même. Werther est
artiste ; au milieu de toutes ses expansions et ses
abandons, il a souci de son talent : en face de cette
belle vallée, par une matinée du printemps, il ne
songe pas seulement à en jouir, il songe à en tirer
quelque parti comme peintre, et, s'il reste inactif, il
a du regret. On entend la plainte profonde du talent ; et lorsque ce talent réussit à se faire jour et à
trouver des sujets tout préparés qui se détachent
au milieu de ces exubérantes images, l'ivresse est
complète, et il semble qu'il ne manque rien à la
jouissance du promeneur. Lire Homère, s'asseoir
sous les tilleuls d'une cour d'auberge rurale, y
dessiner le pêle-mêle d'un devant de grange et
l'enfant de quatre ans qui, pendant que la mère
est absente, tient entre ses jambes son petit frère
âgé de six mois, qu'il appuie doucement contre sa
poitrine, — voilà une journée délicieuse : « Et
au bout d'une heure je me trouvai avoir fait
un dessin bien composé, vraiment intéressant,
sans y avoir rien mis du mien. Cela me confirme
dans ma résolution de m'en tenir désormais uniquement à la nature : elle seule est d'une richesse
inépuisable ; elle seule fait les grands artistes. »

Ce que Werther dit là de la peinture, il l'entend
également de la poésie : « Il ne s'agit que de

reconnaître le beau et d'oser l'exprimer : c'est, à
la vérité, demander beaucoup en peu de mots. »
Et il cite en exemple une rencontre qu'il a faite,
le jeune garçon de ferme amoureux de la fermière
veuve, et amoureux tendre, timide, passionné :
« Il faudrait te répéter ses paroles mot pour
mot, si je voulais te peindre la pure inclination,
l'amour et la fidélité de cet homme. Il faudrait
posséder le talent du plus grand poëte pour rendre l'expression de ses gestes, l'harmonie de sa
voix et le feu de ses regards. Non, aucun langage
ne représenterait la tendresse qui animait ses yeux
et son maintien ; je ne ferais rien que de gauche et
de lourd. » Dans toutes ces premières pages de
Werther, on se sent dans le vrai, on est avec Gœthe
tel qu'il était alors ; et toute la première partie de
la relation avec Charlotte produit le même effet.

Gœthe, après quelque temps de séjour à Wetzlar, avait fait connaissance avec la famille de
M. Buff, bailli de l'Ordre allemand, et il avait été
frappé tout d'abord de la beauté, de la dignité vir-
ginale, de l'esprit de sa fille Charlotte, âgée de près
de vingt ans, qui, sans être l'aînée de la maison,
servait de mère depuis près de deux ans à ses
frères et sœurs, et n'en était pas moins aimable
dans la société, où elle déployait une gaieté vive et
naturelle. Ce fut le 9 juin 1772 qu'il la rencontra
pour la première fois à un bal champêtre à Wol-

pertshausen ; et peu auparavant, tout près de là,
au village de Garbenheim, il avait fait la connaissance de Kestner, sans savoir sa liaison avec Charlotte. Les circonstances de la rencontre du bal,
telles qu'elles sont consacrées dans *Werther*, ne
diffèrent du vrai que par de légères variantes.
Ainsi le village de Garbenheim est devenu *Wahlheim*. Il n'est pas exact que durant le bal, entendant prononcer le nom d'*Albert*, c'est-à-dire de
Kestner, Gœthe ait demandé qui il était, et que
Charlotte ait répondu : « Pourquoi vous le cacherais-je ? c'est un galant homme auquel je suis promise. » Le lien qui unissait alors Charlotte et Kestner était tout moral et tacite, et Charlotte n'en aurait point parlé ainsi à première vue. Il n'est pas
exact non plus que, dans le jeu innocent, improvisé
pendant l'orage, Charlotte ait donné si lestement
des soufflets à ceux qui ne devinaient pas juste ;
ces soufflets sont un enjolivement et un ressouvenir de quelque autre scène arrivée ailleurs et avec
une autre, et ils ne s'accordent point avec le caractère de gaieté sans doute, mais non de folâtrerie,
de la véritable Charlotte.

Comment savons-nous si bien tout cela? C'est
que Kestner, l'Albert du roman, a écrit et donné
tous les éclaircissements désirables sur *Werther*.
Kestner, né à Hanovre, âgé en 1772 de trente et
un ans, résidait depuis quelques années, en qua-

lité de secrétaire d'ambassade, à Wetzlar; il y avait
été introduit de bonne heure dans la famille de
M. Buff, et il avait contracté avec Charlotte un de
ces liens de cœur purs, respectueux, patients, que
le mariage devait couronner. Il y devint l'ami de
Gœthe, qu'il eut le mérite d'apprécier du premier
jour à sa valeur; et ce qui est vrai encore, c'est
que pendant toute cette belle saison de 1772,
Gœthe, accueilli par lui, adopté par Charlotte et
par toute la famille, mena une vie d'exaltation, de
tendresse, d'intelligence passionnée par le sentiment, d'amour naissant et confus, d'amitié encore
inviolable, une vie d'idylle et de paradis terrestre
impossible à prolonger sans péril, mais délicieuse
une fois à saisir. Il eut, en un mot, une saison
morale toute poétique et divine, quatre mois célestes et fugitifs qui suffisent à illuminer tout un
passé. Voilà ce qu'il a peint admirablement dans
son *Werther*, ce qui en fait l'âme, et qui en reste
vrai pour nous encore, à travers toutes les vicissi-
tudes de la mode et des genres.

L'orage toutefois était imminent et s'amassait
en lui, un orage qui n'éclata point. L'idylle resta
pure. Gœthe, sage et fort jusque dans ses oublis,
s'éloigna à temps. Il avait fait la connaissance de
Charlotte le 9 juin 1772, et il partit brusquement
de Wetzlar le 11 septembre. Sauf une courte visite
de trois jours qu'il revint y faire du 6 au 10 no-

a.

vembre de cette même année, il ne revit plus Charlotte que bien tard, lorsqu'il avait soixante-dix ans,
et elle plus de soixante, et qu'elle était la respectable mère de douze enfants.

Gœthe ne songea point à faire tout aussitôt un
roman et un livre de cette liaison qui n'avait rien
pour lui d'une aventure. Ses Mémoires sont un
peu vagues sur ce point et ne suivent pas les événements d'assez près. On y voit qu'il fit, au printemps de l'année suivante probablement (car les
dates précises n'y sont point marquées), un voyage
près de Coblentz pour s'y distraire, et qu'il y devint légèrement amoureux d'une des filles de madame de La Roche : « Rien n'est plus agréable,
dit-il à ce sujet, que de sentir une nouvelle passion s'élever en nous lorsque la flamme dont on
brûlait auparavant n'est pas tout à fait éteinte :
ainsi à l'heure où le soleil se couche, nous voyons
avec plaisir l'astre des nuits se lever du côté opposé de l'horizon : on jouit alors du double éclat des
deux flambeaux célestes. » Cela nous apprend du
moins que l'amour qu'il pouvait avoir gardé pour
Charlotte n'avait rien de furieux ni d'égaré.

Les lettres qu'on a de Gœthe, adressées à
Kestner pendant les mois qui suivent l'instant de
la séparation, nous le prouvent aussi, tout en nous
donnant assez bien la mesure de cette espèce de
culte d'imagination et de tendresse idéale, mysti-

que, pourtant domestique et familière, mêlée de
détails du coin du feu. Il a beau souffrir, il ne regrette point l'emploi qu'il a fait de ses derniers
mois : non, ce n'est pas un mauvais Génie qui l'a
conduit à ce bal où il a fait la connaissance de
Charlotte : « Non, c'était un bon Génie, s'écrie-t-il,
je n'aurais pas voulu passer mes jours à Wetzlar
autrement que je ne l'ai fait; et pourtant les Dieux
ne m'accordent plus de tels jours, ils savent me
punir et me *Tantaliser*. » A Francfort, où il est revenu vivre près de sa famille, il a dans sa chambre
la silhouette de Charlotte attachée avec des épingles au mur; il lui dit le bonsoir en se couchant,
et le matin, il prend plus volontiers ces épingles-là
que d'autres pour s'habiller. Il a (comme dans
Werther) le nœud de ruban rose qu'elle portait au
sein la première fois qu'il la vit; il est fort question
à plusieurs reprises d'une certaine *camisole à raies
bleues* dans laquelle elle est adorable en négligé, et
qu'il regretterait de loin de lui voir quitter. Pourtant, dans tout cela rien de sensuel, et quand il
dit à Kestner que ce n'est jamais dans le sens humain qu'il la lui a enviée, on le croit. Seulement sa
Laure et sa Béatrix ont le costume et le déshabillé
d'une idylle des bords du Rhin; on a quelque peine
à s'y faire. Comprenons l'amour vrai sous toutes
les formes et dans tous les costumes avec ce qu'il a
de désintéressé. Saint-Preux, chez Jean-Jacques,

n'a-t-il pas dit : « Assis aux pieds de ma bien-
aimée, je teillerai du chanvre, et je ne désirerai
rien autre chose, aujourd'hui, demain, après-demain, toute la vie. » Gœthe, qui cite ce mot du
cœur en se l'appliquant, le renouvelle par une légère variante : « Avec vous (Charlotte et Kestner),
je désirais autrefois de cueillir des groseilles et de
secouer des pruniers, demain, après-demain, et
durant toute ma vie. »

J'ai dit qu'après les avoir quittés, il ne se mit
pas tout aussitôt à écrire *Werther*. En effet, s'il le
médita et le couva dès auparavant, il ne dut point
commencer à l'écrire avant le mois de septembre
1773, c'est-à-dire un an après son départ de
Wetzlar, et lorsqu'il eut publié son drame de *Gœtz*.
Dans l'intervalle, il s'était passé deux événements.
Le jeune Jérusalem, fils d'un théologien connu, et
secrétaire de légation, qui se trouvait à Wetzlar
en même temps que Gœthe, jeune homme romanesque et lettré, épris d'une passion malheureuse
pour la femme d'un de ses collègues, se tua d'un
coup de pistolet à la fin d'octobre 1772. Sans être
très lié avec Kestner, c'était précisément à celui-ci
qu'il avait emprunté des pistolets sous le prétexte
d'un voyage. Gœthe, comme tout le jeune monde
allemand d'alors, fut très frappé de cette mort sinistre, et il s'enquit très curieusement des détails
auprès de Kestner, qui les lui donna par écrit.

C'est alors qu'il conçut l'idée d'identifier bientôt l'histoire de ce Jérusalem avec celle d'un amoureux comme lui-même l'avait été ou aurait pu l'être, et de faire du tout un personnage romanesque intéressant, et qui aurait pour le vulgaire le mérite de finir par une catastrophe. Mais l'idée sommeilla en lui environ dix mois avant qu'il la mît en œuvre. Un second événement, qui dut lui donner de l'aiguillon dans l'intervalle, fut le mariage de Kestner avec Charlotte, qui s'accomplit vers Pâques 1773; non pas qu'il eût du tout, à cette occasion, l'envie de se brûler la cervelle; il a soin dans sa Correspondance, de rejeter bien loin une pareille pensée, et je crois fort que c'est sincère. Cependant, il dit dans ses Mémoires que « la mort de Jérusalem, occasionnée par sa malheureuse passion pour la femme d'un ami, l'éveilla comme d'un songe et lui fit faire avec horreur un retour sur sa propre situation. » Mais, dans ses Mémoires, il entendait ceci d'un commencement de passion plus récente qu'il croyait éprouver pour la fille de madame de La Roche, la même personne qu'il avait vue il y avait peu de temps à Coblentz, et qui venait de se marier à Francfort. L'idée de ces relations fausses et de ces engagements sans issue lui fut donc vivement retracée par la mort de Jérusalem. Quoi qu'il en soit, tout se passa dans le domaine de l'imagination. S'il souffrait, il le dissimule bien dans ses lettres d'alors à Kestner et à Charlotte, qui, tout à fait fiancés, n'attendent que le prochain printemps pour s'épouser. Dans ce qu'il leur écrit durant cet hiver de 1772-1773, qui précède le mariage, il paraît gai, heureux ou du moins libre, et tourmenté du besoin d'aimer et du vague de la passion plutôt que d'aucune particulière blessure. Il a sur la fête de Noël une lettre à Kestner pleine de joie, de cordialité, de sentiment pittoresque, et aussi de sentiment de famille :

« Hier (veille de Noël), mon cher Kestner, j'ai été avec plusieurs braves garçons à la campagne; notre gaieté a été bruyante : des cris et des rires depuis le commencement jusqu'à la fin. Ordinairement ce n'est pas de bon augure pour l'heure prochaine; mais y a-t-il quelque chose que les saints Dieux ne puissent pas accorder s'il leur plaît ! Ils m'ont donné une joyeuse soirée; je n'avais pas bu de vin, mon œil était sans trouble pour jouir de la nature. La soirée était belle; lorsque nous rentrâmes, la nuit survint. Il faut que je te dise que mon âme se réjouit toujours quand le soleil a disparu depuis longtemps, la nuit occupant l'horizon entier, de l'orient jusqu'au nord et au sud, et qu'un cercle demi-obscur seulement luit du côté de l'occident ; la plaine offre un spectacle magnifique. Quand j'étais plus jeune et plus ardent, j'ai regardé souvent, pendant mes excursions, ce crépuscule durant des heures entières. Je me suis arrêté sur le pont [1] : la ville sombre des deux côtés,

---

1. On se rappelle le bel endroit de *René* : « Quand le soir était venu, reprenant le chemin de ma retraite, je m'arrêtais sur les ponts pour voir se coucher le soleil... » Dans le tableau naturel que trace Gœthe, on remarquera, comme différence fondamentale avec Chateaubriand, le sentiment cordial et domestique, la *joie d'enfants* à cette veillée de Noël.

l'horizon brillant silencieusement, le reflet dans le fleuve, ont produit sur mon âme une impression délicieuse que j'ai retenue avec amour. Je courus chez les Gerock, et demandai un crayon et du papier, et je dessinai, à ma grande joie, le tableau entier aussi chaud qu'il se représentait dans mon âme; tous partagèrent ma joie sur ce que j'avais fait, et leur approbation me rassura. Je leur proposai de jouer aux dés mon dessin; ils ne voulurent pas, et me demandèrent de l'envoyer à Merck. Il est maintenant suspendu au mur de ma chambre, et me fait aujourd'hui autant de plaisir qu'hier. Nous avions passé ensemble une belle soirée comme des hommes auxquels le bonheur vient de faire un grand cadeau, et je m'endormis en remerciant les Saints dans le ciel pour la joie d'enfants qu'ils ont voulu nous accorder pour la nuit de Noël... »

Telle était sa disposition trois mois après avoir quitté Charlotte, sept semaines après la mort du jeune Jérusalem, et quand il avait déjà en idée le germe de *Werther*.

Gœthe, on le sait, aimait à patiner; on n'a pas oublié son plus beau portrait de jeunesse, tracé par sa mère même :

« — Mère, vous ne m'avez pas encore vu patiner, et le temps est beau; venez donc, et comme vous êtes, et tout de suite. — Je mets, disait la mère racontant cela depuis à Bettine, je mets une pelisse fourrée de velours cramoisi qui avait une longue queue et des agrafes d'or, et je monte en voiture avec mes amis. Arrivés au Mein, nous y trouvons mon fils qui patinait : il volait comme une flèche à travers la foule des patineurs; ses joues étaient rougies par l'air vif, et ses cheveux châtains tout à fait dépoudrés. Dès qu'il aperçut ma pelisse cramoisie, il s'approcha de la voiture, et me regarda en souriant très gracieusement.

Eh bien! que veux-tu? lui dis-je. — Mère, vous n'avez pas
froid dans la voiture, donnez-moi votre manteau de velours. — Mais tu ne veux pas le mettre, au moins? — Certainement que je veux le mettre. — Allons, me voilà ôtant
ma bonne pelisse chaude; il la met, jette la queue sur son
bras, et s'élance sur la glace comme un fils des Dieux. Ah!
Bettine, si tu l'avais vu! il n'y a plus rien d'aussi beau,
j'en applaudis de bonheur! Je le verrai toute ma vie, sortant
par une arche du pont et rentrant par l'autre : le vent sou-
levait derrière lui la queue de la pelisse qu'il avait laissé
tomber. »

On a le portrait par la mère ; or, voici le glorieux
pendant par Gœthe lui-même. N'oublions pas que
dans ce temps il lisait continuellement Homère, et
qu'il était plein de ces magnifiques images de l'O-
lympe. On était au mois de février 1773 ; il écrit à
Kestner dans une espèce d'hymne triomphal:

« Nous avons une glace superbe pour patiner en
l'honneur du soleil. J'ai exécuté hier des rondes
de danse. J'ai encore d'autres sujets de joie que je
ne puis pas dire (ne serait-ce point l'idée de *Werther* qui déjà remue et qui veut sortir ?) ; ne vous
en inquiétez pas. Je suis presque aussi heureux que
deux personnes qui s'aiment comme vous ; il y a
en moi autant d'espérance qu'il y en a chez des
amoureux ; j'ai même depuis pris plaisir à quelques
poésies et autres choses pareilles. Ma sœur vous
salue, mes demoiselles vous saluent, mes dieux
vous saluent, nommément le beau Pâris à ma droite
et la Vénus d'or de l'autre côté, et Mercure, le

messager, qui se réjouit des courriers rapides, et qui attacha hier à mes pieds ses belles et divines semelles d'or, qui le portent avec le souffle du vent à travers la mer stérile et la terre sans limites [1]. Et ainsi les personnages chéris du ciel vous bénissent.»

Admirable élan et salut vraiment divin ! C'est peut-être ce même jour où il comparait ses rapides patins aux *semelles d'or* de Mercure, que sa mère aussi le comparait, lui, à un fils des dieux. Nous reconnaissons là le souffle des premières et belles parties de *Werther*, de celles où l'auteur se répand sympathiquement par toute la nature et voudrait s'en emparer : « Ah ! pour lors, combien de fois j'ai désiré, porté sur les ailes de la grue qui passait sur ma tête, voler au rivage de la mer immense, boire la vie à la coupe écumante de l'Infini !... » Ce sera aussi le cri de René : « Levez-vous, orages désirés !... » Ce sera celui de Lamartine : « Que ne puis-je porté sur le char de l'Aurore !... » Mais chez ces deux poëtes il s'y mêle une teinte de sombre ou de mélancolique que n'a pas le Werther du début.

Car on l'a très justement remarqué, et les lettres de Gœthe, écrites dans le cours de cette inspiration, nous le confirment ; ce n'est pas le désespoir, c'est plutôt l'ivresse bouillonnante, et la joie

1. Il se rappelle en cet endroit l'*Odyssée*, livre I, vers 96-99.

qui président à la conception de *Werther ;* c'est le
génie de la force et de la jeunesse, l'aspiration,
douloureuse sans doute, mais ardente avant tout
et conquérante, vers l'inconnu et vers l'infini. Tout
ce qui est sorti de cette source élevée et débordante
y est sincère, et a jailli de l'imagination et de la pensée de Gœthe. Voilà le vrai du livre et son cachet
immortel ; le reste, désespoir final, coup de pistolet et suicide, y a été ajouté par lui après coup
pour le roman et pour la circonstance : c'est ce qui
ressemble le moins à Gœthe, et qui se rapporte à
l'aventure de ce pauvre Jérusalem, le côté faux,
commun, exalté, digne d'un amoureux d'Ossian,
non plus d'un lecteur d'Homère.

Gœthe (et il l'a dit) s'est guéri lui-même en faisant *Werther ;* il s'est débarrassé de son mal en le
peignant, mais il l'a en même temps inoculé aux
autres ; et alors pourquoi leur a-t-il indiqué un faux
remède ? Là est le vice de *Werther.* La vraie conclusion de *Werther* pour les artistes (car Werther
est un artiste ou veut l'être), ce serait la conclusion qu'a choisie Gœthe lui-même, s'occuper, produire, se guérir en s'appliquant ne fût-ce qu'à
se peindre ; et si tous, dans cette tâche, n'attei-
gnaient pas aussi haut qu'un Gœthe le peut faire,
ils y gagneraient du moins de sortir de leur mal,
de le traverser, et de se rattacher bientôt derechef
aux attraits puissants de la vie.

La différence des impressions du lecteur à celles de l'auteur est ici par trop forte et trop criante ; elle n'est pas juste. Quoi ? *Werther* une fois fait, et même à mesure qu'il le conçoit et le compose, Gœthe retrouve sa sérénité ; il a triomphé de ses sentiments puisqu'il les a magnifiquement exprimés. Il est comme Neptune dans la tempête de Virgile, lequel, bien que fortement ému au dedans (*graviter commotus*), lève un front tranquille et pacifique à la surface des mers : *summa placidum caput extulit unda.* Voilà pour l'auteur. — Mais les lecteurs, au contraire (je parle des premiers lecteurs, de ceux de 1774), qui trouvent dans le prodigieux petit livre tous leurs sentiments, jusque-là confus, exprimés au vif et en traits de feu, s'y prennent, ne s'en détachent plus, passent, sans s'en apercevoir, du Werther-*Gœthe* au Werther-*Jérusalem*, et sont ainsi conduits, par cette contagion du talent et de l'exemple, à l'idée du suicide. Il y a là, si je l'ose dire, moins encore un tort peut-être qu'une inexpérience chez Gœthe. Eût-il conclu de même s'il avait prévu tout l'effet de son roman, cet effet qu'il a comparé à celui d'une allumette qui met le feu à une mine ? Il est difficile à un artiste de résister à l'à-propos, et de renoncer à un grand succès. Gœthe, averti à l'avance, eût donc bien pu ne vouloir rien changer, sans compter qu'un autre dénoûment n'était pas si aisé à

offrir. Ce qui est certain, c'est que toute la jeunesse
allemande fut à l'instant et profondément atteinte
et ébranlée. L'artiste sain, vigoureux, généreùx,
avait substitué à sa propre méthode de guérison
dont il gardait le secret, une solution maladive et
banale à l'usage du vulgaire. La fin de *Werther*
laissait en vue et livrait aux regards du public un
faux Gœthe au lieu du vrai, un fantôme creux et
trompeur après lequel la foule allait courir, comme
Turnus dans le combat s'acharne à poursuivre le
fantôme d'Enée qui l'égare, tandis que le véritable
héros est ailleurs et dans le lieu de l'action. Aujourd'hui, pour le jugement définitif du livre et le
rang qui lui est dû dans l'ordre des œuvres de
l'art, cette fin de *Werther* nuit aux parties princi-
pales, et quand on considère le caractère si opposé
de l'auteur, et des destinées en un sens si inverse,
elle a peine à ne pas nous faire l'effet d'une mysti-
fication.

Mais de fait, et même chez un artiste de tout
temps si réfléchi, si maître de soi dès sa jeunesse,
les choses se passèrent plus au hasard et plus confusément. Pour revenir à la Correspondance de
Gœthe avec les époux Kestner, dont le mariage se
fit en avril 1773, on y suit assez bien les traces du
projet et de la composition, jusqu'au moment où
toute la pensée prend flamme. Ce mariage, en s'ac-
complissant, dut lui donner l'idée du désespoir

qu'il n'avait pas, mais qu'un autre aurait pu avoir. Pour lui, qui s'est chargé d'envoyer de Francfort les anneaux d'alliance et qui y a joint toutes sortes de bons souhaits, il se contente, pour punir à sa manière les nouveaux mariés, de leur écrire : « Je suis vôtre, mais, pour le moment, je ne suis guère curieux de voir ni vous, ni Charlotte. Aussi sa silhouette disparaîtra de ma chambre le premier jour de Pâques, qui sera probablement le jour de votre mariage, ou même dès après-demain, et elle n'y sera de nouveau suspendue que quand j'apprendrai que Charlotte est mère. Une nouvelle époque commencera alors, et je ne l'aimerai plus, mais j'aimerai ses enfants, — un peu, il est vrai, à cause d'elle, mais cela ne fait rien... » Et même cette menace amicale, il ne l'exécute pas ; la silhouette reste là suspendue comme par le passé. Qui plus est, une amie qui revient de la noce lui apporte le bouquet de mariage de Charlotte, et il s'en pare. Cependant la grande consolation intérieure, l'occupation poétique dure et augmente: il publie son *Goetz de Berlichingen;* il écrit des drames, des romans, dit-il, et autres choses de ce genre (juin 1773) ; et en septembre il commence sa confidence couverte de *Werther* aux jeunes époux désormais installés à Hanovre: « Je fais de ma situation le sujet d'un drame que j'écris en dépit de Dieu et des hommes. Je sais ce que dira Charlotte quand elle le lira, et

je sais ce que je lui répondrai. » Et encore : « O
Kestner, je me trouve bien heureux ! quand ceux
que j'aime ne sont pas près de moi, ils sont pourtant toujours devant moi. Le cercle des nobles
cœurs est la plus précieuse de mes acquisitions. »
— « Vous êtes toujours près de moi quand j'écris
quelque chose. Je travaille maintenant à un roman, mais cela va lentement... Encore une confidence d'auteur : mon idéal grandit et embellit de
jour en jour, et si ma vivacité et mon amour ne
m'abandonnent pas, il y aura encore beaucoup de
choses pour ceux que j'aime, et le public en pren-
dra aussi sa part. »

Lorsqu'il a fini son *Werther* et qu'il s'apprête à
le publier, il a une crainte, c'est de blesser les jeunes époux : il glisse dans ses lettres toutes sortes
de précautions à cet égard, des précautions mysté-
rieuses et pour eux obscures, mais qui avaient
pour but de les prévenir et de les empêcher de se
trop choquer. Lorsque Charlotte est mère pour la
première fois, mère d'un garçon dont il est par-
rain, ou du moins dont il a choisi le nom, il écrit à
Kestner : « Je ne puis pas me la figurer comme
une femme en couches ; c'est décidément impossible. Je la vois toujours telle que je l'ai quittée ;
ainsi, je ne te connais pas en ta qualité de mari ;
je ne connais d'autres relations que nos anciennes,
auxquelles j'ai associé dans une certaine occasion des

passions étrangères. Je vous en avertis pour que vous ne vous en fâchiez pas. » — « Adieu, mes amis (que j'aime tant que que j'ai été forcé de prêter et d'accommoder la richesse de mon amour à la représentation fictive du malheur de notre *ami*). Vous saurez plus tard le sens de cette parenthèse. » Cet *ami*, c'est Werther. En juin 1774, dans une lettre à Charlotte, il l'annonce positivement sous ce nom : « Adieu, ma chère Charlotte, je vous enverrai bientôt un ami qui me ressemble beaucoup, et j'espère que vous le recevrez bien. Il s'appelle *Werther*, et vous expliquera lui-même ce qu'il est et ce qu'il a été. » Et le 27 août, avec ce tutoiement sentimental ou poétique qui nous étonne un peu, mais qui probablement n'a rien de choquant de l'autre côté du Rhin : « O Charlotte!... je t'enverrai prochainement un livre, appelle-le comme tu voudras, des prières ou un trésor, pour te rappeler matin et soir les bons souvenirs de l'amitié et de l'amour. » Que ce soit à Charlotte qu'il parle ainsi et qu'il semble adresser particulièrement son livre, on le conçoit : il espère plus d'indulgence et de grâce auprès d'elle qu'auprès de Kestner.

Il a raison. Le livre paraît : un des premiers exemplaires arrive à Hanovre. Or, jugez de l'impression pénible qu'il dut faire à une première lecture sur les deux jeunes époux, qui y voyaient toute leur liaison de ces quatre divins mois dans la val-

lée de la Lahn divulguée en même temps et comme
profanée par un mélange avec d'autres événements
et des circonstances étrangères, moins délicates
et moins pures. A une seconde et troisième lecture,
ils purent toutefois s'apaiser un peu, Charlotte
surtout, j'imagine, qui, dans le secret de son cœur,
sentait qu'au fond elle était l'âme et la divinité
d'un beau livre. Mais Kestner supportait plus dif-
ficilement cette publicité et le rôle qui lui était fait,
ce rôle d'Albert froid, flegmatique et médiocre. On
a sa première lettre de plainte à Gœthe : « La res-
semblance (avec Albert) ne porte, il est vrai, disait-
il en terminant, que sur le côté extérieur, et, grâce
à Dieu, seulement sur l'extérieur; mais si vous te-
niez à l'y introduire, était-il donc nécessaire d'en
faire un être aussi apathique? Peut-être était-ce
dans l'intention de vous placer fièrement à côté de
lui et pour pouvoir dire : *Voyez quel homme je suis,
moi!* »

Gœthe s'empressa de répondre, d'expliquer, de
se justifier, de demander un répit à ses amis irrités et alarmés pour qu'ils puissent juger de
l'effet général avec plus de sang-froid et au vrai
point de vue : « Il faut, mes chers irrités, que je
vous écrive tout de suite pour en débarrasser mon
cœur. C'est fait, c'est publié; pardonnez-moi si
vous pouvez. Je ne veux décidément rien entendre
de vous avant que le résultat ait démontré l'exagé-

ration de vos craintes, avant que vos cœurs aient
mieux apprécié dans ce livre l'innocent mélange
de vérité et de fiction » (octobre 1774).

Et ici, pour ne faire tort ni injustice à personne,
établissons nettement les deux aspects de la question, les deux points de vue. Il y a celui de la vie
régulière et de la famille, de la morale domestique
et sociale, ce qui saute aux yeux tout d'abord pour
peu qu'on se place en idée dans la situation. Imaginez
le désagrément et la peine pour un honnête homme
comme Kestner, heureux d'épouser celle qu'il aime
depuis des années, l'emmenant comme en triomphe
de Wetzlar à Hanovre, la présentant avec orgueil
à tous les siens, et remplissant avec considération
un emploi honorable, imaginez-le, après dix-huit
mois de mariage, recevant de son meilleur ami, en
cadeau, ce petit volume, où il est crayonné d'une
manière assez reconnaissable sous les traits d'Albert; ou sa fiancée paraît à bien des moments près
de lui échapper; où elle n'est plus guère retenue
que parce qu'elle est supposée déjà liée à lui par
un engagement positif. Ajoutez, pour combler le
désagrément, que l'aventure de Jérusalem se con-
fondant dans le roman avec l'amour de Gœthe, et
Kestner ayant réellement prêté ses pistolets à Jérusalem, qui s'en était servi pour se tuer, on ne savait plus comment séparer à temps l'Albert de la
fin du roman d'avec celui de la première moitié.

Kestner recevait donc des lettres de condoléance, et à demi curieuses, par lesquelles on le plaignait de son accident, d'avoir eu un ami si entreprenant, si malheureux, et qui avait dû troubler étrangement sa lune de miel et son bonheur. Il répondait par des explications et des éclaircissements qu'on a, et qui sont précieux pour nous, en ce qu'ils déterminent exactement la part de vérité et de fiction dans *Werther*, et le procédé de composition. On trouvera même, en les lisant, que Kestner n'est pas aussi blessé au fond qu'il aurait droit de l'être : « Vous voyez, écrit-il à un ami, que vous n'avez pas eu raison de me plaindre. C'est malgré nous que ce livre nous met dans les conversations du public ; mais nous avons la satisfaction de savoir que c'est sans raison et sans motifs. Grâce à Dieu, nous avons vécu et nous vivons encore, ensemble heureux et contents. « Il n'est que bien modéré quand il s'échappe jusqu'à dire : « Un de mes amis m'écrivait dernièrement : *Sauf le respect pour votre ami, il est dangereux d'avoir un auteur pour ami.* Il a bien raison. » Il est assez disposé, d'ailleurs, à excuser Gœthe auprès de ceux qui le blâmeraient trop : « Vous comprendrez qu'il ne m'a pas rendu un service, — sans dessein, il est vrai, et dans l'exaltation d'auteur ou par étourderie, — en publiant *les Souffrances du jeune Werther.* Il y a dans ce livre beaucoup de choses qui nous fâchent, moi et ma femme ; son succès nous contrarie encore davantage. Pourtant je suis disposé à lui pardonner ; mais il ne doit pas le savoir, pour qu'il soit plus circonspect dorénavant. » Excellent ami ! il était dans le vrai en pardonnant : pourtant il ne se rendait pas tout à fait compte du procédé de Gœthe, quand il l'attribuait à une légèreté de jeunesse. En effet, ce n'était, de la part de celui-ci, ni étourderie, ni vague exaltation : c'était un acte de conquérant et de grand-prêtre de l'Art, qui prend ce qui est à sa convenance et met en avant je ne sais quel droit supérieur et sacré. Gœthe en a fait une doctrine.

C'est le second point de vue ; et, tel qu'il nous est exprimé par Gœthe, on conviendra qu'il ne se présente ni sans beauté, ni sans grandeur. Gœthe a senti bien vite, même à travers les premières irritations des deux amis, qu'ils ne lui en veulent pas mortellement, et il s'empresse de profiter de la disposition pour les remercier, pour les ramener et les entraîner, s'il le peut, dans le sens de son œuvre :

« Oh ! si je pouvais me jeter à ton cou, écrit-il à Kestner (21 novembre), me jeter aux pieds de Charlotte pendant une minute, une seule minute, et tout ce que je ne pourrais expliquer dans des volumes serait effacé et expliqué ! — Oh ! m'écrierais-je, vous manquez de foi, ou du moins vous n'en avez pas assez ! — Si vous pouviez sentir la millième partie de ce qu'est *Werther* pour des mil-

liers de cœurs, vous ne regretteriez pas la part que
vous y avez prise... Au péril de ma vie, je ne voudrais pas révoquer *Werther ;* et crois-moi, tes craintes, tes *gravamina* disparaîtront comme des spectres de la nuit, si tu prends patience : et ensuite je
vous promets d'effacer, d'ici à un an, de la manière la plus charmante, la plus unique et la plus
intime, tout ce qui pourrait encore subsister de
soupçon, de fausse interprétation dans ce bavard
de public qui n'est qu'un troupeau de pourceaux [1].
Tout cela disparaîtra comme du brouillard devant
un vent pur du nord. — Il faut que *Werther* existe,
il le faut ! Vous ne le sentez pas, *lui ;* vous sentez
seulement *moi* et *vous* : et ce que vous croyez y être
seulement *collé* y est *tissé*, en dépit de vous et d'autres, d'une manière indestructible... Oh ! toi, crie-
t-il à Kestner, tu n'as pas senti comment l'Humanité
t'embrasse, te console ! »

Kestner, dans son modeste intérieur, fut quelque
temps à se remettre de cette brusque invasion et
de cette embrassade en masse de l'Humanité. Mais
certes, on n'a jamais plaidé avec plus de hauteur et de passion le droit qu'a l'œuvre, fille immortelle du génie, d'éclore à son heure, de jaillir
du divin cerveau, et de vivre, dût-elle, en en-

1. N'est-ce pas pourtant un peu en vue de ce gros public
qu'il a immolé en partie ses amis, ou du moins sacrifié la
pudeur de l'amitié ?

trant, heurter quelques susceptibilités même lé-
gitimes.

Gœthe revient en un autre endroit sur cette promesse mystérieuse qu'il n'a pas exécutée, d'inventer je ne sais quoi, je ne sais quel nouveau roman
ou poëme, qui, par un coup de son art, placerait
les deux époux au-dessus de toutes les allusions et
de tous les soupçons : « J'en ai la puissance, dit-
il avec l'orgueil de celui qui est dans le secret des
dieux et qui tient le sceptre de l'apothéose, mais
ce n'est pas encore le temps. » — S'il ne réussit
point tout à fait à entraîner avec lui Kestner dans
cette marche en triomphe vers l'idéal, celui-ci, du
moins, n'était pas indigne de sentir ce qu'il y avait
d'élevé dans de telles paroles, et il répondait à ceux
qui le questionnaient sur cet étrange et assez dangereux ami : « Vous ne vous imaginez pas comment il est. Mais il nous causera encore de grandes
joies, quand son âme ardente se sera un peu cal-
mée. »

Ces joies ne furent que lointaines et telles que
les peut procurer un ami, homme de génie, à ceux
qui, séparés par les situations et les circonstances,
se sentent avec lui un nœud étroit dans le passé. Il
est impossible de ne pas remarquer que, *Werther*
fait et publié, la correspondance se ralentit aussitôt
et ne consiste plus qu'en billets de plus en plus rares. Gœthe reste avec les Kestner et avec la famille

de Charlotte dans des termes affectueux et intimes,
mais à distance ; et l'on se dit involontairement :
Qu'avait-il affaire d'eux désormais ? Il en avait tiré
l'usage principal qu'il en désirait, l'œuvre ! — Tantôt c'est sa mère, tantôt c'est sa sœur, qui écrivent
pour lui et qui l'excusent. Moins de deux ans après
la publication de *Werther*, la vie ducale de Gœthe
a commencé : « Vous êtes sans doute étonné du silence du docteur (Gœthe), écrit sa mère à un frère
de Charlotte (février 1776). Il n'est pas ici ; il est depuis trois mois à Weimar chez le duc, et Dieu sait
quand il reviendra. Mais il apprendra avec plaisir
que j'ai écrit à son cher ami, car je ne saurais vous
dire combien il a toujours parlé de vous et de votre
famille. Il a toujours considéré le temps passé dans
votre famille comme le plus heureux de sa vie. »
Sur ce point, Gœthe est invariable. Il a dans le
passé, dans le souvenir des jours qu'il a vécu à
Wetzlar, au sein de *la famille allemande*, entre
Charlotte et Kestner, sa saison d'âge d'or, un cercle pur et lumineux que rien n'éclipsera : « Vous
avez été pour moi jusqu'ici, écrira-t-il à Kestner des
années après, l'idéal d'un homme heureux par l'ordre et par la modération des désirs. » — « J'ap-
prends avec plaisir, lui dit-il encore, ce que vous
m'écrivez de vos enfants. Celui qui a son univers
dans sa famille est heureux. Reconnaissez bien votre bonheur, et sachez que des positions plus bril-

lantes ne sont guère à envier. » De telles paroles
sont faites pour se joindre désormais à la lecture
de *Werther* et pour en corriger la moralité finale par
un témoignage qu'on ne saurait récuser.

Croirait-on, quand on n'a lu de Gœthe que *Wer-*
ther, qu'à un moment c'est lui, l'enthousiaste d'hier,
qui va donner à Kestner, à l'ancien *Albert* lui-
même, le meilleur conseil de vie pratique? et il le
lui donne dans des termes à la Franklin : « Vous
me demandez un conseil (septembre 1777); c'est
difficile de loin. Le meilleur conseil, et à la fois le
plus loyal et le plus éprouvé, est : *Restez où vous*
êtes. Supportez maints désagréments, chagrins,
passe-droits, etc., parce que vous ne vous trouverez pas mieux quand vous aurez changé de séjour.
Restez fidèlement et avec fermeté à votre place. Dirigez vos efforts sur un seul but. Vous êtes l'homme
pour cela, et vous *avancerez en restant*, parce que
tout ce qui est *derrière vous* recule. Celui qui change
de position perd toujours moralement et matériel-
lement *les frais de voyage et d'établissement*, et reste
en arrière. Je te dis cela en ma qualité d'homme du
monde, qui apprend peu à peu comment les choses
se passent. » Ce sont là les suites réelles de *Wer-*
ther, du vrai Werther guéri et calmé, et qui sont à
opposer, en bonne critique et en saine morale, à la
catastrophe romanesque.

Une autre conclusion également imprévue qui

s'y rattache, c'est que dans l'année qui suivit celle
de la publication de *Werther*, Gœthe devint l'ami
du jeune duc de Saxe-Weimar, et bientôt son principal conseiller, son ministre. « Mes chers enfants,
écrivait-il de Weimar le 9 juillet 1776 à Kestner et
à sa femme, il y a tant de choses qui m'agitent.
Autrefois, c'étaient mes propres sentiments ; maintenant ce sont en outre les embarras d'autres personnes que je dois supporter et arranger. Apprenez
seulement ceci : je demeure ici et je puis y jouir de
la vie à ma façon et de façon à me rendre utile à un
des plus nobles cœurs. Le duc, avec lequel j'ai, depuis neuf mois, des rapports d'âme les plus sincères et intimes, m'a attaché aussi à ses affaires. Que
Dieu bénisse nos relations ! » Et le 23 janvier 1778 :
« J'ai, en outre de mes fonctions de conseiller intime, la direction du département de la guerre et
des chaussées, avec les caisses. L'ordre, la préci-
sion et la promptitude sont des qualités dont je tâche tous les jours d'acquérir un peu. » Au milieu
de cela, des voyages en Suisse, en Italie, l'étude
dans toutes les directions, la comparaison étendue
dans toutes les branches des beaux-arts et des lit-
tératures ; bientôt les sciences naturelles qui vont
s'y joindre ; une vie noble, assise, bien distribuée
et ordonnée, occupée et non affairée, à la fois pratique et à demi contemplative (« Je demeure hors
de la ville, dans une très belle vallée où le prin-

temps crée dans ce moment son chef-d'œuvre »);
tout ce qui, enfin, devait faire de cette riche orga-
nisation de Gœthe le modèle et le type vivant de la
critique intelligente et universelle. Un moment,
dans les premières années de cette existence nouvelle à Weimar, il a l'idée de se plaindre de son
esclavage ; un reste de misanthropie werthérienne
s'est glissé sous sa plume, mais il a le bon esprit
aussitôt de s'en repentir : « Que le style de ma dernière lettre ne vous fâche pas, écrit-il à Kestner
(mars 1783). Je serais le plus ingrat des hommes,
si je n'avouais pas que j'ai une meilleure position
que je ne mérite. » Il sent que dans ce monde de
luttes et où si peu arrivent, ce serait offenser Dieu
et les hommes que de se plaindre pour quelques
ennuis passagers, quand il a trouvé un cadre si
orné et si paisible à son développement et à toutes
les nobles jouissances de son être.

En 1783, il eut l'idée de faire quelques changements à *Werther* : « J'ai repris dans des heures
calmes mon *Werther*, et, sans toucher aux parties
qui ont fait tant de sensation, je pense le hausser de
quelques degrés. J'avais l'intention de faire d'Albert un caractère que pouvait bien méconnaître le
jeune homme passionné, mais pas le lecteur ; cela
produira un effet excellent et longtemps désiré.
J'espère que vous en serez satisfait. » — *Albert*-
Kestner, à qui Gœthe écrivait cela, prit la nouvelle

avec feu, et il revint sur son désir d'obtenir les modifications qu'il avait à cœur. J'ignore s'il les obtint
toutes; il faudrait pour cela comparer entre elles
les diverses éditions de *Werther*, comme nous le
faisons aujourd'hui en France pour nos *Manon Les-
caut* et nos *La Bruyère*.

Je l'ai dit : s'il est permis de conjecturer, je crois
que Kestner dut toujours garder quelque chose de
pénible sur le cœur à l'occasion de *Werther*, mais
Charlotte au fond n'en fut point offensée : je me la
figure plutôt tacitement enorgueillie et satisfaite
dans son silence. Puis, les années s'écoulant et la
mort achevant d'épurer et de consacrer les souvenirs, le quatrième de ses douze enfants à qui elle
avait transmis plus particulièrement sans doute
une étincelle de son imagination et de sa douce
flamme, s'aperçut qu'après tout il y avait là, mêlé
à de l'affection véritable, un de ces rayons immortels de l'art que le devoir permettait ou disait de
dégager, que c'était un titre de noblesse domestique, même pour son père, de l'avoir emporté sur
Gœthe, et que de la connaissance plus intime des
personnes il allait rejaillir sur les plus modestes un
reflet touchant de la meilleure gloire. Il s'est donc
mis à réunir toutes les lettres et les pièces qui se
rapportent à cette liaison de Gœthe avec ses parents
et qui éclairent la composition de *Werther*, et il les
a fait précéder d'une Introduction. Au moment de

les publier lui-même, ce fils de Charlotte mourut, mais les autres membres de la famille ont voulu accomplir son vœu, et c'est ainsi que l'ouvrage a paru en Allemagne en 1854 [1]. Il me semble cette fois que l'Ombre de Kestner lui-même y a souri, et qu'il a pardonné enfin sans aucune réserve à ce glorieux ami dont il devient, bon gré mal gré, le compagnon dans l'immortalité. Et n'est-ce pas Gœthe qui lui écrivait un jour sur la première page d'un poëme de Goldsmith dont il lui faisait cadeau : « N'oublie pas celui qui de tout son cœur t'a aimé et *a aimé avec toi?* »

SAINTE-BEUVE

[1]. Il a été traduit en français par M. L. Poley, Paris, à la librairie de Glaeser, rue Jacob, 9. — 1855.

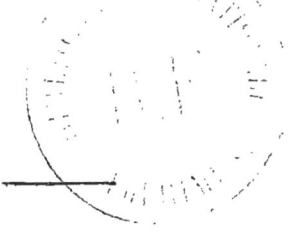

WERTHER

J'ai rassemblé, avec soin, tout ce que j'ai pu recueillir de l'histoire du malheureux Werther : je
vous offre ce récit et je sais que vous m'en remer-
cierez. Vous ne pourrez refuser votre admiration à
son esprit, votre amour à son caractère, et vos
larmes à son sort. Et toi, âme sensible, oppressée
des mêmes peines que lui, puise de la consolation
dans ses souffrances, et que ce livre soit ton ami,
si le destin ou ta propre faute ne te permettent pas
d'en trouver un plus proche de toi !

4 mai.

Que je suis donc aise d'être parti ! Ah ! mon ami,
qu'est-ce que le cœur de l'homme ! Te quitter, toi
que j'aime, toi dont j'étais inséparable, et être
encore gai ! Tu me pardonnes, je le sais. Toutes
mes autres liaisons n'étaient-elles point préparées
par le destin même, pour tourmenter un cœur

comme le mien ? La pauvre Léonore ! et je n'étais cependant point coupable ! Etait-ce ma faute, à moi, si,
pendant que les attraits piquants de sa sœur me di-
vertissaient agréablement, une funeste passion s'allu-
mait dans son sein ? Mais cependant suis-je entièrement innocent ? n'ai-je pas nourri ses sentiments ?
ne me suis-je pas amusé de ses expressions si
vraies, si naïves, qui nous faisaient si souvent rire,
quelque peu risibles qu'elles fussent ? n'ai-je pas...
Oh ! qu'est-ce que l'homme d'oser se plaindre de lui-
même ! Je veux, mon ami, je te le promets, je veux
me corriger ; je ne veux plus, comme je l'ai fait
jusqu'ici, exprimer la lie du peu de mal que nous
envoie la fortune. Je veux jouir du présent, et le
passé sera pour moi passé sans retour. Certes, tu
as bien raison, cher ami ! Les hommes éprouve-
raient moins le poids des peines, si... (Dieu sait
pourquoi ils sont ainsi faits) ! s'ils ne s'occupaient
pas avec une imagination si active à se rappeler le
souvenir des maux passés, plutôt qu'à se rendre le
présent supportable.

Dis à ma mère, je t'en prie, que je ne néglige
point ses affaires, et que je lui en donnerai sous
peu des nouvelles. J'ai parlé à ma tante, cette femme
que l'on fait chez nous si méchante : il s'en faut de
beaucoup que je l'aie trouvée telle ; elle est vive,
ardente même, mais elle a un cœur excellent. Je
lui ai communiqué les plaintes de ma mère, sur la

part de succession qu'on lui retient. Elle m'a détaillé ses raisons d'en agir ainsi, et elle m'a fait
connaître les conditions sous lesquelles elle était
prête à tout rendre, et même plus que nous ne de-
mandions. Bref, je ne m'étendrai pas plus aujour-
d'hui sur ce sujet ; dis à ma mère que tout ira bien.
J'ai encore remarqué dans cette affaire si minime,
que les malentendus et la négligence causent peut-
être plus de troubles dans ce monde, que la ruse
et la malice mêmes. Au moins ces deux dernières
sont-elles assurément plus rares.

Au reste, je me trouve ici à merveille ; la solitude, dans ce pays enchanteur, est un baume précieux pour mon cœur. Il frissonnait souvent : cette
saison où tout rajeunit vient y répandre sa douce
chaleur. Chaque arbre, chaque haie est un bouquet de fleurs ; on souhaiterait devenir hanneton,
pour se plonger à loisir dans cette mer de parfums,
pour s'en pénétrer, pour s'en nourrir.

La ville même est désagréable. Autour d'elle, au
contraire, la nature étale tant d'inexprimables beautés ! C'est ce qui engagea le feu comte de M... à
planter un jardin sur une de ces collines, si belles,
si riches, si variées, qui forment les vallées les plus
délicieuses. Le jardin est simple, et l'on sent, dès
l'entrée, que le plan n'en a pas été tracé par une
main savante, mais par un cœur sensible qui voulait y jouir de lui-même. Déjà j'ai versé bien des

larmes en sa mémoire, dans un pavillon en ruines, qui était sa retraite favorite, et qui est devenu la mienne. Bientôt je serai le maître du jardin ; je ne suis ici que depuis peu de jours, et le
jardinier m'est déjà tout dévoué: il ne s'en trouvera pas mal.

10 mai.

Semblable à ces douces matinées du printemps,
qui font épanouir tout mon cœur, une étonnante
sérénité règne dans mon âme entière. Je suis seul,
je me réjouis de la vie dans cette contrée qui fut
créée pour des âmes comme la mienne. Je suis si
heureux, mon ami, je suis tellement absorbé dans
le sentiment d'une paisible existence, que mon
talent en souffre. Pas un trait ne pourrait aujour-
d'hui sortir de mon crayon, et jamais cependant je
ne fus plus grand peintre qu'à présent. Lorsque
les vapeurs de mon cher vallon s'élèvent autour de
moi, et que le soleil au plus haut de son cours,
lance ses feux sur les cimes de la forêt impéné-
trable et obscure, et peut à peine darder quelques
rayons dans ce sanctuaire ; lorsque, étendu sur la
terre, près de la chute du ruisseau, je découvre dans
l'épaisseur du gazon mille petites herbes inconnues ;
lorsque mon cœur sent de plus près ce petit
monde, qui fourmille parmi les plantes, cette

innombrable multitude de vermisseaux et d'insectes
de toutes formes, je sens en même temps la présence du Tout-Puissant, qui nous créa tous à son
image, et le souffle de l'amour divin, qui nous soutient flottants dans un océan de délices éternelles.
Mon ami, quand l'infini commence à poindre devant mes yeux, quand le monde repose autour de
moi, et que je porte le ciel dans mon cœur,
comme l'image d'une bien-aimée, alors je soupire
et m'écrie : « Ah ! si tu pouvais exprimer, fixer par
» un souffle sur le papier ce qui a dans toi une vie
» si forte et si ardente, si ton œuvre pouvait devenir
» le miroir de ton âme, comme ton âme est le mi-
» roir d'un Dieu infini ! » Mon tendre ami... mais
je me perds, je succombe sous l'imposante ma-
jesté de cette vision.

12 mai.

Je ne sais si les génies trompeurs planent sur ces
contrées, ou si un céleste délire remplit mon cœur,
mais tout autour de moi me semble un paradis. A
l'entrée de la ville est une fontaine... une fontaine à
laquelle je suis fixé par enchantement, comme Mé-
lusine et ses sœurs. Au pied d'une petite colline se
présente une voûte ; on descend vingt marches, et
l'on voit l'eau la plus pure jaillir des quartiers de
marbre. Le petit mur qui forme l'enceinte, les

grands arbres qui recouvrent tout de leur ombre,
la fraîcheur du lieu, tout cela a quelque chose qui
vous attire, qui vous saisit. Il ne se passe point de
jour que je ne vienne m'y reposer une heure. Les
filles de la ville viennent y chercher de l'eau ; occupation innocente et paisible que ne dédaignaient pas
autrefois les filles des rois. Quand je suis assis là, je
me sens comme au milieu de la vie patriarcale ;
je me rappelle que c'était au bord des fontaines
que nos pères faisaient connaissance avec leurs
bien-aimées ; que c'était là qu'ils venaient les entretenir de leur amour ; qu'autour des sources
limpides voltigeaient sans cesse des génies bien-
faisants. Oh! jamais il n'a savouré la fraîcheur au
bord d'une fontaine, après une route pénible sous
un soleil ardent, celui qui ne ressent pas ici ce
que j'éprouve.

13 mai.

Tu demandes si tu dois m'envoyer mes livres ?
Mon ami, au nom du ciel, ne les laisse pas approcher de moi. Je ne veux plus être guidé, animé,
enflammé; ce cœur brûle assez de lui-même ; j'ai
bien plutôt besoin de chants qui me bercent, et
dans mon Homère j'en ai trouvé en abondance.
Combien de fois n'ai-je pas à calmer mon sang prêt
à bouillonner ! Tu n'as rien vu d'aussi inégal,

d'aussi inquiet que ce cœur ; mais ai-je besoin de te le dire, mon ami, à toi, qui as si souvent souffert en me voyant passer du noir souci à l'extravagance, de la douce mélancolie aux fureurs de la passion ? Aussi gouverné-je mon petit cœur comme un enfant ; je lui passe tous ses caprices. Ne va pas le redire, mon ami ; il y a des gens qui m'en feraient un crime.

15 mai.

Les bonnes gens de l'endroit me connaissent et m'aiment déjà, particulièrement les enfants. Dans les commencements, quand je les approchais, que je leur faisais amicalement quelques questions, ils s'imaginaient que je voulais me moquer d'eux, et me répondaient brusquement, presque brutalement. Je ne m'en offensai point, mais je ne sentis que plus vivement la vérité d'une remarque que j'avais déjà faite. Les gens d'un certain rang se tiennent toujours à une froide distance de leurs inférieurs, comme s'ils craignaient de perdre, en se laissant approcher ; il y a même des étourdis, des mauvais plaisants qui s'amusent à feindre de descendre jusqu'au pauvre peuple, afin de lui rendre leur mépris plus sensible.

Je sais bien que nous ne sommes pas tous égaux, que nous ne pouvons l'être ; mais je soutiens que celui qui se croit obligé de s'éloigner de ce qu'on appelle le peuple, pour le maintenir dans le respect, ne vaut pas mieux que le poltron qui se cache devant son ennemi, de peur de succomber. Dernièrement je vins à la fontaine : je trouvai une jeune fille qui avait posé sa cruche au bas de l'escalier, et regardait autour d'elle s'il ne se trouvait pas une compagne qui pût la lui mettre sur la tête. Je descendis, et la regardai. — « Vous aiderai-je, belle enfant? lui dis-je ». Elle devint plus rouge que le feu. — « Oh ! monsieur »... — « Allons, sans façons ». Elle arrangea son coussinet, je posai la cruche, elle me remercia, et remonta.

17 mai.

J'ai fait des connaissances de toutes les espèces, mais je n'ai pas encore trouvé de société. Je ne sais ce que je puis avoir d'attrayant pour les hommes ; beaucoup me prennent en affection, s'attachent à moi, et je suis toujours peiné de voir que nos chemins viennent bientôt à se séparer. Si tu me demandes comment sont les gens de ce pays-ci, je te répondrai : comme partout! C'est chose monotone que le genre humain. Presque tous travaillent la plus grande partie du temps pour vivre, et le peu qui leur reste de liberté, leur pèse tellement, qu'ils courent après tous les moyens de s'en débarrasser. O destinée de l'homme !

Mais c'est vraiment une bonne espèce de gens ! Quelquefois je m'oublie moi-même, je vais jouir avec eux des rares plaisirs qui sont accordés aux hommes. Soit que je m'asseye à une table bien servie, où la joie règne et la cordialité, soit que nous fassions une promenade en voiture, ou que que nous organisions au bon moment un petit bal sans apprêts, cela fait sur moi le meilleur effet. Seulement, alors, il ne faut pas que je me souvienne qu'en moi repose et languit une foule de facultés, que je suis forcé de cacher avec soin. Ah ! cela oppresse tellement le cœur ! et cependant ! n'être pas compris, c'est le sort de nous autres !

Ah ! pourquoi l'amie de ma jeunesse n'est-elle plus ! ou pourquoi l'ai-je jamais connue ? Je me dirais : « Tu es fou, tu cherches ce que tu ne » trouveras nulle part ici bas ». Mais je l'ai eue, cette amie, mais j'ai senti ce cœur, cette grande âme, en présence de laquelle je me semblais à moi-même plus que je n'étais, parce que j'étais tout ce que je pouvais être. Grand Dieu ! y avait-il alors une seule faculté de mon âme qui restât oisive ? ne pouvais-je pas devant elle développer ce merveilleux sentiment avec lequel mon cœur embrasse la nature ? Notre commerce n'était-il pas un échange continuel des sensations les plus déli-

cates, des traits les plus subtils de l'esprit le plus
raffiné, dont toutes les modifications, jusqu'à la
malice même, portaient l'empreinte du génie? Et
à présent... à présent, hélas! les années qu'elle
avait de plus que moi l'ont entraînée au tombeau
avant moi. Jamais je ne l'oublierai, jamais je n'oublierai son sens ferme et droit, moins encore sa
divine indulgence.

Je rencontrai il y a quelques jours le jeune V...
Sa physionomie est ouverte et parfaitement heureuse. Il sort justement de l'université et s'il ne
se croit pas précisément un sage, il est bien persuadé d'en savoir plus que bien d'autres. Je le son-
dai sur beaucoup de questions, il se défendit bien;
en un mot, il a de l'instruction. Lorsqu'il apprit
que je dessinais beaucoup, et que je savais le grec,
deux phénomènes dans ce pays-ci, il s'attacha à mes
pas, et m'étala tout son savoir depuis *Batteur* jusqu'à *Wood*, depuis *de Piles* jusqu'à *Winkelmann*.
Il m'assura qu'il avait lu toute la première partie de la théorie des beaux arts de *Sulzer*, et qu'il pos-
sédait un manuscrit de *Heyne*, sur l'étude de
l'antique. Je lui en fis mon compliment, et passai
outre.

Un bien brave homme encore, dont j'ai fait encore la connaissance, c'est le bailli du prince, personnage franc et loyal. C'est une vraie joie de
l'âme, dit-on, que de le voir au milieu de ses en

fants ; il en a neuf. On paraît faire un cas particulier de sa fille aînée. Il m'a invité à l'aller voir; j'irai
au premier jour. Il demeure dans un pavillon de
chasse du prince, à une lieue et demie d'ici.
Après la mort de sa femme, il obtint la permission de s'y retirer, le séjour de la ville et la vue
de sa maison ne faisant qu'irriter sa douleur.
D'autre part, j'ai trouvé sur mon chemin quelques
caricatures originales ; tout en elles m'est insupportable, et leurs marques d'amitié plus que tout
le reste. Adieu ! Voilà une lettre faite pour toi,
elle est tout en récit.

22 mai.

La vie humaine n'est qu'un songe ; c'est ce que
beaucoup ont pensé et cette idée ne cesse de me
poursuivre. Quand je considère les étroites limites dans lesquelles sont circonscrites les facultés
actives et intellectuelles de l'homme ; quand je vois
que tous leurs efforts s'épuisent a satisfaire des
besoins, qui n'ont d'autre but que de prolonger
notre malheureuse existence ; que toute notre
tranquillité, sur certains points de la science, n'est
qu'une résignation fondée sur des rêves, produite par
cette illusion qui couvre les murs de notre prison
de peintures variées et de perspectives lumineuses ;

tout cela me rend muet, mon ami ; je rentre en moi-même, et j'y trouve un monde ! mais un monde fantastique, créé par des pressentiments, de sombres désirs et qui n'a aucune vivante action. Couvert d'un nuage épais, tout nage, tout flotte devant moi, et je m'enfonce en souriant dans ce chaos de rêves.

Gouverneurs, pédagogues, instituteurs, tous sont d'accord que les enfants ne savent ce qu'ils veulent. Mais que nous autres, grands enfants, parcourons ce globe en chancelant, sans savoir d'où nous venons, où nous allons ; que, comme les petits, nous agissons sans but ; que, comme eux, nous nous laissons mener par des gâteaux, des bonbons et la verge, c'est ce que personne ne veut croire volontiers, et à mon avis cependant cela crève les yeux.

Au reste, je t'accorde bien volontiers (car je sais ce que tu vas me répondre), que ceux-là sont les plus heureux qui, comme les enfants, vivent au jour la journée, traînent leur poupée çà et là, l'habillent, la déshabillent, passent et repassent avec grand respect devant le tiroir où la maman tient les sucreries, et quand elle leur en donne, les dévorent avec avidité et se mettent à crier : encore, encore ! Oui, voilà de fortunées créatures ! Heureux aussi ceux qui donnent un titre imposant à leurs futiles occupations ou même à leurs passions, pour les présenter au genre humain comme des œuvres de géant, entreprises pour son salut et sa prospérité. Encore une fois, grand bien leur fasse, à eux et à qui peut penser comme eux. Mais celui qui dans son humilité reconnaît le néant où toutes ces vanités viennent aboutir ; celui qui voit le bourgeois aisé arranger son petit jardin comme un paradis ; qui voit le malheureux sous le fardeau qui l'accable, se traîner sur le chemin sans se rebuter ; et tous deux enfin également intéressés à contempler une minute de plus la lumière du soleil ; celui-là, dis-je, est tranquille, il crée son univers en lui-même, il est aussi heureux d'être homme. Quelque limité que soit son pouvoir, il entretient toujours dans son cœur le doux sentiment de la liberté ; il sait qu'il peut quitter cette prison quand il lui plaira.

26 mai.

Tu connais d'ancienne date ma façon de m'arranger ; tu sais comme j'aime à me préparer une chaumière dans un endroit retiré où je puisse vivre dans la plus grande simplicité ; eh bien ! j'ai trouvé ici un petit coin qui m'a tout à fait séduit.

A une lieue de la ville environ, est un village nommé Wahlheim [1]. Sa situation sur une colline

1. Que le lecteur ne se donne pas la peine de rechercher les lieux ici nommés, on s'est vu obligé de changer les vrais noms qui se trouvent dans l'original.

est très pittoresque ; en montant le sentier qui y
conduit, on embrasse toute la vallée d'un coup
d'œil. Une bonne femme, serviable, et vive encore
pour son âge, y tient un petit cabaret, où l'on
trouve vin, bière et café. Ce qui surpasse tout à
mes yeux, sont deux tilleuls, qui de leurs branches
touffues couvrent la petite place devant l'église ;
des maisons, des granges, des cours en forme d'enceinte. Je chercherais vainement ailleurs un lieu
qui sourît davantage à mes penchants : j'y fais porter une petite table, une chaise , et là je prends
mon café, je lis mon Homère. La première fois que
le hasard me conduisit sous ces tilleuls, c'était une
belle après-midi : je trouvai l'endroit solitaire,
tout le monde était aux champs. Je n'aperçus
qu'un petit garçon de quatre ans ; il était assis à
terre, et tenait entre ses jambes un petit enfant de
six mois, assis de même, qu'il pressait de ses petits bras contre sa poitrine, de manière à lui servir de siége. Malgré la vivacité qui brillait dans
ses yeux noirs, il restait parfaitement tranquille.
Cette vue me charma : je m'assis sur une charrue
placée vis-à-vis, pris mes crayons, et me mis avec
délices à copier ce tableau fraternel. J'y ajoutai un
bout de haie, une porte de grange, quelques roues
brisées, tous ces objets pêle-mêle, comme ils se
rencontraient, et au bout d'une heure, je me trouvai avoir fait un dessin bien entendu et vraiment

intéressant, sans y avoir rien mis du mien. Cela
me confirma dans ma résolution, de m'en tenir
désormais uniquement à la Nature ; elle seule a
des richesses inépuisables, elle seule forme les
grands artistes. On peut beaucoup dire en faveur
des règles, à peu près ce que l'on peut dire aussi
à la louange des lois sociales. Un homme qui se
conforme à elles, ne produira jamais rien d'absurde ou de décidément mauvais, de même que
celui qui se conduit d'après les lois et les bienséances, ne deviendra jamais un voisin insupportable, et moins encore un insigne scélérat ; mais
en revanche, toute règle, qu'on dise ce que l'on
voudra, étouffera le vrai sentiment de la nature
et sa véritable expression ! Cela est trop fort !
t'écries-tu ? La règle réprime, élague les branches
gourmandes. Mon bon ami, écoute une comparaison : il en est ici comme de l'amour. Un jeune homme,
au cœur neuf et sensible, se passionne pour une
fille aimable et jolie. Il passe toutes ses heures à
ses côtés, prodigue toutes ses facultés, toute sa
fortune, pour lui prouver à tout instant qu'il s'est
donné à elle sans réserve. Survient un cuistre en
robe, un homme revêtu d'un ministère public,
qui lui dit : « Mon beau jeune monsieur, aimer
» est de l'homme, aimez donc en homme : par-
» tagez les heures de votre journée ; consacrez les
» unes au travail, et les autres à votre maîtresse ;

» faites un calcul exact de votre revenu : de ce qui
» vous restera de superflu, après avoir pourvu à
» tout le nécessaire, je ne vous défends pas de lui
» faire quelques petits présents, mais rarement, et
» à époque fixe : par exemple, le jour de sa fête,
» etc. » Notre jeune homme s'il suit les préceptes
du pédant deviendra un très utile personnage,
et je conseillerai moi-même à tout prince de l'em-
ployer dans sa chancellerie ; mais quant à son
amour, il aura disparu, et s'il est artiste, son talent aura fui. O mes amis! pourquoi le torrent du
génie se déborde-t-il si rarement ? pourquoi si
rarement ses flots impétueux viennent-ils ébranler
vos âmes émerveillées ? Mes très chers, c'est que
sur les deux rives habitent des gens graves et réflé-
chis, dont les maisons de plaisance, les planches de
tulipes, et les potagers seraient inondés et ruinés ;
et ces prudents personnages ont grand soin d'élever
des digues, de faire des saignées, pour détourner
le danger qui les menace.

27 mai.

Je me suis, comme je le vois, perdu dans l'enthousiasme, les comparaisons, la déclamation, et
j'ai complétement oublié d'achever ce que j'avais
commencé à te dire des enfants. Entièrement

plongé dans ces méditations sentimentales sur la
peinture, dont ma lettre d'hier ne t'a donné que
des parties décousues, je restai deux grandes heures
assis sur ma charrue. Vers le soir, arrive une jeune
femme, un panier au bras ; elle s'avance à grands
pas vers les enfants qui n'avaient pas bougé, et crie
de loin : « Philippe, tu es un bon garçon » ! Elle
me fait un salut, que je lui rends ; je me lève, m'approche, et lui demande si elle est la mère de ces
enfants. Elle me dit que oui, donne à l'aîné la
moitié d'un gâteau, prend le petit dans ses bras,
et l'embrasse comme une mère seule peut embrasser. — J'ai donné, me dit-elle, le petit à tenir à
Philippe, et j'ai été à la ville avec mon aîné, chercher du pain blanc, du sucre et un poëlon de terre.
— Je vis tout cela dans son panier, dont le cou-
vercle était tombé. Je veux ce soir faire une pa-
nade à mon petit Jean (c'était le nom du dernier
né) ; hier mon espiègle d'aîné a cassé le poëlon, en
se battant avec Philippe pour le gratin de la bouillie.

Je demandai à voir le plus grand, et à peine m'a-
vait elle répondu qu'il courait après les oies dans
le pré, qu'il revint en sautant, et apporta une
baguette de noisetier au cadet. Je continuai à m'entretenir avec la femme ; j'appris qu'elle était fille
du maître d'école, que son mari fait un voyage en
Suisse, pour recueillir la succession d'un cousin.
— Ils ont voulu le tromper, me dit-elle, ils ne

répondaient pas à ses lettres : il y est allé voir lui-
même ; pourvu qu'il ne lui soit point arrivé d'accident! Je n'en reçois point de nouvelles. — J'eus
de la peine à me détacher de cette femme ; je donnai un *kreutzer* [1] à chacun des enfants, et un autre
à la mère, pour acheter un gâteau au petit, quand
elle irait à la ville : nous nous séparâmes.

Je te le répète, mon bon ami, quand mes esprits
s'agitent avec violence, c'en est assez pour calmer
leur effervescence, que la vue d'une telle créature.
Dans un heureux abandon, elle parcourt le cercle
étroit de son existence, passe sans autre souci que
de trouver le nécessaire d'un jour à l'autre, voit
tomber les feuilles, et n'en conclut autre chose, sinon que l'hiver approche.

Depuis ce temps-là, je vais souvent chez cette
brave femme. Les enfants sont entièrement faits à
moi ; je ne prends pas de café qu'ils n'aient leur
sucre, et le soir, ils partagent avec moi mes tarti-
nes et mon lait caillé. Le dimanche, ils reçoivent
régulièrement leur *kreutzer;* et si je ne suis pas
là à l'heure des offices, la cabaretière a ordre de
leur en faire la distribution.

Ils sont confiants, me font des contes de cent
façons ; rien ne me réjouit plus que leurs petites
passions et la naïveté de leur jalousie, quand plu-

1. Petite monnaie d'Allemagne.

sieurs enfants du village se rassemblent autour de moi.

J'ai eu beaucoup de peine à rassurer la mère qui, disait-elle, craignait tant qu'ils n'incommodent monsieur.

30 mai.

Ce que je te disais dernièrement de la peinture, peut certainement aussi s'appliquer à la poésie. Il s'agit seulement de reconnaître d'abord le vrai beau, et ensuite d'oser l'exprimer franchement ; c'est, à la vérité, dire beaucoup en peu de mots. J'ai été aujourd'hui témoin d'une scène, qui, bien décrite, fournirait le sujet de la plus belle idylle du monde ; mais que font ici poésie, scène et idylle ? Faut-il sans cesse travailler selon les règles de l'art, dans les entraves de la règle, pour prendre part à un effet de nature ?

Si, d'après ce début, tu attends quelque chose de grand et de sublime, tu es dans l'erreur la plus complète ; ce n'est qu'un simple garçon de village qui a produit mon émotion si vive. Selon ma coutume, je raconterai mal, et selon la tienne, tu me trouveras outré. C'est encore Wahlheim, et toujours Wahlheim, qui enfante ces merveilles.

Une société était rassemblée sous les tilleuls,

pour prendre le café ; comme elle n'était pas absolument de mon goût, je restai en arrière sous un
prétexte.

Un jeune paysan sortit d'une maison voisine, et
vint raccommoder quelque chose à la charrue, que
je dessinai ces jours-ci. Sa tournure me plut, je l'ac-
costai : je lui adressai quelques questions sur son
état. En un moment la connaissance fut faite ; et,
comme il m'arrive ordinairement avec cette espèce
de gens, nous en fûmes bientôt aux confidences. Il
me raconta qu'il était en condition chez une
veuve, et qu'elle le traitait avec beaucoup de bonté.
Il me parla tant d'elle, en fit tellement l'éloge, que
je découvris bientôt qu'il lui était dévoué corps
et âme. — Elle n'est plus jeune, me dit-il ; elle a
été maltraitée par son premier mari, et ne veut
point se remarier. — Tout son récit dénotait si
vivement combien elle était belle, ravissante à ses
yeux, avec quelle ardeur il souhaitait qu'elle dai-
gnât le choisir pour effacer le souvenir des torts du
premier époux qu'il faudrait te répéter mot à mot
tout ce qu'il me dit, pour te peindre la pure inclination, l'amour et la fidélité de cet homme. Oui,
il faudrait que je possédasse les talents des plus
grands poëtes, pour te représenter au vif tout à la
fois l'expression de ses gestes, l'harmonie de sa voix,
et le feu concentré de ses regards. Non, point de
mots pour rendre la délicate tendresse qui régnait

dans tout son être, comme dans chacune de ses expressions ; je ne produirais rien que de gauche et de lourd. Je fus particulièrement touché de ses craintes, que je n'interprétasse mal ses rapports avec elle, et que je ne doutasse de sa bonne conduite. Combien je fus ravi de l'entendre parler de sa figure, de sa personne, qui malgré la perte des charmes de la première jeunesse l'enchaînait si fortement ! Mais ce plaisir je ne le ressens distinctement que tout au fond de mon cœur. De ma vie je n'ai vu désirs plus ardents, passion plus véhémente, accompagnés de tant de pureté : je puis même le dire, je ne l'avais jamais imaginée, rêvée, cette pureté. Ne me gronde pas, si je t'avoue qu'au souvenir de cette naïve innocence, mon âme s'exalte ; l'image de cette tendresse, si vraie, si dévouée me poursuit partout ; et moi, comme embrasé des mêmes feux, je brûle, je languis, je meurs dévoré.

Je vais chercher à voir au plus tôt cette femme. Mais non, si je ne me trompe, je l'éviterai ! Je la vois par les yeux de son amant, cela vaut mieux : peut-être ne paraîtrait-elle pas aux miens telle qu'elle est à présent devant moi ; et pourquoi chercher à gâter cette belle image ?

16 juin.

Pourquoi je ne t'écris pas? tu peux me le demander, toi un des savants de la terre ! Tu devais
deviner que je me trouve bien, très bien ; bref,
que j'ai fait une connaissance qui touche à mon
cœur de plus près. J'ai... j'ai... je ne sais pas. Te
raconter par ordre et avec détail, comment je suis
venu à connaître une des plus aimables créatures
de l'univers, serait une tâche difficile. Je suis content et heureux, par conséquent mauvais historio-
graphe.

Un ange ! fi ! chacun en dit autant de la sienne,
n'est-ce pas ? Et pourtant, je ne suis pas en état
de te dire comment elle est parfaite, pourquoi elle
est parfaite. Il suffit, elle asservit tous mes sens.
Tant d'ingénuité avec tant d'esprit ! tant de bonté
avec tant de force de caractère, et le repos de l'âme
au sein de la vie la plus active !

Tout ce que je dis là d'elle, n'est qu'un babil
incohérent, que de pitoyables abstractions, qui ne
rendent pas un seul de ses traits. Une autre fois...
non pas une autre fois, tout de suite, je vais te le
raconter. Si je ne le fais pas sur l'heure, je ne le
ferai jamais ; car, entre nous, depuis que j'ai commencé à écrire, j'ai déjà failli trois fois jeter ma
plume, faire seller mon cheval, et aller courir le

pays, quoique je me fusse promis ce matin de ne
pas sortir. A tout moment je vais voir à la fenêtre, si le soleil est encore bien haut.

. . . .

Je n'ai pu y tenir, il a fallu que j'allasse chez
elle. Me voilà de retour, mon cher Wilhelm ! Je vais
souper en t'écrivant. Quelles délices pour mon âme
de la contempler au milieu du cercle de ses huit
petits frères et sœurs, gais et charmants.

Si je continue sur ce pied, tu n'en sauras pas
plus à la fin qu'au commencement : écoute donc,
je vais m'efforcer d'entrer dans des détails.

Je te mandai dernièrement comment je fis connaissance avec le bailli S*** ; comment il m'avait
prié de l'aller voir dans son ermitage, ou plutôt
dans son petit royaume. Je négligeai cette invitation, et je n'y aurais peut-être jamais répondu, si
le hasard ne m'eût découvert le trésor enfoui dans
cette retraite.

Les jeunes gens de la ville donnaient un bal à
la campagne ; j'étais de la partie. J'offris la main à
une jeune personne douce, jolie, mais d'ailleurs
insignifiante. Il fut réglé que je conduirais ma danseuse et sa cousine en voiture au lieu du divertis-
sement, et que nous prendrions en chemin Charlotte S***. — Vous allez connaître une bien jolie
femme, me dit ma partenaire, quand nous fûmes
dans la superbe avenue qui conduit au pavillon.

— Prenez garde de devenir amoureux, ajouta la
cousine. — Pourquoi donc ? — Elle est déjà promise à un galant homme, qui est absent pour mettre ordre à ses affaires après la mort de son père,
et solliciter un emploi avantageux. — La nouvelle
me fut assez indifférente.

Le soleil allait se cacher derrière les montagnes,
quand nous arrêtâmes à la porte de la cour. L'air
était étouffant ; des nuages grisâtres et épais s'a-
moncelaient à l'horizon. Les femmes témoignaient
leur appréhension d'un orage ; je la dissipai par
une prétendue connaissance du temps, quoique je
commençasse moi-même à prévoir que la fête allait
être bientôt troublée.

J'avais mis pied à terre : une servante parut à
la porte, et nous pria d'attendre un instant mademoiselle Charlotte qui allait descendre. Je traversai la cour, montai le perron de la jolie maison,
et dès l'entrée du vestibule, mes yeux furent frappés du plus ravissant spectacle dont j'aie jamais été
témoin. Six enfants de deux ans jusqu'à onze
se pressaient autour d'une jeune fille de taille
moyenne mais bien élancée. Elle avait une simple
robe blanche avec des nœuds couleur de rose aux
bras et au corsage. Elle tenait un pain bis, dont elle
coupait un morceau à chacun de ces petits êtres en
proportion de son âge et de son appétit : elle donnait avec tant de grâces, et chacun criait *merci !*

si naïvement ! Toutes les petites mains étaient en l'air avant que le morceau fût coupé ; et à mesure qu'ils le recevaient, les uns s'enfuyaient en sautant ; les autres, plus posés, se rendaient à la porte de la cour, pour voir les étrangers et le carrosse qui allait emmener leur Charlotte. — « Je » vous demande pardon, me dit-elle, de vous avoir » donné la peine de descendre, et je suis honteuse » de faire attendre ces dames. Ma toilette, toute » sorte d'ordres à donner dans la maison pour le » temps de mon absence, m'ont fait oublier de » distribuer aux enfants leur goûter et ils ne veulent » pas qu'un autre que moi leur coupe leur pain. » — Je lui fis un compliment insignifiant, et mon âme tout entière était saisie de sa figure, son ton, son maintien. J'avais eu à peine le temps de me remettre de ma première surprise, lorsqu'elle alla dans une chambre voisine prendre son éventail et ses gants. Les enfants restaient à distance, me regardaient de côté ; j'avançai vers le plus jeune, doué de la figure la plus heureuse : il se retirait effarouché, quand Charlotte entra et lui dit : « Louis, » donne la main à monsieur ton cousin ». Ces mots enhardirent l'enfant, il vint à moi ; et malgré sa petite mine barbouillée, je ne pus m'empêcher de l'embrasser de bien bon cœur. — « Cousin ? répé- » tai-je, en tendant la main à Charlotte, croyez-vous » que je sois vraiment digne du bonheur de vous

2

» appartenir » ? — « Oh ! reprit-elle avec un sou-
» rire malin, notre parenté est si étendue, et je
» ne pense pas que vous soyez le moins bien de la
» famille. » — En partant, elle chargea Sophie,
celle de ses sœurs qui la suit, âgée d'environ onze
ans, d'avoir bien l'œil sur les enfants, et d'embrasser son papa, qui était allé faire un tour à cheval.
Elle dit aux petits : « Vous obéirez à votre sœur
» Sophie comme à moi-même ». Quelques-uns le
promirent expressément ; mais une petite blon-
dine de six ans dit d'un air suffisant : « Ce ne
» sera cependant pas toi, Lolotte ! nous t'aimons
» bien mieux ». Les deux aînés des garçons étaient
montés derrière la voiture ; à ma prière, elle leur
permit de faire route avec nous jusqu'au bois,
pourvu qu'ils promissent de ne pas se faire de
niche, et de se bien tenir.

On prend ses places, on part. A peine les dames
s'étaient elles saluées, s'étaient-elles rapidement
communiqué leurs remarques sur leur toilette, et
particulièrement sur les chapeaux ; à peine avait-on
convenablement épluché la société qu'on s'attendait à trouver, que Charlotte fit arrêter, et ordonna à ses frères de descendre. Ils demandèrent à
baiser sa main ; l'aîné y mit toute la tendresse
qu'on a à quinze ans, le second beaucoup de vivacité et de légèreté. Elle les chargea encore de
mille caresses pour les petits, et nous repartîmes.

La cousine lui demanda, si elle avait achevé le
livre qu'elle lui avait envoyé. — « Non, dit Char-
» lotte ; il ne me plaît pas, vous pouvez le repren-
» dre : le précédent ne valait pas mieux ». — Je
voulus savoir quels étaient ces livres ; je fus fort
étonné d'apprendre que c'étaient les œuvres de *** [1].
Je trouvais tant de caractère dans ses jugements,
tant de sens dans tout ce qu'elle disait ! je découvrais de nouveaux charmes dans chacune de ses
paroles, je voyais briller de nouveaux rayons d'esprit dans les traits de son visage où peu à peu se
peignait la joie de sentir que je la comprenais. —
« Quand j'étais plus jeune, dit-elle, je n'aimais
» rien tant que les romans. Dieu sait quel plaisir
» c'était pour moi, que de passer tout un dimanche
» dans un coin solitaire, à prendre part au bon-
» heur et aux infortunes d'une miss Jenny ! Je ne
» nie même pas que ce genre n'ait encore quelques
» attraits pour moi ; mais ayant rarement aujour-
» d'hui le temps de prendre un livre, il faut du
» moins qu'il soit entièrement de mon goût. L'au-
» teur que je préfère est celui dans lequel je re-
» trouve mon monde et tout ce qui m'entoure, ce-
» lui dont les récits sont aussi intéressants à mon

---

1. On a supprimé ici les noms propres, afin de ne faire de
peine à personne, quoique au fond un auteur ne doive pas
attacher grande importance au jugement d'une jeune fille
pas plus qu'à celui d'un jeune homme si volage.

» cœur, que ma vie d'intérieur, qui, sans être un
» paradis, est cependant en somme pour moi une
» source d'inexprimable félicité ».

Je m'efforçai de cacher l'émotion que me cau-
saient ces paroles, mais ce ne fut pas pour longtemps ; car en l'entendant parler du *Vicaire de
Wakefield*, de *** [1] avec une vérité touchante, je
fus transporté hors de moi, et me mis à discourir
avec enthousiasme.

Ce ne fut que quand Charlotte adressa la parole
à nos deux compagnes, que je m'aperçus qu'elles
étaient là, les yeux ouverts, mais comme si elles n'y
étaient pas. La cousine me regarda plus d'une fois
d'un air narquois ; j'y fis peu d'attention.

La conversation tomba ensuite sur le plaisir de
la danse. — « Cette passion serait-elle un défaut ?
» dit Charlotte, je vous avouerai franchement que
» je ne connais rien au-dessus de la danse. Quand
» j'ai quelque chagrin qui me tracasse, je n'ai qu'à
» jouer une contredanse sur mon clavecin, qu'il
» soit d'accord ou non, tout est dissipé ».

Comme je dévorais ses yeux noirs pendant notre entretien ! comme ses lèvres de rose, ses joues
fraîches et animées, charmaient mon âme entière !
Perdu d'extase dans l'admiration de ce qu'elle disait

---

1. On a supprimé ici les noms de quelques auteurs de notre pays ; ceux qui ont part aux prédilections de Charlotte, le
devineront par leur cœur, quand ils liront ce passage ; les
autres n'ont pas besoin de le savoir.

de sublime et d'exquis, souvent je n'entendais pas les mots par lesquels elle s'exprimait. Tu te fais l'idée de ce qui se passait en moi, toi qui me connais ! Bref, je descendis de voiture comme un somnambule, quand nous arrêtâmes devant la maison du rendez-vous. Je marchais, comme un égaré, dans un monde de rêveries : tellement que je remarquai à peine le son de la musique qui retentissait dans la salle de bal brillamment illuminée. Les deux messieurs Audran et un certain N. N. (comment retenir tous ces noms ?) qui étaient les danseurs de la cousine et de Charlotte, nous reçurent à la portière, s'emparèrent de leurs dames, et je conduisis la mienne en haut.

On commença un menuet ; nous nous entrelaçions les uns les autres ; j'invitai une danseuse, après l'autre ; je m'impatientais de voir que précisément les plus laides ne pouvaient se déterminer à donner la main pour finir. Charlotte et son danseur commencèrent une anglaise : que je fus aise, comme tu penses bien, quand elle vint à son tour figurer avec moi ! Il faut la voir danser ! Vois-tu, elle y est de tout son cœur, de toute son âme ; tout son corps est en harmonie, tous ses mouvements sont si libres, si dégagés, qu'elle semble ne penser à rien, ne ressentir rien autre chose au monde ; sans doute, en ce moment, tout le reste s'évanouit devant elle.

Je la priai pour la seconde contredanse ; elle me remit à la troisième, et m'assura avec la plus aimable aisance, qu'elle dansait très volontiers les allemandes. — « C'est ici la mode, continua-t-elle, » que pour les allemandes, chacun conserve sa » danseuse ; mais mon cavalier valse mal, et me » saura gré si je l'en dispense. Votre dame est peu » au fait de cette danse, et ne s'en soucie pas non » plus : j'ai remarqué, dans les anglaises, que vous » valsiez bien ; proposez donc à mon cavalier qu'il » vous cède son tour de valse, et je vais faire la » même demande à votre danseuse. » — Je lui donnai la main en signe d'engagement, et il fut bien-tôt arrangé que pendant la valse son danseur entre-tiendrait ma danseuse.

On commença ; nous nous amusâmes d'abord à mille passes de bras. Quelle grâce, quelle sou-plesse dans tous ses mouvements ! Lorsqu'on en vint aux valses et que nous commençâmes à tourner les uns autour des autres comme des sphères cé-lestes, ce fut d'abord, peu de danseurs étant au fait, une confusion assez grande. Prudemment, nous les laissâmes se démêler, et les plus gauches renonçant à la partie, nous nous emparâmes du parquet, et reprîmes avec une nouvelle ardeur. Au-dran et sa danseuse furent les seuls qui conti-nuèrent avec nous. Jamais je ne me sentis pareille agilité. Je n'étais plus un homme. Tenir dans ses bras la plus aimable des créatures ! voler avec elle comme le tourbillon qui annonce la tempête ! voir

tout passer, tout s'éclipser autour de soi ! sentir... !
Mon ami, pour être franc, je fis alors le serment,
qu'une fille que j'aimerais, sur laquelle j'aurais
des droits, ne valserait jamais avec un autre homme,
dussé-je cent fois périr ! Tu me comprends.

Nous fîmes quelques tours de salle en marchant,
pour reprendre haleine. Elle s'assit ensuite. Je lui
offris deux oranges que j'avais heureusement mises
de côté ; il n'en restait plus au buffet. Elles firent merveille au milieu de cette chaleur ; j'étais ravi, mais
une indiscrète voisine me donnait un coup de poignard à travers le cœur, à chaque quartier d'o-
range qu'elle acceptait de la main de Charlotte.

A la troisième contredanse anglaise, nous étions
le second couple. En descendant toute la colonne,
Dieu sait avec quelles délices je suivais tous ses pas,
comme je m'enivrais de ses yeux noirs, où brillait
le plaisir dans toute sa pureté ! Nous vînmes figurer devant une femme, qui, sans être de la première jeunesse, m'avait frappé par l'aménité de sa
physionomie ; elle regarda Charlotte en souriant,
la menaça du doigt, et prononça deux fois en passant le nom d'Albert, d'un ton significatif.

— « Quel est cet Albert, dis-je à Charlotte,
» s'il n'y a point d'indiscrétion à le demander » ?
— Elle allait répondre, quand il fallut nous séparer pour faire la grande chaîne ; et il me sem-
bla voir sur son front un air pensif, en repassant

devant elle. — « Pourquoi vous le cacherais-je?
» me dit-elle, en m'offrant la main pour la pro-
» menade, Albert est un galant homme, auquel
» je suis promise ». — Ce n'était point une nouvelle pour moi, puisque ses amies me l'avaient
dit en chemin ; mais à présent que quelques instants avaient suffi pour me la rendre si chère, ces
paroles me saisirent comme la chose la plus inattendue. A ce fatal ressouvenir, le trouble s'empara de moi, je m'oubliai, je manquai la figure,
je portai la confusion partout ; il fallut que Charlotte avec toute sa présence d'esprit me menât, me
tirât pour rétablir l'ordre.

Le bal n'était pas encore fini, que les éclairs,
qui brillaient depuis longtemps à l'horizon, et
que j'avais toujours donnés pour de simples
éclairs de chaleur, commencèrent à devenir beaucoup plus forts ; le tonnerre couvrait la musique.
Trois femmes s'échappèrent de la contredanse,
leurs cavaliers les suivirent ; bientôt le désordre
fut général, et l'orchestre se tut. Il est naturel,
lorsqu'un accident ou une terreur subite survient
au milieu d'un plaisir, que l'impression en soit
plus vive qu'en d'autres circonstances ; d'abord à
raison du contraste qui se fait si violemment sentir, et puis, parce que tous nos sens étant plus
activés, plus impressionnables que d'ordinaire, reçoivent plus facilement une émotion rapide. C'est

à ces causes que je dois attribuer toutes les gri-
maces que je vis faire à plusieurs femmes. La
plus sensée se mit dans un coin, le dos tourné à
la fenêtre, et se boucha les oreilles. Une autre, à
genoux devant elle, cachait sa tête dans son sein.
Une troisième se glissa entre ces deux-ci, et embrassait sa petite sœur en fondant en larmes.
Quelques-unes voulaient retourner chez elles;
d'autres, qui savaient encore moins ce qu'elles
faisaient, n'avaient plus assez de présence d'esprit
pour réprimer la hardiesse de nos jeunes étourdis,
qui semblaient fort occupés à recueillir, sur les
lèvres des belles éplorées, les ardentes prières
qu'elles adressaient au ciel. Une partie des hommes était descendue pour fumer tranquillement.
Le reste de la société suivit l'hôtesse, qui s'avisa,
fort à propos, de nous conduire dans une chambre qui avait des volets et des rideaux. A peine
y étions-nous réunis, que Charlotte fit un cercle de toutes les chaises. Tout le monde s'étant
assis à sa prière, elle proposa un jeu général.

A ce mot, je vis plus d'un de nos agréables, dans
l'espoir d'un doux gage, pincer d'avance les lèvres
comme pour prendre un baiser. — « Nous allons
» jouer à compter, dit-elle. Faites attention ! je vais
» toujours tournant de droite à gauche; il faut
» que chacun nomme le nombre qui lui tombe,

» cela doit aller comme une traînée de poudre.
» Qui hésite ou se trompe, reçoit un soufflet, et
» ainsi de suite, jusqu'à mille ». — C'est là
qu'elle était charmante à voir! Elle tournait en
rond les bras tendus : Un, dit le premier; deux,
le second; trois, le suivant, etc. Alors elle commença à aller plus vite, toujours plus vite. L'un
manque : paf! un soufflet. Le voisin rit, manque
aussi : paf! un soufflet, et elle de doubler de vi-
tesse. J'en reçus deux pour ma part, et crus remarquer, avec une joie secrète, qu'ils étaient plus
forts que ceux qu'elle appliquait aux autres. Un
rire et un vacarme universels mirent fin au jeu,
longtemps avant que l'on en fût à mille. Chacun
se rapprocha de l'objet qui le charmait; l'orage
était passé : moi, je suivis Charlotte dans la salle.
Elle me dit en chemin : « Les soufflets leur ont fait
» oublier le temps, et tout ». Je ne pus lui répondre. — « J'étais une des plus peureuses, con-
» tinua t-elle; et en faisant la brave, pour ras-
» surer les autres, je suis vraiment devenue cou-
» rageuse ». — Nous nous approchâmes de la fenêtre. Le tonnerre se faisait encore entendre dans
l'éloignement; une pluie bienfaisante avait ranimé
la nature; un air pur et rafraîchissant nous apportait les parfums qui s'exhalaient de toutes les
plantes. Elle était appuyée sur son coude; ses regards parcouraient la campagne : puis elle regarda

le ciel, puis moi; je vis ses yeux remplis de larmes, elle posa sa main sur la mienne, et dit: *ô
Klopstock!* Je me rappelai sur-le-champ cette ode
divine, qui occupait alors sa pensée, et je fus entraîné par le torrent de sensations exquises dont
ce mot seul venait de m'accabler. Je succombais;
je me penchai sur sa main, et la baisai en la
mouillant de larmes délicieuses. Je contemplai
ses yeux encore... Klopstock! noble poëte! génie sublime! que n'as-tu vu ton apothéose dans
ces regards! et moi, puissé-je de ma vie ne jamais plus entendre prononcer ton nom, si souvent
profané!

19 juin.

Où donc en suis-je resté de mon récit? je n'en
sais d'honneur rien. Tout ce que je sais, c'est
qu'il était deux heures du matin quand je me suis
couché. Ah! si j'avais pu jaser avec toi, au lieu
d'écrire, je t'aurais probablement tenu jusqu'au
jour.

Je ne t'ai pas encore conté ce qui s'est passé
à notre retour du bal, et le temps me manque encore aujourd'hui pour te faire un récit détaillé.
Le soleil se levait dans toute sa beauté, il éclairait
la forêt; quelques gouttes de pluie étaient encore

suspendues aux feuilles, les champs étaient re-
verdis. Nos deux compagnes dormaient. Elle me
demanda si je ne voulais pas être de la partie?
— « De grâce, me dit-elle, ne vous gênez pas
» pour moi si vous avez sommeil ». — « Dormir?
» lui répondis-je; tant que je vois ces yeux ou-
» verts, (et je la regardais fixement), ne croyez
» pas que je puisse fermer les miens ». — En
effet nous tînmes bon jusqu'à sa porte. Une servante vint doucement lui ouvrir, et, sur sa demande, l'assura que son père et les petits enfants
dormaient tous encore profondément. Je la quittai
en la suppliant de me permettre de la revoir le
jour même : elle y consentit, et je l'ai revue. Depuis ce temps-là, soleil, lune, étoiles peuvent se
lever et se coucher à leur aise; je ne sais plus quand
il est jour, quand il est nuit : l'univers a disparu
pour moi.

21 juin.

Mes jours sont aussi heureux que ceux que Dieu
réserve à ses élus ; arrive désormais ce qu'il voudra, du moins ne pourrai-je dire n'avoir pas connu
la joie, la joie la plus pure de cette vie. Tu connais mon Wahlheim ; j'y suis entièrement établi.
De là, je n'ai qu'une demi-lieue jusqu'à Charlotte ;

là je me sens moi-même, je jouis de tout le bonheur donné aux hommes.

Aurais-je jamais pensé, quand je prenais ce Wahlheim pour but de mes promenades, qu'il était situé si près du paradis? Combien de fois, en errant dans les alentours, tantôt du haut des montagnes, tantôt de la plaine au delà de la rivière, ai-je aperçu ce pavillon, qui renferme aujourd'hui l'objet de tous mes vœux !

Cher Wilhelm, j'ai réfléchi mille fois sur ce désir naturel à l'homme de s'étendre, de faire de nouvelles découvertes, d'embrasser tout ce qui l'entoure ! puis, de l'autre côté, sur ce second penchant intérieur à se restreindre volontairement dans des bornes, à suivre pas à pas l'ornière tracée par l'habitude, sans plus s'inquiéter de ce qui se passe à droite et à gauche.

Comme c'est singulier ! Lorsque je vins ici, et que pour la première fois, errant sur les coteaux, je découvris cette riante vallée, je me sentis attiré de tous côtés par un effet magique. — Làbas, le bois ! — Ah ! si tu pouvais t'enfoncer sous son ombrage, me disais-je ! — Plus haut, la cime des montagnes ! — Ah ! si tu pouvais de là promener tes regards sur ce vaste et charmant paysage ! sur cette chaîne de collines, et ces paisibles vallons ! — Oh ! que ne puis-je m'y dérober, m'y perdre ! — J'y courais, et je revenais sans avoir

3

trouvé ce que je cherchais. — Il en est des loin-
tains que nous apercevons comme de l'avenir. Tout
un vaste univers se fait entrevoir à notre âme à travers le crépuscule ; tous nos sens y aspirent, tous
nos regards s'y portent ; nous voudrions renoncer
à tout notre être, pour nous pénétrer sans partage
d'une sensation unique et délicieuse ; nous cou-
rons, nous volons. — Mais hélas ! quand nous
avons atteint le but, nous nous retrouvons au point
d'où nous étions partis ; nous restons dans notre
pauvreté, dans nos étroites limites, et notre âme
épuisée, languissante, soupire encore après le
baume restaurant qui a fui devant elle.

Ainsi, dans sa vie inquiète, le vagabond le plus
inconstant soupire après sa patrie. Il trouve dans
sa chaumière, dans les bras de sa femme et de ses
enfants, dans les soins mêmes que demande leur
entretien, le vrai plaisir qu'il cherchait vainement
dans tous les coins de ce vaste monde.

Souvent au lever du soleil, je sors, je cours à
mon cher Wahlheim. Je vais moi-même cueillir mes
petits pois, dans le jardin de ma bonne hôtesse, et
je les écosse en lisant Homère ; je vais dans la petite cuisine choisir un pot, couper mon beurre et
mettre les pois sur le feu : je m'assieds auprès et je
remue de temps en temps ; alors je me retrace les
fiers amants de Pénélope, égorgeant, dépeçant et
rôtissant des bœufs et des pourceaux. Il n'est rien

au monde qui me procure de jouissance plus réelle, plus douce, que ces traits de la vie patriarcale, dont je puis, sans affectation, grâce au ciel, entre-lacer le tissu de ma vie.

Que je m'estime heureux de pouvoir sentir la joie innocente et simple du mortel, qui apporte sur sa table le chou que lui-même a cultivé ! Il ne jouit pas seulement du chou, mais encore de la belle matinée où il le planta, des douces soirées où il l'arrosa, et du plaisir qu'il avait à le voir croître, s'arrondir chaque jour. Toutes ces joies il les sa-voure toutes de nouveau en un seul instant.

29 juin.

Avant-hier, le médecin vint de la ville voir le bailli. Il me trouva à terre au milieu des enfants de Charlotte : les uns sautaient autour de moi, grim-paient sur mes genoux, les autres m'agaçaient ; moi je les chatouillais, nous faisions un tintamarre effroyable. Le docteur est un mannequin pédantes-que, qui ne cesse, en parlant, d'arranger les plis de ses manchettes, de tirer et d'étaler un jabot qui n'en finit pas. Il trouva ma conduite au-dessous de la dignité d'un homme sensé ; je m'en aperçus bien à son air. Je n'en continuai pas moins ; je lui lais-sai débiter les choses les plus raisonnables, et m'oc-

cupai à relever le château de cartes, que les enfants avaient abattu.

Aussi mon personnage s'empressa-t-il, en rentrant en ville, de dire à tout venant : « Les enfants
» du bailli n'étaient déjà que trop mal élevés, et
» voilà que ce Werther les gâte totalement » ! Oui,
cher Wilhelm, les enfants sont ce qui touche le
plus mon cœur sur la terre. Quand je les examine,
et que, dans ces petits êtres, je vois le germe de
toutes les vertus, de toutes les facultés, dont ils auront tant besoin un jour ; quand je démèle dans leur
entêtement, la future constance et fermeté de caractère, dans leurs espiègleries et leur malice même,
l'humeur gaie et facile, qui fait passer rapidement sur
les peines de la vie, et tout cela si franc, si entier !
toujours, toujours je me répète ces paroles divines
du Maître : « Si vous ne devenez comme l'un
»d'eux » ! Eh bien ! mon ami, ces enfants, ces aimables créatures, que nous devrions regarder
comme nos modèles, nous les traitons en esclaves.
Il ne faut pas qu'ils aient une volonté ! N'avons-
nous pas les nôtres ? sur quoi repose cette préro-
gative ? Est-ce parce que nous sommes plus âgés et
plus graves ! Dieu de miséricorde ! du sein de ta
gloire, tu vois de grands et de petits enfants, rien
de plus, et tu as depuis longtemps déclaré par la
bouche de ton fils ceux en qui tu te plaisais davantage. Les hommes croient en lui, mais ne l'écou-

tent pas : ils n'ont jamais fait autrement. Et ils forment leurs enfants à leur image ! et... — Adieu Wilhelm, adieu ; j'aime mieux laisser ce sujet et ne pas radoter davantage.

1er juillet.

Ah ! qui peut mieux sentir tout ce que doit être Charlotte pour un malade, que mon propre cœur, mille fois plus malade et plus souffrant que le malheureux étendu sur un lit de douleur. Elle va passer quelques jours à la ville, auprès d'une femme respectable, qui, au dire des médecins, tire à sa fin, et dans ses derniers moments, veut avoir Charlotte à ses côtés. La semaine passée, je l'accompagnai dans une visite qu'elle fit au pasteur de Saint ***, village situé à une lieue d'ici dans la montagne. Nous y arrivâmes sur les quatre heures. Elle avait amené sa sœur cadette. En entrant dans la cour du presbytère, ombragée de deux gros noyers, nous vîmes le bon vieillard, assis sur un banc à la porte de la maison. Dès qu'il aperçut Charlotte, il parut animé de nouvelles forces, oublia son bâton noueux, et se risqua à s'avancer vers elle. Elle courut à lui, le força de se rasseoir, se mit auprès de lui, lui fit les compliments de son père, embrassa son petit garçon.

l'enfant gâté de sa vieillesse, tout sale et laid qu'il
était. Il aurait fallu que tu visses comme elle s'occupait du vieux pasteur, comme elle élevait la
voix pour se faire entendre de ses oreilles demi-
sourdes, comme elle lui parlait de jeunes gens
robustes, qui étaient morts tout à coup, comme
elle vantait la vertu des eaux de Carlsbad, et
louait sa résolution d'y aller l'été prochain, comme
elle se récriait sur le mieux sensible survenu dans
toute sa personne, depuis la dernière fois qu'elle
l'avait vu! J'avais salué la femme du pasteur pendant ce temps. Le bon vieillard était plein de gaîté.
Je ne pus m'empêcher d'admirer la beauté des
noyers qui nous couvraient de leur ombre. Aussitôt, quoiqu'un peu pesamment, il commença à
nous faire l'histoire de ces arbres. — « Quant au
» plus vieux, dit-il, nous ignorons qui l'a planté :
» tel pasteur, disent ceux-ci, ceux-là tel autre;
» mais pour le plus jeune, il est précisément de
» l'âge de ma femme, cinquante ans au mois d'oc-
» tobre. Son père le planta le matin, elle vint
» au monde le soir. C'était mon prédécesseur,
» et on ne peut dire à quel point l'arbre lui était
» cher. Assurément il ne me l'est pas moins :
» ma femme était assise sur une poutre au pied
» de ce noyer, et tricotait, la première fois
» que je vins, alors pauvre étudiant, dans cette
» même cour. Il y a... il y a... trente-sept ans...

» oui, trente-sept ans... » — Charlotte demanda
à voir sa fille Frédérique; on nous dit qu'elle
était descendue à la prairie avec M. Schmidt, pour
visiter les travailleurs, et le bonhomme poursuivit
son récit. Il nous raconta comment son prédécesseur le prit en affection, comment il se fit aimer
de sa fille, comment il devint son vicaire, et enfin
son successeur. L'histoire venait de finir, lorsque
la jeune personne revint par le jardin, accompagnée de M. Schmidt. Elle fit à Charlotte l'accueil
le plus amical. Je dois le dire, elle ne me déplut
pas : c'est une brune, vive et bien faite, dont la
société ferait passer des heures très agréables à la
campagne. Son prétendu (car tel nous parut
M. Schmidt dès l'instant), homme bien élevé, mais
froid, ne voulut jamais placer un mot dans la conversation, quelque chose que fît Charlotte pour l'y
attirer. Ce qui m'affligea le plus, c'est que je crus
remarquer dans les traits de sa physionomie, que
c'était plutôt caprice et mauvaise humeur, que
manque d'esprit, qui l'empêchaient de prendre part
à la causerie. Cela ne devint que trop clair par la
suite; car, à la promenade, Frédérique, se trouvant par hasard écartée de quelques pas avec moi,
le visage de notre amant, assez brun sans cela,
devint d'un sombre sinistre. Il était temps que
Charlotte, qui s'en aperçut, me tirât par la man-
che, et me fît comprendre par signe que je m'em-

pressais trop auprès de Frédérique. — Rien ne me
désole davantage, que de voir les hommes se tourmenter mutuellement, je m'irrite surtout quand
je vois des jeunes gens dans la fleur de l'âge,
dont le cœur devrait être le plus ouvert à tous les
plaisirs, à toutes les jouissances, semer, de gaîté de
cœur, par des niaiseries, le trouble sur le peu
d'instants heureux qui leur sont comptés, et lorsque ces instants sont enfuis sans retour, n'avoir plus
que des regrets infructueux à leur donner. — J'é-
tais piqué. Vers le soir, on revint prendre du lait
dans la cour : la conversation tomba sur les peines
et les plaisirs de ce monde; je saisis l'occasion,
pris la parole, et me mis à déclamer vivement
contre la mauvaise humeur. — « Nous nous plai-
» gnons souvent, dis-je de ce que les beaux jours
» sont si rares, et les mauvais si fréquents; c'est,
» à mon avis, presque toujours à tort. Si nous
» avions en tout temps le cœur disposé à jouir du
» bien que Dieu nous envoie, nous aurions aussi
» la force de supporter le mal quand il nous
» vient. » — « Mais notre humeur n'est pas en
» notre pouvoir, s'écria l'épouse du pasteur :
» combien elle dépend du physique! La plus lé-
» gère indisposition vous fait tout prendre en
» grippe. » — J'en convins. — « Nous traiterons
» donc, continuai-je, le défaut dont il s'agit, comme
» une maladie, et je vous demanderai si elle est

» sans remède ! » — « Passe pour cela, dit Char-
» lotte; je crois, du moins, que cela dépend en
» grande partie de nous, je le sais par moi-même.
» Si quelque chose me peine ou me contrarie, je
» n'ai qu'à faire deux ou trois tours de jardin en
» chantant quelques airs de danse, et tout est
» passé. » — « C'est ce que je voulais dire,
» ajoutai-je ; il en est de la mauvaise humeur
» absolument comme de la paresse : notre nature
» n'y est que trop portée ; et cependant, si nous
» avons la force de la secouer, le travail sort sans
» effort de nos mains, et nous trouvons un vrai
» plaisir dans notre activité. » — Frédérique
était très attentive, et le jeune homme m'objecta
que l'on n'était pas maître de soi-même, ou que
du moins on ne pouvait commander à ses sentiments. — « Il s'agit ici, répliquai-je, d'un senti-
» ment désagréable, dont tout être se déferait vo-
» lontiers, et personne ne sait jusqu'où vont ses
» forces avant de les avoir essayées. Assurément
» celui qui est malade, s'adressera à tous les mé-
» decins; il ne refusera pas le régime le plus sé-
» vère, les potions les plus amères, pour recou-
» vrer une santé qui lui est précieuse. »

Je remarquai que le bon vieillard prêtait l'o-
reille pour prendre part à notre entretien; j'élevai
la voix en lui adressant la parole. — « On prêche
» contre tant de vices, dis-je, je n'ai pas encore

» ouï dire qu'on ait attaqué en chaire la mauvaise
» humeur [1]. » — « C'est aux prédicateurs des
» villes à le faire, répondit le vieux pasteur; les
» paysans ne connaissent ni l'humeur, ni les ca-
» prices. Il n'y aurait cependant point de mal à
» en toucher quelque chose de temps en temps ;
» ce serait une leçon pour la femme du pasteur,
» au moins, et pour M. le Bailli. » — Tout le
monde se mit à rire, et lui avec nous de tout son
cœur, jusqu'à ce qu'il lui prît une toux, qui interrompit quelques moments notre discours. Le
jeune homme reprit la parole. — « Vous avez
» nommé la mauvaise humeur, un vice; cela me
» semble outré. » — « Outré? en rien, si ce qui
» nuit à soi-même et au prochain mérite ce nom.
» N'est-ce pas assez que nous ne puissions nous
» rendre mutuellement heureux? faut-il aussi
» nous priver mutuellement du plaisir que cha-
» cun de nous peut se ménager parfois au fond
» de son cœur? Nommez-moi le mortel qui ait de
» l'humeur, et qui ait le talent de la cacher, de la
» supporter seul, sans troubler la joie de ce qui
» l'entoure? N'est-ce pas au fond un chagrin in-
» térieur de notre propre insuffisance, un mécon-
» tentement de nous-mêmes, toujours lié avec
» l'envie, fruit d'une folle vanité? Nous voyons

1. Il existe un excellent sermon du célèbre Lavater sur ce
sujet.

» des hommes heureux, et qui ne nous doivent
» rien de leur bonheur, et c'est cette vue qui
» nous est intolérable ! » — Charlotte souriait de
l'émotion avec laquelle je parlais, et une larme
que j'aperçus dans les yeux de Frédérique,
m'anima à continuer. — « Malheur, dis-je,
» malheur à ceux qui se servent de l'empire qu'ils
» ont sur un cœur, pour le priver des jouissances
» pures et simples qui y germent d'elles-mêmes.
» Tous les présents, toutes les complaisances du
» monde ne remplacent pas un instant de vrai
» plaisir, empoisonné par les vexations envieuses
» d'un tyran. » — Tout mon cœur était plein dans
ce moment. Le souvenir de tant d'événements
passés oppressait mon âme, et mes yeux se mouil-
lèrent de larmes.

Ah ! m'écriai-je, si chacun de nous se disait
tous les jours : « Le premier de tes devoirs en-
» vers tes amis, est de respecter leurs plaisirs, et
» d'augmenter leur bonheur, en le partageant
» avec eux; la plus douce de tes obligations est
» de verser une goutte de baume consolateur dans
» leur âme, quand elle est agitée par une pas-
» sion violente, ou flétrie par la tristesse !

» Ah, comme ta conscience t'accusera lorsque l'infortunée victime que tes barbares caprices ont mi-
née dans la fleur de son âge, dévorée par la maladie
fatale qui va trancher ses jours est étendue devant

toi épuisée et mourante. Ses yeux éteints essayent
de voir le ciel encore une fois; la sueur de la mort
coule sur son front décoloré. Approche, te dis-je,
et que l'enfer s'empare de ton cœur. Il est trop tard
tu le sens, tous tes trésors sont impuissants. L'angoisse te dévore; tu voudrais abandonner tout ce
que tu possèdes, pour donner à la pauvre créature
expirante un peu de confortation, une étincelle de
courage. »

Le tableau d'une scène semblable, dont j'avais
été témoin, vint se retracer à mon esprit avec les
plus fortes couleurs. Je portai mon mouchoir à
mes yeux, et m'éloignai de la société. Je ne re-
vins à moi qu'à la voix de Charlotte, qui me cria :
Allons, allons, il est temps de partir! Comme
elle m'a grondé en route de la part trop passionnée que je prends à tout! — « Vous vous tuerez,
» me disait-elle, il faut vous ménager »! — « Oh!
» oui, fille angélique! — je veux vivre, et vivre
» pour toi » !

                                      6 juillet.

Elle est toujours auprès de sa mourante amie:
toujours la même, toujours cet être tutélaire et
consolateur, dont les regards adoucissent les souffrances, et répandent le bonheur. Elle faisait hier

au soir un tour de promenade avec Mariane et la
petite Amélie; je le sus, et courus la joindre.
Après une heure de marche, nous reprîmes le chemin de la ville; nous arrivâmes à cette fontaine,
qui m'était si chère, et qui me l'est mille fois davantage aujourd'hui. Charlotte s'assit sur le petit
mur; nous restâmes debout devant elle. Je jetai
un regard sur tout ce qui m'entourait... Hélas!
le temps où mon cœur était si isolé se représenta
vivement à ma mémoire.

« Fontaine chérie, m'écriai-je! je ne viens plus
» me reposer à ta douce fraîcheur; je passe de-
» vant toi, et ne te regarde même pas »! J'a-
perçus Amélie fort embarrassée de remonter avec
un verre d'eau qu'elle avait été puiser. Je consi-
dérai Charlotte, et sentis tout ce que je possédais
en elle. Amélie arriva enfin avec son verre; Ma-
rianne voulait le lui prendre. « Non, non! criait
la petite du ton le plus aimable, c'est à Lolotte à
boire la première ». Je fus si transporté de la sin-
cérité touchante de son exclamation, que je ne
pus exprimer ce que je sentais, qu'en enlevant
l'enfant dans mes bras, et l'embrassant avec passion. Elle se mit sur-le-champ à pleurer et à
crier. — « Vous n'avez pas bien agi, me dit Charlotte ». — J'étais confondu. — « Viens, viens,
Amélie, ajouta-t-elle, en la prenant par la main,
et descendant les degrés avec elle; lave-toi à la

source, vite, vite, cela va passer ». — Je vis la
petite se frotter les joues de toutes ses forces;
j'admirai la bonne foi avec laquelle elle s'imaginait que cette eau merveilleuse empêcherait qu'il
ne lui vînt une vilaine barbe comme à M. Werther : Charlotte avait beau lui dire : *c'est assez*,
elle lavait et frottait toujours, comme si beaucoup
devait faire plus que peu.

Je te le proteste, mon cher Wilhelm, jamais je
n'ai assisté avec plus de respect à un baptême.
Quand Charlotte remonta, je me serais volontiers
prosterné à ses pieds, comme devant un prophète
qui vient de faire un sacrifice expiatoire pour une
nation.

Le soir même, dans la joie de mon cœur, je ne
pus m'empêcher de faire le récit de cette scène
à un homme à qui je supposais de la sensibilité,
parce qu'il a de l'esprit. Mais que je m'adressai
bien! il donna le plus grand tort à Charlotte, il
dit qu'il ne fallait jamais rien faire accroire aux
enfants, que cela donnait lieu à mille erreurs et
superstitions, dont on ne peut les garantir trop
tôt. Alors je me ressouvins que cet homme avait
fait baptiser son enfant la semaine précédente; je
le laissai donc pérorer, et au fond de mon cœur
je restai fidèle à la vérité. Il faut agir envers les
enfants, comme Dieu agit envers nous; il ne nous
rend jamais plus heureux, que lorsqu'il nous

fait errer à travers les doux prestiges de l'illusion.

8 juillet.

Que nous sommes enfants! quel prix nous atta-
chons à un regard! Oh! oui, que nous sommes
enfants! Nous étions allés à Wahlheim. Les dames
étaient en voiture, et pendant notre promenade,
je crus voir dans les yeux noirs de Charlotte...
je suis fou, pardonne! Il faudrait que tu les visses,
ces yeux! Pour en finir donc (car je tombe de som·
meil), les dames étaient en carrosse, et le jeune
W... Selstadt, Audran et moi, suivions à pied.
Ces messieurs, toujours vifs et légers, ne cessaient
de voltiger, de babiller d'une portière à l'autre :
on leur répondait. Je cherchai les yeux de Charlotte : ah! ils allaient de l'un à l'autre, mais pas
une fois, une seule fois, ils ne tombèrent sur moi!
moi, qui étais là tout absorbé en elle! Mon cœur
lui disait mille fois adieu, et elle ne me regardait pas! La voiture nous devança ; une larme vint
mouiller ma paupière. Je la suivais des yeux, j'ap-.
perçus sa coiffure à la portière; elle se penchait
pour voir... Qui?... moi?... mon ami, je flotte
dans cette incertitude, elle fait ma consolation.

Peut-être cherchait-elle à me voir! peut-être! —
Bonne nuit! Oh! que je suis enfant!

10 juillet.

La sotte figure que je fais dans un cercle, quand
on vient à parler d'elle! Et si tu me voyais, quand
on me demande gravement si elle me plaît! *Si
elle me plaît!* Ce mot, je le hais à mort. Quel
homme serait celui à qui Charlotte *plairait*, et
dont elle ne remplirait pas à l'instant tous les
sens, toutes les facultés! *Si elle me plaît?* Dernièrement un d'eux me demanda si Ossian *me plai-
sait!*

11 juillet.

Madame M*** est fort mal : je prie pour sa vie,
car je souffre avec Charlotte. Je la vois quelquefois
mais rarement, chez mon amie. Aujourd'hui elle
m'a raconté un trait singulier. — Le vieux M*** est
un ladre fieffé, qui a fait mener à sa femme une
vie de privations et de tourments : elle a cependant toujours su se faire des ressources. Il y a
peu de jours, quand elle fut décidément condam-
née par ses médecins, elle fit venir son mari, et

lui parla de la manière suivante en présence de Charlotte : « Je dois te faire l'aveu d'une chose, » qui, après ma mort, pourrait occasionner beau- » coup de trouble et de chagrin. J'ai jusqu'ici con- » duit le ménage avec tout l'ordre, toute l'écono- » mie possible ; j'ai pourtant à te demander par- » don de t'avoir trompé depuis trente ans. Dans les » commencements de notre mariages tu fixas une » somme modique pour la table et autres dépenses » domestiques. Notre ménage devint plus considé- » rable, notre commerce plus étendu : il n'y eut » cependant pas moyen de te déterminer à augmen- » ter en proportion la somme fixée. Bref tu sais » que même dans les temps où notre ménage fut » le plus fort, tu exigeas que j'en devais venir » à bout avec sept florins par semaine. Je les ac- » ceptai sans murmurer ; mais toutes les semaines » je prenais le surplus dans ta caisse ; personne » ne supposa jamais que ta femme te volât. » Je n'ai rien dissipé ; et pleine de confiance, je » serais allée au-devant de l'éternité, sans l'avouer » si je n'eusse pensé que celle qui sera chargée du » ménage après moi, pourrait manquer d'idées pour » sortir d'embarras. Tu t'opiniâtrerais néanmoins » à lui soutenir que ta femme n'avait pas davantage, » et subvenait à tout ».

Je m'entretins avec Charlotte de l'incroyable aveuglement de l'esprit humain. Comment un homme de bon sens peut-il ne pas soupçonner quelque pratique cachée, en voyant faire avec sept florins une dépense qu'il sait devoir en coûter le double ? Mais j'ai connu des gens qui auraient vu dans leur maison, sans le moindre étonnement, le petit pot d'huile perpétuel du prophète.

13 juillet.

Non, je ne me trompe pas ! je lis dans ses yeux noirs le sincère intérêt qu'elle prend à moi et à ma destinée. Oui, je sens, et j'ose me fier à mon cœur, je sens. — Ah ! oserai-je, pourrai-je peindre le ciel même par ce seul mot ? — Elle m'aime ! elle m'aime ! — Que je suis devenu grand à mes propres yeux, que je... Oui, je peux te le dire, à toi, tu me comprendras. — que je m'adore moi-même depuis qu'elle m'aime !

Est-ce présomption ou ai-je le sentiment du rapport véritable qui existe entre nous ? — Je ne connais nullement l'homme que je craignais de rencontrer dans le cœur de Charlotte ; et cependant — si elle vient à parler de son futur époux avec chaleur, avec amour, — je suis à l'instant comme l'ambitieux qui vient d'être précipité du faîte des grandeurs, comme le preux à qui on enlève sa fidèle épée.

16 juillet.

Ah! comme mon sang bouillonne dans mes veines, si mes doigts par hasard effleurent les siens,
si nos pieds se rencontrent sous la table! Je les retire précipitamment, comme s'ils étaient dans le
feu, et une force secrète me reporte aussitôt vers
elle. — La tête me tourne, je n'y vois plus. —
Oh! son innocence, son âme pure et libre ne lui
permettent pas de sentir combien me tourmentent
les légères familiarités qu'elle daigne prendre avec
moi! — Quelquefois en parlant, elle pose sa main
sur la mienne, puis, dans la chaleur du discours,
se rapproche de moi; je respire, je savoure sa
douce haleine; — je succombe, comme frappé de
la foudre. — Ah! Wilhelm, si jamais sous le saint
voile de cette confiance... Tu me comprends. Non,
mon cœur n'est pas si corrompu. Il est faible, bien
faible! — n'est-ce pas être déjà perverti?

Elle est sacrée pour moi, tout désir se tait en
sa présence. Je ne sais jamais où j'en suis, quand
je me trouve près d'elle. Tous mes nerfs sont en
convulsion, mon âme entière est bouleversée. —
Elle a un air particulier qu'elle joue sur son clavecin avec une simplicité, une expression angélique! C'est son morceau favori. Elle n'en fait pas en-

tendre la première note, que toutes mes peines,
tous mes soucis, mes troubles sont évanouis.

Nul prodige de la musique ancienne ne m'est
incompréhensible, quand cette mélodie si simple
me vient pénétrer. Et comme elle sait bien me faire
entendre ce chant dans les moments où je voudrais
me passer une balle à travers la cervelle. O pouvoir
des sons ! l'agitation de mon âme se calme, les ténèbres qui m'environnent se dissipent, et je recommence à respirer librement.

18 juillet.

Wilhelm, qu'est-ce que le monde à nos cœurs,
sans l'amour ? C'est une lanterne magique sans lumière. Mais dès que la flamme commence à briller,
le mur se peint de figures de toutes formes, de
toutes couleurs. Ah! quand tout ce qui frappe
alors nos yeux ne serait pas autre chose : quand ce
ne seraient que des fantômes passagers, n'est-ce pas
cependant être heureux, que de pouvoir goûter à
ce spectacle d'illusions la joie la plus pure, les
transports de la naïve jeunesse ?

Je ne pouvais aujourd'hui aller voir Charlotte :
j'étais emprisonné dans une société, d'où il n'y
avait pas moyen de s'échapper. Que faire ? je lui
ai envoyé mon domestique, afin du moins d'avoir
autour de moi quelqu'un qui l'eût approchée dans

la journée. Avec quelle impatience je l'attendais, avec quelle joie je l'ai revu ! Je lui aurais sauté au cou, je l'aurais embrassé, si j'avais osé.

On dit de la pierre de Bologne, que lorsqu'on l'expose au soleil, elle attire ses rayons, et éclaire quelque temps dans la nuit : tel était en vérité ce domestique pour moi. L'idée que les yeux de Charlotte s'étaient reposés sur son visage, sur les boutons, le collet de sa redingote me rendait tous ces objets si intéressants, si précieux ! Non, dans ce moment je n'aurais pas donné ce garçon pour mille écus. Sa présence me faisait tant de bien ! — Dieu te préserve d'en rire ! Wilhelm, est-ce une illusion ce qui nous rend heureux ?

19 juillet.

Je la verrai ! m'écriai-je en me réveillant, et en contemplant d'un œil réjoui le soleil qui se lève dans toute sa splendeur; je la verrai ! plus, un souhait à former pour le jour entier. Tout, tout s'absorbe dans cette idée : je la verrai !

20 juillet.

Mille pardons, vous avez beau dire, mais je n'irai point à *** avec l'ambassadeur. Je n'ai point de

goût pour la subordination, et de plus, nous savons tous que l'homme en question est un des
mortels les plus capricieux. Ma mère, dis-tu, voudrait bien me voir en activité : cela m'a fait rire.
Eh! grand Dieu! ne suis-je pas assez actif? et
n'est-ce pas au fond la même chose que je compte
des pois ou des lentilles? Toute cette vie s'écoule
en niaiseries, en absurdités; et l'homme, qui,
sans inclination particulière, sans besoin, pour de
l'argent ou pour des honneurs, consume ses jours
dans le travail, est à coup sûr un extravagant, un
fou.

24 juillet.

Puisque tu prends tant d'intérêt à ce que je
ne néglige pas mon dessin, j'aimerais mieux passer entièrement cet article sous silence, que de
te dire que depuis quelque temps je ne fais rien,
ou peu de chose.

Jamais je ne fus plus heureux, jamais ma sen
sibilité pour la belle nature jusqu'au caillou et à
l'herbe des champs, ne fut plus vive et plus pé-
nétrante, et cependant — je ne sais comment
m'exprimer; la faculté imitative est si faible en
moi, tous les objets nagent et dansent tellement
devant mes yeux, que je ne puis saisir ni tracer

un trait; mais je m'imagine que si j'avais de l'argile ou de la cire, je m'en tirerais avec plus d'avantage. Je vais donc prendre de l'argile, si cela continue, et je la pétrirai, dussé-je n'en faire que des gâteaux.

Trois fois j'ai commencé le portrait de Charlotte, et trois fois j'ai déshonoré mon crayon. Cela me pique d'autant plus, que j'étais, il y a quelque temps, extrêmement heureux en ressemblances. Je me suis donc borné à faire sa silhouette, et il faut bien que je m'en contente.

26 juillet.

Oui, chère Charlotte, tout est ordonné, tout sera exécuté; mais donnez-moi donc des commissions plus souvent, donnez-m'en à tous les instants. — Ah! j'ai une grâce à vous demander : plus de sable sur les billets que vous m'écrivez. Mon premier mouvement fut de porter celui de ce matin à mes lèvres, et j'ai senti le sable craquer sous mes dents.

26 juillet.

Que de fois je me suis promis de ne pas la voir si souvent! Hélas! qui pourrait y tenir! tous les

jours je succombe à la tentation, et me dis pieuse-
ment en revenant : demain tu n'iras pas ! Ce demain vient, et avec lui, je ne sais comment, un
motif indispensable de visite; et avant que j'aie
eu le temps d'y songer, déjà je suis chez elle.

Une fois, c'est qu'elle m'a dit en la quittant :
on vous verra demain ? — Le moyen de ne pas se
rendre à pareille invitation ? une autre fois, elle
me donne une commission, et je trouve qu'il est
convenable de lui porter moi-même la réponse.
Une autre fois enfin, le temps est par trop magnifique; impossible de rester chez soi : je vais à
Wahlheim, et quand j'y suis, il n'y a plus qu'une
demi-lieue jusqu'à elle. — Je me trouve entraîné
dans son atmosphère, je roule et m'y voilà.

Ma grand'mère nous faisait un conte d'une montagne d'aimant; les vaisseaux qui s'en appro-
chaient de trop près, perdaient sur-le-champ tous
leurs ferrements; les clous volaient d'eux-mêmes
à la montagne, les planches se détachaient, et les
pauvres matelots étaient engloutis sans ressource
au milieu des planches qui s'écroulaient.

30 juillet.

Albert est arrivé, et moi je m'en irai. Fût-il
le meilleur, le plus digne des hommes, méritât-il

toute mon estime, toute ma vénération, il me serait insupportable de le voir en possession de tant
de perfections. — En possession ! Il suffit, Wilhelm,
le fiancé est là ! c'est un excellent et galant homme,
il mérite de l'affection. — Heureusement, je n'étais
pas à son arrivée ! Cette scène eût brisé mon cœur.
Il est si bon qu'il a eu l'attention de ne pas donner un seul baiser à Charlotte en ma présence.
Que Dieu l'en récompense ! et moi je dois l'aimer
pour le respect qu'il témoigne à la jeune fille.
Il me voit de bon œil, et je soupçonne que c'est
l'ouvrage de Charlotte, plutôt encore que de
son opinion personnelle à mon égard ; car c'est
en quoi les femmes excellent, et elles ont raison : elles trouvent toujours leur avantage, quelque rare que soit le fait, à entretenir la bonne
intelligence entre deux hommes qui leur rendent
hommage.

Je ne puis, au reste, refuser mon estime à Albert ; son maintien grave et posé contraste vivement avec ce caractère ardent et inquiet que je ne
puis cacher : il a de la sensibilité, et sait ce qu'il
possède dans Charlotte. Il paraît avoir peu d'humeur, et tu sais que de tous les défauts, c'est celui
que j'abhorre le plus chez un homme.

Il veut bien me trouver quelque bon sens. Mon
attachement pour Charlotte, le vif intérêt que je
prends à tout ce qu'elle fait, augmentent son triom-

4

phe, et il ne l'en aime que mieux. Je ne veux pas
examiner s'il ne la tourmente pas quelquefois de
légers accès de jalousie; du moins, à sa place, aurais-je de la peine à me défendre entièrement de ce
démon.

Quoi qu'il en soit, au reste, c'en est fait de
tous les plaisirs que je goûtais près de Charlotte.
— Dirai-je que c'est folie ou illusion? — A quoi
bon les noms? la chose parle d'elle-même. — Je
savais tout ce que je sais maintenant, avant qu'Albert vînt; je savais que je n'avais point de prétentions à former sur elle, et n'en formais aucune; enfin je réprimais, autant que possible, les
désirs que pouvait allumer en moi la vue de tant
de charmes. — Et aujourd'hui, malheureux ni-
gaud! tu ouvres de grands yeux, tu t'étonnes que
l'autre vienne, et te reprenne son bien!

Je grince des dents, je me moque mille fois, dix
mille fois de ces êtres apathiques, qui pronon-
cent qu'il faut bien que je me résigne, puisque
cela ne pourrait être autrement. — Défais-moi de
ces mannequins! — Je cours, j'erre çà et là dans
les bois, puis viens toujours m'arrêter à ce pavillon que je ne puis fuir. Quelquefois je trouve Charlotte sous le berceau, mais Albert est assis près
d'elle. Alors je ne suis plus maître de moi, je de-
viens fou, j'extravague. — « Au nom de Dieu,
» me disait Charlotte ce matin, plus de scènes

» comme celle d'hier au soir! Vous êtes vraiment
» effrayant dans vos gaîtés » !

Entre nous, j'épie les instants où il a affaire ; en
un saut je suis auprès d'elle, et je me sens toujours heureux quand je la trouve seule.

8 août.

Je t'en conjure, cher Wilhelm, ne crois donc pas
que ce fût à toi que je m'adressais, quand je trai-
tais d'insupportables les hommes qui exigent de nous
une aveugle résignation aux coups d'une destinée
inévitable. Je n'imaginais assurément pas que tu
pusses être de semblable opinion. Au fond, cependant, tu as raison ; permets-moi seulement une
remarque. Il arrive bien rarement dans ce monde
que les événements se trouvent soumis à la loi ab-
solue du *oui* ou du *non*. Il y a autant de nuances
dans les sentiments et les procédés, que de degrés
du nez aquilin au nez camus.

Tu ne trouveras donc pas mauvais que, tout en
admettant ton principe, je cherche à m'échapper
entre le *oui* et le *non*.

Voici ton argument : ou tu as l'espoir de réus-
sir auprès de Charlotte, ou tu n'en as point. Bon !
dans le premier cas, travaille sans relâche à atteindre l'objet de tes vœux : dans le second, sois

homme, et dompte une déplorable passion, qui doit consumer toutes tes forces. — Mon ami, c'est bien dit, et c'est aussi facile à dire.

Vois-tu ce malheureux qui dépérit, qui s'éteint, dévoré par une lente consomption ? Peux-tu exiger de lui qu'il mette fin à ses tourments par un coup de poignard ? Le mal même, qui mine ses forces, ne lui ôte-t-il pas également le courage de s'en délivrer ?

Tu pourrais, à la vérité, me répondre par une comparaison semblable : qui ne se laisserait pas plutôt couper un bras gangrené, que de mettre sa vie en danger par de pusillanimes délais ! — Je n'en sais rien ! — Et puis nous ne voulons pas nous harceler de comparaisons. Il suffit. — Oui, Wilhelm, j'ai quelquefois des accès du courage le plus déterminé, le plus téméraire, et alors — si je savais où aller ! j'irais.

Même jour au soir.

Mon journal, que depuis quelque temps je négligeais, m'est tombé aujourd'hui sous la main. Je suis confondu d'y voir chacun de mes pas retracé : c'est bien sciemment que je me suis avancé si loin ! N'est-il pas surprenant que j'aie toujours vu si clairement mon état, et que je me sois toujours

comporté comme un enfant ? Aujourd'hui j'y vois
tout aussi clair, et il n'y a pas d'apparence que je
me corrige.

10 août.

Je pourrais mener la vie la plus douce, la plus
heureuse, si je n'étais pas un fou. Rarement des
circonstances aussi favorables que celles où je me
trouve, se réunissent pour charmer l'âme d'un
mortel. Ah ! tant il est vrai que notre cœur fait
seul le bonheur ! — Etre membre de la plus aimable famille, être aimé des vieux comme un fils,
des jeunes comme un frère, et de Charlotte, de
Charlotte !... Et puis ce bon, ce brave Albert, qui
ne trouble ma félicité par aucune humeur, qui
m'accueille si cordialement, qui, après sa Charlotte, me préfère à tout sur la terre ! — Wilhelm,
c'est un plaisir de nous entendre, quand nous allons promener ensemble, et que nous nous en-
tretenons de Charlotte. Il n'est peut-être rien sous
le ciel de plus singulier, de plus risible que ce
rapport confidentiel ; eh bien ! dans ces moments,
tu me verrais souvent les larmes aux yeux.

Il me parle de l'excellente mère de Charlotte ;
il me raconte comment, sur son lit de mort, elle re-
commanda sa maison et ses enfants à sa fille, et sa

4.

fille à lui. Il me fait remarquer que depuis ce temps, Charlotte semble animée d'un nouvel esprit; que, dans son ménage, elle est déjà vraie mère de famille ; qu'elle ne passe jamais un instant qui ne soit consacré à l'amour de son père, de ses frères, au travail le plus actif, et que jamais, cependant, sa bonne humeur, sa gaîté ne l'abandonnent! — Je marche à côté de lui, cueille des fleurs chemin faisant, en fais soigneusement un bouquet, et puis — je le jette dans le ruisseau qui borde la prairie. Je m'arrête pour le voir tournoyer, et descendre tout doucement le cours de l'eau. — Je ne sais si je t'ai mandé qu'Albert va rester ici. Il reçoit de la cour, où il est très bien vu, un traitement fort honnête. Je n'ai jamais rencontré d'homme qu'on pût lui comparer pour l'ordre et l'application aux affaires.

12 août.

Certes, Albert est le meilleur des humains sous le soleil. J'ai eu hier une singulière scène avec lui. J'étais allé lui dire adieu ; la fantaisie m'avait pris de faire un tour à cheval dans les montagnes, et c'est de là que je t'écris actuellement. En me promenant en long et en large dans sa chambre, mes yeux s'arrêtèrent sur ses pistolets. — « Prête-moi

» tes pistolets pour mon voyage, lui dis-je ». —
« Très volontiers, me répondit-il, si tu veux pren-
» dre la peine de les charger, car je ne les mets
ici que pour la forme ». J'en pris un, et il continua : « Depuis que ma prévoyance m'a joué un
» si mauvais tour, je ne veux plus rien avoir à
» démêler avec de telles armes ». — J'étais curieux
de savoir l'histoire, il me la conta. — « Je passai
» trois mois, me dit-il, à la campagne chez un ami.
» J'avais une paire de pistolets sans un grain de
» poudre, et dormais tranquillement. Un jour, par
» un après-midi pluvieux, oisif, et ne sachant que
» faire, il me vint à l'esprit que nous pourrions
» être attaqués, que je pourrais avoir besoin de
» mes pistolets : bref, je les donne à mon laquais
» pour les nettoyer et les charger. Le drôle badine
» avec les servantes, veut leur faire peur, et voilà,
» Dieu sait comment, que le coup part : la baguette
» atteint une malheureuse fille à la main, et lui
» fracasse le pouce. J'eus à endurer les pleurs et
» les lamentations et il me fallut encore payer le
» chirurgien : depuis ce temps-là, mes armes ne
» sont jamais chargées. Voyez, mon cher, ce que
» c'est que c'est que la prévoyance ! Le danger ne
» se fait pas pressentir ! Cependant... » — A présent je te dirai que j'aime cet Albert de toute
mon âme, jusqu'à ses *cependant* ; n'est-il pas évi-
dent que tout principe a ses exceptions ? Mais Al-

bert est si scrupuleux, si loyal ! Quand il croit
avoir dit quelque chose d'inconsidéré, de trop général, ou d'ambigu, il ne cesse de limiter, de mo-
difier, d'ajouter, de retrancher, que lorsqu'il a
tellement épuisé sa matière, qu'il n'en reste plus
rien. Cette fois, notamment, il se perdit dans son
texte ; moi je finis par ne plus entendre un mot de
son discours, tombai dans mes rêveries, et tout à
coup m'appuyai brusquement la bouche du pistolet sur le front au-dessous de l'œil droit. — Fi! dit
Albert, en écartant l'arme, que veut dire cela ? —
Il n'est pas chargé, lui répondis-je. — Et quand il
le serait, qu'est-ce que cela signifie? ajouta-t il
avec impatience. « Je ne puis me représenter com-
» ment un homme peut être assez fou pour se
» brûler la cervelle ; la pensée seule m'en fait
» horreur ».

    — « Hommes que vous êtes, m'écriai-je, par
» quelle fatalité, ne pouvez-vous parler d'une chose
» quelconque, sans prononcer aussitôt *Cela est*
» *fou, cela est sage, cela est bon, cela est mauvais !*
» qu'est ce que tout cela signifie ? Etes-vous entrés
» dans tous les détails de l'action que vous jugez ?
» Avez-vous scruté, suivi dans leur développe-
» ment les motifs qui l'ont produite, qui devaient
» la produire ? Ah! si vous l'aviez fait, vous ne
» seriez pas aussi prompts dans vos sentences ».

    — « Tu m'accorderas, dit Albert, que certaines

» actions sont criminelles en elles-mêmes, quel que
» soit le motif dont elles dérivent ». — Je levai les
épaules, et le lui concédai — « Cependant, mon
» cher, continuai-je, ici même se trouvent encore
» quelques exceptions. Le vol assurément est un
» crime ; mais cet homme qui, pour se sauver, lui
» et les siens, des horreurs de la famine, se porte
» au vol, mérite-t-il compassion ou châtiment ?
» Qui jettera la première pierre à l'époux outragé,
» qui, dans sa légitime fureur, immole à la fois sa
» femme infidèle et son vil séducteur ? Qui jettera
» la première pierre à la jeune fille, qui, dans
» un instant de délire, s'abandonne aux plaisirs
» irrésistibles de l'amour ? Nos lois mêmes, ces
» froides pédantes, se laissent toucher et suspen-
» dent leurs peines ».

— « Cela est tout différent, reprit Albert. Un
» homme, emporté par ses passions, perd toute
» faculté de réflexion. On doit le considérer comme
» étant dans l'ivresse ou en démence ».

— « Ah ! vous voilà, personnages raisonnables,
» m'écriai-je en riant. Passion ! ivresse ! frénésie !
» dans votre morne gravité, vous restez là impas-
» sibles et inébranlables vous autres hommes mo-
» raux ! Vous réprouvez l'ivrogne, abhorrez l'in-
» sensé, passez votre chemin comme le prêtre, et
» remerciez Dieu, comme le Pharisien, de ce qu'il
» ne vous a pas fait semblables à l'un d'eux. J'ai

» été ivre plus d'une fois, mes passions n'ont ja-
» mais été loin de la démence, et je ne me repens
» ni de l'un ni de l'autre. J'ai appris à concevoir,
» d'après moi comment tous les hommes extraor-
» dinaires, comment tous ceux qui ont fait quel-
» que chose de sublime, d'impossible aux yeux du
» vulgaire, ont été déclarés, par la foule, ivres et
» insensés.

» Et dans la vie commune même, n'est-il pas
» révoltant d'entendre crier, au fort d'une action
» noble, généreuse, extraordinaire *Cet homme*
» *est ivre, il est fou !* — Rougissez, gens sobres
» rougissez, sages de la terre !

» Voilà encore de tes rêveries, dit Albert. Tu
» outres tout, et à coup sûr tu as grand tort de
» vouloir assimiler aux grandes actions le suicide
» dont il s'agit ici, tandis qu'on ne peut le consi-
» dérer que comme une faiblesse ; car, en cons-
» cience, il est plus aisé de mourir, que d'endurer
» avec fermeté une vie pleine de tourments ».

Je fus sur le point de rompre l'entretien. Rien
ne me met hors de moi, comme de voir un homme,
auquel je parle du fond du cœur, s'armer, pour
me répondre, d'un lieu commun insignifiant et
trivial. Je me contins cependant : je n'avais que
trop souvent déjà entendu ce propos, je ne m'en
étais que trop souvent indigné. Je répliquai
donc avec quelque vivacité : — « Tu appelles cela

» faiblesse ! Je t'en prie, ne te laisse pas séduire
» par l'apparence. Oses-tu l'appeler faible, ce peu-
» ple courbé sous le joug insupportable d'un ty-
» ran, quand enfin il se soulève et rompt ses chaî-
» nes ? Celui qui, dans l'effroi de l'incendie qui
» menace sa maison, sent tous ses muscles tendus,
» et qui enlève facilement des fardeaux que de sang-
» froid il eût à peine pu remuer ; celui qui, dans
» la fureur allumée par un outrage, attaque six
» hommes et les terrasse, sont-ce là des gens fai-
» bles ? Ah ! mon ami, si la tentative seule mar-
» que déjà de la force, pourquoi le redoublement
» d'efforts serait-il faiblesse » ! — Albert me re-
» garda, et me dit : « Pardonne-le moi ; mais les
» exemples que tu me donnes, ne me paraissent
» nullement applicables ici ». — « Cela se peut,
» repartis-je ; on m'a souvent reproché que ma
» manière d'argumenter approchait quelquefois du
» radotage. Voyons donc si nous ne pouvons pas
» nous figurer d'une autre façon quel doit être le
» sentiment d'un homme, qui se détermine à re-
» jeter le fardeau de cette vie, si chère à tant d'au-
» tres ; car nous n'avons vraiment le droit de pro-
» noncer sur une chose, que lorsque nous l'avons
» analysée et ressentie nous-mêmes. »

   « La nature humaine, continuai-je, a ses bornes.
» Elle peut supporter la joie, la peine, la douleur
» jusqu'à un certain degré, mais elle succombe dès

» que ce degré est passé. Il ne s'agit donc pas ici de
» savoir si un homme est fort ou faible, mais s'il
» peut soutenir le poids de ses souffrances morales
» ou physiques ? Je trouve donc tout aussi déplacé
» de traiter de lâche celui qui s'ôte la vie, qu'il
» serait absurde de donner ce nom à celui qui
» meurt de la fièvre maligne ».

— « Paradoxe, paradoxe, s'il en fut ! s'écria Al-
» bert ». — « Pas autant que tu le penses, répli-
» quai-je. Tu m'accorderas que nous nommons ma-
» ladie mortelle, celle qui attaque tellement la
» nature, que ses forces sont en partie détruites,
» en partie mises hors d'activité, et qu'elle ne peut
» plus se relever, plus espérer de crise qui la ré-
» tablisse dans le cours ordinaire de la vie. Eh
» bien ! mon ami, appliquons ceci à l'esprit. Vois
» l'homme dans ses étroites limites, vois comme
» les impressions agissent sur lui, comme les idées
» se fixent chez lui, jusqu'à ce qu'enfin la passion
» croissant toujours, lui enlève toute la force de
» sa raison, et le précipite dans l'abîme.

» Vainement l'homme calme et sensé comprend
» l'état de cet infortuné, vainement il l'exhorte de
» la voix : de même un homme en bonne santé ne
» peut rien communiquer de ses forces au malade
» étendu sur un lit de douleurs ».

C'était là trop généraliser, d'après Albert. Je lui
rappelai une fille que l'on trouva morte dans l'eau

il y a quelque temps, et lui répétai son histoire.
— « Cette innocente créature vivait dans le cercle
étroit de ses occupations domestiques et du travail
assidu de la semaine. Elle était dans la fleur de sa
jeunesse, et ne connaissait encore d'autre plaisir
que de se parer le dimanche de quelques modestes atours rassemblés peu à peu. Quelquefois elle
allait se promener autour de la ville avec ses compagnes, quelquefois même elle dansait aux jours de
grande fête, ou bien elle passait ses heures de
loisirs à jaser, avec une voisine, des querelles et
des médisances du quartier : c'était là pour elle
une vive joie ».

» La nature tout à coup allume dans son sein
une flamme secrète, qu'accroissent les flatteries des
hommes ; ses plaisirs les plus chers lui deviennent
par degrés insipides, jusqu'à ce qu'enfin elle rencontre un homme, vers lequel elle se sent portée
par un attrait inconnu et irrésistible ; elle oublie
le monde et tout ce qui l'entoure, n'entend, ne
voit, ne sent rien que lui, n'espère qu'en lui, ne
désire que lui, cet être unique. Point encore cor-
rompue par les faux plaisirs d'une inconstante vanité, ses vœux tendent à un but fixe ; elle veut
être à celui qu'elle aime, elle veut assurer par un
lien éternel le bonheur qu'elle poursuit, et la réu-
nion de toutes les jouissances auxquelles elle aspire. Des promesses réitérées mettent le sceau à

5

toutes ses espérances, des caresses passionnées allument ses désirs, toute son âme est asservie. Elle flotte dans une mer de vagues sensations, dans le pressentiment enchanteur de tous les plaisirs qui l'attendent ; ravie, exaltée, elle étend enfin les bras pour saisir l'objet de tous ses vœux : — Il a disparu, son amant l'abandonne. — Stupéfiée, anéantie, elle est debout sur le bord du gouffre ; tout est ténèbres autour d'elle, point d'espoir, point de consolation ! Il l'a abandonnée, celui dans lequel elle avait mis toute son existence ! Elle ne voit point le vaste univers qui s'ouvre devant elle, elle ne voit point tous ceux qui pourraient réparer sa perte, elle ne se sent qu'elle seule, qu'elle seule délaissée de tout le monde. Ses yeux s'obscurcissent, son cœur est brisé par la douleur affreuse et poignante, elle se précipite dans l'abîme, pour étouffer dans les bras de la mort les tourments qui la dévorent. — Vois, Albert, voilà l'histoire de bien des hommes ! dis-moi, n'est-ce pas aussi le cas de la maladie ? La nature ne sait comment se dégager de l'inextricable labyrinthe de forces confuses et opposées : — et il faut que l'homme meure ».

» Malheur à celui qui, témoin d'un tel spectacle, pourrait dire : l'insensée ! Si elle eût attendu, si si elle eût laissé agir le temps, son désespoir se serait calmé, elle aurait bientôt trouvé un conso-

lateur. — C'est comme si l'on disait : l'insensé ! il
meurt de la fièvre ; s'il eût attendu que ses forces
fussent revenues, que l'ardeur de son sang se fût
apaisée, tout se serait arrangé, et il vivrait encore aujourd'hui ».

Albert, qui ne trouva pas la comparaison frappante, m'objecta encore entre autres choses que je
n'avais parlé que d'une fille simple et bornée, mais
qu'il ne pouvait concevoir qu'il y eût moyen d'excuser un homme d'esprit, à portée de mieux juger des
choses et des motifs. — « Mon ami, m'écriai-je,
» un homme est un homme ; et la petite dose d'es-
» prit, que l'un peut avoir de plus que les autres,
» est si peu de chose, quand la passion s'agite et
» devient fureur, quand elle vous resserre entre
» les étroites limites de l'humanité ! Bien plus...
». — Une autre fois, dis-je, en m'interrompant
» tout-à-coup, et en prenant mon chapeau, une
» autre fois nous reparlerons de cela » ! — Mon
cœur était si plein ! Nous nous séparâmes sans
nous être entendus. Qui peut, au reste, dans ce
monde, se vanter de comprendre aisément son
semblable ?

15 août.

Oui, c'est pourtant vrai, l'homme sur la terre ne
devient nécessaire à l'homme que par l'amour. Je

sens que Charlotte serait affligée de me perdre, et
les enfants n'ont d'autre idée chaque jour que
celle de me revoir encore le lendemain. Aujour-
d'hui j'étais allé accorder le clavecin de Charlotte;
ces gentils petits êtres me harcelèrent pour avoir
un conte, et Charlotte même décida qu'il fallait les
satisfaire. Je leur coupai du pain; ils l'acceptent
maintenant de moi aussi volontiers que de Charlotte; puis je leur contai la fameuse histoire de la
Princesse servie par des mains enchantées. Je gagne
moi-même à ces récits, je t'assure; je suis étonné
de l'impression qu'ils font sur les enfants. Obligé
souvent d'inventer un incident, s'il m'arrive à la
seconde fois de l'oublier, ils me crient aussitôt que
ce n'était pas *comme ça* à la première; de sorte
que je m'étudie actuellement à réciter toujours
du même ton de voix avec une cadence de chant,
et sans changer un mot. J'ai appris par là qu'un
auteur doit nécessairement faire tort à son livre,
si c'est une œuvre d'imagination, par une seconde
édition avec changements, fût-elle vraiment meilleure et plus poétique. La première impression
nous trouve disposés à la recevoir, et l'homme est
fait de manière qu'on peut lui persuader l'incroyable même. Mais une fois admises par son esprit,
ces idées s'enracinent profondément, et malheur à
celui qui tenterait de les effacer et de les extirper!

18 août.

Par quelle fatalité a-t-il fallu que ce qui fait le bonheur de l'homme, devînt si souvent la source de son infortune?

Ce sentiment si délicat, si ardent, dont la vue de la nature animée remplissait mon cœur, cette sensibilité exquise, source pour moi de tant de délices, qui créait à chaque instant un paradis sur mes pas, est devenue actuellement un tourment insupportable, un génie cruel qui me poursuit en tous lieux. Lorsque autrefois, du haut d'un rocher escarpé, mes yeux se portaient par delà le fleuve jusqu'aux coteaux qui embrassent la fertile vallée; je voyais tout germer, tout sourdre autour de moi; lorsque je découvrais ces collines, revêtues, jusla cime, d'arbres élevés et touffus, vallons ombragés dans leurs anfractuosités par les bosquets les plus riants, la rivière coulant avec un doux murmure au milieu des roseaux susurrants, les nuages variés, que balançait le vent du soir, se réfléchissant dans les eaux; lorsque j'entendais le chant mélodieux des oiseaux animer la forêt, tandis que des millions de moucherons dansaient par essaims aux rayons pourprés du soleil couchant et qu'à ce moment les coléoptères s'élevaient en bourdonnant

de l'herbe où ils se tenaient cachés; lorsque mes
regards attirés vers la terre par tous ces bruisse-
ments contemplaient avec étonnement le dur rocher qui me portait, forcé de nourrir la mousse
qui le couvre, et le genêt croissant sur l'aride colline de sable : je découvrais alors cette source sacrée, cet ardent foyer de vie caché dans le sein
de la nature, mon cœur enflammé embrassait, saisis-
sait cet univers; je me sentais comme divinisé au
milieu de ce débordement de vie et les formes
idéales du monde infini vivaient, se mouvaient dans
mon âme. Des montagnes escarpées m'environ-
naient, des précipices s'ouvraient devant moi, des
torrents furieux roulaient à mes pieds, les rochers
et les forêts retentissaient. Dans les entrailles du
globe entr'ouvert, je voyais les sources de la re-
production jaillir et se répandre sans s'épuiser;
dans la terre, sur la terre, je voyais s'agiter, four-
miller des milliers de créatures vivantes, toutes
d'espèces, toutes de formes différentes ; et les hommes épars çà et là je les apercevais se creusant des
tanières, se bâtissant des nids, et s'imaginant régner sur ce vaste univers! Pauvres insensés!
parce que vous êtes petits vous jugez tout d'après
votre mesure! — Depuis le sommet inaccessible
de la montagne perdue dans la nue, jusqu'au désert que ne foula jamais le pied d'un être animé,
jusqu'aux bornes inconnues de l'immense océan,

souffle l'esprit de celui qui crée de toute éternité : il se complaît dans l'atome qui ressent son souffle et qui vit. — Ah! combien de fois ai-je souhaité avoir les ailes de la grue qui planait sur ma tête, pour me transporter au delà de l'immensité de l'espace, pour savourer à la coupe écumante de l'Éternel les enivrantes délices de la vie, et sentir couler un seul moment dans mon faible sein une goutte de la félicité de cet être qui produit tout en lui et par lui!

Mon ami, le souvenir seul de ces moments trop tôt écoulés, est un bien pour moi. Mes efforts pour rappeler ce céleste enthousiasme, pour me le retracer, élèvent mon âme au-dessus d'elle-même; mais hélas! ils ne me font que plus profondément sentir toute l'angoisse de l'état où je suis tombé!

Quel rideau funeste s'est tiré devant moi! La scène où je contemplais la vie dans sa vigueur infinie, n'offre plus à mes yeux que le gouffre sans fond de l'insatiable tombeau. Peux-tu me dire : *cela est*, lorsque tout passe, tout roule avec la rapidité de l'éclair; il est si rarement donné à une créature de voir son être paisiblement s'éteindre! Entraînée par la vague furieuse, renversée, submergée, elle va se briser contre les rochers. Il n'est pas d'instant qui ne te dévore, toi et les tiens autour de toi; point d'instant que tu ne sois, que tu ne doives être un destructeur; la promenade la

plus innocente coûte la vie à des milliers de pauvres vermisseaux; un seul de tes pas renverse les
édifices construits avec tant de peine par la fourmi
laborieuse, et ensevelit tout un petit monde dans
la tombe. Ah! ce ne sont point ces grands accidents
qui fondent rarement sur le globe, ces inondations,
ces tremblements de terre qui engloutissent vos
villes, ce ne sont point là des événements qui me
touchent! mais mon cœur est miné par cette force
de consomption recélée dans toute la nature; elle
n'a rien formé qui ne détruise à la fois son voisin
et soi-même. Oppressé, agité, je porte çà et là mes
pas incertains. Le ciel et la terre se meuvent, leurs
forces agissent autour de moi : je n'y vois rien
qu'un monstre toujours dévorant, toujours rumi-
nant.

                                          21 août.

    En vain j'étends mes bras vers elle, en m'éveil-
lant le matin, encore à demi plongé dans les épais-
ses vapeurs d'un songe! La nuit, en vain je la cherche dans mon lit, quand par l'illusion d'un rêve
heureux et innocent je la vois assise dans la prairie, moi auprès d'elle, tenant sa main et la cou-
vrant de mille baisers de flamme. Hélas! bercé par
un prestige enchanteur, je vais la saisir : j'ouvre

les bras, — je m'éveille ! — Mon cœur se brise,
un torrent de larmes inonde mes joues : ah ! pleure,
infortuné, pleure sur le sombre avenir qui t'attend !

22 août.

Ah ! que je suis à plaindre, Wilhelm ! les facultés de mon âme, autrefois si actives, ont perdu leur
ressort ; une inquiète nonchalance me domine, je
ne puis être oisif, et je ne puis cependant rien faire.
Je n'ai plus d'imagination, je ne ressens plus
rien devant la nature, les livres me dégoûtent.
Tout nous manque lorsque nous nous manquons à
nous-mêmes. Oui, je te le jure, vingt fois j'ai souhaité d'être ouvrier à la journée, afin d'avoir en
m'éveillant une perspective, un attrait, un espoir
pour le lendemain. J'envie souvent le sort d'Albert,
que je vois enseveli jusqu'au cou dans les actes et
les parchemins ; je m'imagine que je serais plus
heureux, si j'étais à sa place. J'ai déjà été plusieurs
fois au moment de t'écrire, à toi et au ministre,
pour solliciter d'être employé auprès de l'ambassadeur dont il est question. Tu m'assures qu'on ne
me le refuserait pas ; je le crois aussi. Le ministre a depuis longtemps des bontés pour moi, et
m'a souvent engagé à me vouer à quelque emploi.

5.

Il y a des moments où je m'y sens tout disposé,
puis d'autres où me revient à l'esprit la fable du
cheval, qui, las de sa liberté, se laisse mettre un
mors et une selle, et que son maître exténue de
courses et de travail. — Que ferai-je ? je n'en sais
rien. — Hélas ! mon ami, cette envie de changer
de condition n'est-elle pas une impatiente inquiétude qui me poursuivra partout ?

28 août.

Oui. en vérité, si mon état était susceptible de
guérison, elle me viendrait de ces gens-là. C'est
aujourd'hui ma fête : de grand matin je reçois un
paquet d'Albert ; je l'ouvre, et le premier objet
qui me frappe les yeux, est un des nœuds couleur
de rose que portait Charlotte, la première fois que
je la vis, et que je lui avais souvent demandés depuis. Dessous se trouvaient deux jolis volumes
in-12. C'est l'Homère de Wetstein, édition que
j'avais longtemps désirée, celle d'Ernesti dont je
me servais dans mes promenades, étant d'un for-
mat trop incommode. Tu vois comme ils viennent
au-devant de mes vœux, comme ils entendent toutes ces petites attentions de l'amitié. mille fois plus
précieuses que ces présents éblouissants qui ne
font que nous avilir devant un bienfaiteur orgueil-

leux. Je baise et rebaise ce nœud : il me semble
que j'aspire, à chaque baiser, le souvenir des jouissances délicieuses dont me comblaient à tout moment ces jours qui furent si rares, ces jours qui
ne reviendront plus : non jamais ! Wilhelm, c'est
le sort commun ; je n'en murmure pas ; les fleurs
de la vie ne font que paraître ! Combien se fanent
et tombent sans laisser de traces ! combien peu
produisent de fruits, et combien peu de ces fruits
parviennent à leur maturité ! Il y en a cependant,
il y en a encore assez, mais — ô mon bon ami !
pouvons-nous négliger, mépriser ces fruits mûrs,
les dédaigner, pouvons-nous les laisser se gâter
sans en jouir ?

Adieu ! Nous avons ici un été magnifique. Je
vais souvent au verger de Charlotte : je monte sur
les arbres, et armé d'une longue perche, je cueille
les poires des hautes branches. Charlotte est au pied
de l'arbre, et les prend à mesure que je les descends.

30 août.

Malheureux ! n'es-tu pas en démence ! ne te
trompes-tu point toi-même ? Qu'attends-tu de cette
passion frénétique et sans terme ? Je n'adresse plus
de vœux, de prières qu'à elle ; mon imagination
ne se retrace plus d'autre forme que la sienne, et

je n'aperçois les objets qui m'environnent, que
dans le rapport qu'ils ont avec elle. Je me ménage
ainsi des heures si douces ! — Jusqu'à ce qu'il
faille de nouveau m'arracher d'auprès d'elle. Ah !
Wilhelm, quels transports horribles s'élèvent trop
souvent dans mon sein. — Quand j'ai passé quelques heures à ses côtés, quand je me suis enivré
de sa figure, de son maintien, de l'expression angélique de ses paroles, peu à peu tous mes sens
s'exaltent, mes nerfs se contractent, un voile est
sur ma vue, je cesse d'entendre ; je me sens saisi à
la gorge comme par la main d'un assassin ; mon
cœur bat à coups précipités, je fais d'affreux efforts
pour aspirer l'air qui me fuit, mais le trouble de
mes sens ne fait qu'augmenter. — Wilhelm, j'i-
gnore en ces moments funestes, si je suis encore
réellement de ce monde !

Si quelquefois je parviens à dompter l'accablement de mes esprits, si Charlotte m'accorde la
triste consolation de répandre sur sa main les larmes qui oppressent mon cœur, — il faut que je
parte alors, — je me lève, je m'éloigne, je fuis :
incertain, égaré, j'erre à grands pas dans la campagne. Gravir une montagne hérissée de roches,
m'ouvrir un pénible chemin dans l'épaisseur des
bois, à travers les haies qui me lacèrent, les épines
qui me déchirent, voilà quels sont alors mes plaisirs et ma joie ! Je me sens un peu soulagé ! un

peu ! — Souvent accablé de lassitude et de soif,
je suis forcé de suspendre ma course vagabonde ;
dans la nuit profonde, enfoncé dans la forêt solitaire,
marchant à la lueur de la pleine lune, je m'assieds
sur un tronc tortueux pour calmer un instant la
douleur de mes pieds déchirés : languissant, épuisé,
je m'endors d'un sommeil inquiet à la lueur de
l'aube ! O cher Wilhelm ! la grotte de l'anachorète
au fond du désert, le rigoureux cilice, la ceinture
hérissée de pointes de fer, seraient des voluptés
pour ton malheureux ami. Adieu ! je ne vois de
terme à tant de souffrances que dans le tombeau.

3 septembre.

Il faut partir ! Je te remercie, Wilhelm, d'avoir
fixé ma résolution chancelante. Depuis quinze
jours déjà, je médite le projet de la quitter. Il
faut partir. Elle est de nouveau à la ville chez une
amie, et Albert — Albert — il faut partir !

10 septembre.

Ah ! quelle nuit, Wilhelm ! Maintenant je puis
tout braver. Je ne la reverrai plus ! Oh ! que ne
puis-je voler à ton cou, que ne puis-je t'exprimer

par mes larmes, par mes transports, les sentiments
confus qui bouleversent mon cœur ! Me voici seul,
pouvant à peine respirer ; je cherche à me tranquilliser, j'attends le matin — et au matin, les chevaux seront à ma porte.

Ah ! elle dort paisiblement ! Elle ne pense pas
qu'elle ne me reverra jamais. Je me suis arraché
d'auprès d'elle, j'ai eu la force, dans un entretien
de deux heures, de ne pas trahir mon projet ; et
Dieu ! quel entretien !

Albert m'avait promis de se trouver au jardin
avec Charlotte, aussitôt après le souper. J'étais sur
la terrasse, sous les hauts marronniers, et contemplais le soleil couchant. C'était la dernière fois
qu'il éclairait pour moi la riante vallée, et la dernière fois que les eaux tranquilles du fleuve me
réfléchissaient ses rayons. Que de fois je m'étais
tenu à la même place pour admirer avec elle ce
même spectacle, et maintenant... — Je parcourus
l'allée qui m'était si chère ; un secret attrait sym-
pathique m'y avait souvent amené avant que je con-
nusse Charlotte, et depuis avec quel plaisir nous
découvrîmes au commencement de notre liaison
notre inclination mutuelle pour ce charmant
petit coin. C'est assurément un des sites les plus
romantiques que jamais l'art ait créés. D'abord,
entre les marronniers, on a la plus belle échappée
de vue. — Ah ! je me rappelle t'avoir déjà fait

mainte fois cette description ; mais t'ai-je parlé de cette haute muraille de charmille, de ces massifs de verdure qui jettent sur l'allée de hêtres une teinte sombre si douce, de ces détours qui mènent insensiblement à une petite enceinte silencieuse dont la solitude vous saisit? Je me retrace encore l'impression enchanteresse que fit sur mon âme cet ombrage religieux, la première fois que j'y cherchai un abri contre les feux du midi ; je me disais tout bas : Que ce serait un endroit délicieux pour y rêver le bonheur, ou pour y verser de larmes !

J'étais depuis une demi-heure livré aux douces et terribles pensées de l'adieu, du revoir, lorsque j'entendis monter sur la terrasse. Je courus au-devant d'eux, saisit sa main en frissonnant, et la portai à mes lèvres. Nous avions à peine fait quelques pas, que la lune commença à paraître derrière les coteaux boisés ; tout en parlant de divers sujets, nous nous approchions, sans y songer, du petit réduit ombragé et sombre. Charlotte y entra et s'assit, Albert d'un côté, et moi de l'autre. Mon agitation ne me permit cependant pas de rester longtemps en place ; je me levai, et me mis devant elle : je marchais, je me rasseyais, c'était un état de véritable angoisse. Elle nous fit observer le bel effet du clair de lune, qui, à l'extrémité de la charmille, donnait sur toute la terrasse en face de nous ; spectacle magnifique, et d'autant plus

frappant, qu'une profonde obscurité nous envelop-
pait.

— Après quelques moments de contemplation et
de silence : « Jamais, dit-elle, jamais je ne me
promène au clair de lune, que le souvenir des
personnes chéries que j'ai perdues, que de profondes idées de mort et d'avenir ne s'emparent de
mon esprit ». — « Nous ne tomberons pas dans
le néant ! continua-t-elle, du ton de voix pénétré
d'un sentiment divin, nous existerons ! mais, Werther, nous retrouverons-nous, nous reconnaîtrons-
nous? quels sont vos pressentiments? que dites-
vous » ? — « Charlotte, répondis-je, en lui tendant
la main, et les yeux inondés de larmes, — Charlotte, nous nous reverrons ! ici et là-haut » ! —
La parole me manqua. — Wilhelm, devait-elle me
faire cette question, à moi, qui portais ce cruel
adieu dans mon cœur ?

— « Qui me dira, continua-t-elle, si ces êtres
chéris descendus au tombeau savent ce que nous
faisons sur la terre, s'ils ressentent quelque chose
quand nous sommes heureux, s'ils jouissent du tendre amour que nous conservons à leur mémoire ! Ah !
l'ombre de ma mère plane toujours sur ma tête, lorsque dans le calme du soir je suis assise au milieu de
ses enfants, qui sont aujourd'hui les miens ; quand
je les vois rassemblés autour de moi, comme ils
l'étaient autour d'elle ! mes yeux baignés de dou-

ces larmes se dirigent vers le ciel ; je conjure le Dieu qui y règne de souffrir que cette âme céleste jette un regard sur nous, qu'elle voie du moins que je tiens la parole, que je lui donnai à l'heure de sa mort, d'être la mère de ses enfants. Je lui crie du fond du cœur ! pardonne, ombre sacrée, pardonne-moi, si je ne leur suis pas tout ce que tu leur étais. Hélas ! je fais au moins tout ce que je puis ; vois, ils sont vêtus, nourris, et ce qui est plus encore, ils sont soignés et aimés. Si, du séjour que tu habites, âme bienheureuse, tu peux voir notre tendre union, que de grâces ardentes n'as-tu pas à rendre à ce Dieu de miséricorde, qu'en expirant tu invoquais sur ta famille délaissée ! »

Telles furent ses paroles : O Wilhelm ! qui peut les répéter, ses paroles ? Comment de froids caractères sur un papier mort pourraient-ils peindre cette efflorescence divine de l'âme ?

Albert l'interrompit avec douceur : « Vous vous affectez trop vivement, Charlotte ! Je sais combien ces idées vous sont chères, mais je vous prie... » — « O Albert ! reprit-elle, je le sais, vous n'oubliez pas ces douces soirées que nous passions du vivant de ma mère autour de la petite table ronde, quand mon père était en voyage, et les petits enfants au lit. Vous apportiez les livres les plus intéressants, et parveniez cependant rarement à en

lire une page. La conversation de cette créature
angélique n'était-elle pas préférable à tout ? Belle
douce, enjouée, toujours active ! Dieu voit les larmes que je verse devant lui dans le silence des
nuits en le priant : qu'il daigne me rendre égale à
ma mère » !

« Charlotte ! m'écriai-je, en m'élançant vers elle,
et en saisissant sa main que j'arrosai de pleurs
brûlants, Charlotte ! que la bénédiction du Tout-
Puissant repose sur toi et sur l'âme de ta mère » !
— « Ah ! si vous l'aviez connue ! me dit-elle, en
me serrant la main : — oui, elle était digne d'être
connue de vous » ! — Je me crus ravi aux cieux ;
jamais éloge plus grand, plus noble n'avait enor-
gueilli mon cœur. — Elle continua : « Et il a fallu
» que cette femme pérît à la fleur de ses ans, lors-
» que le dernier de ses fils n'avait pas encore six
» mois ! Sa maladie ne dura pas longtemps : elle
» était calme et résignée : il n'y avait que la vue
» de ses enfants, du petit surtout, qui lui fît
» mal. Quand elle sentit approcher sa fin, elle
» me dit de les lui amener : je le fis. Les petits ne
» savaient rien de son état, les aînés ne le com-
» prenaient pas. Je les rangeai autour de son lit :
» elle fit un effort pour étendre ses mains sur eux
» et les bénir ; elle les embrassa l'un après l'autre
» puis les renvoya en me disant : sois leur mère !
» — J'en fis le serment sacré.

— » Tu promets beaucoup, ma fille, me dit-
» elle : le cœur et les yeux d'une mère ! les larmes
» de reconnaissance que je t'ai souvent vu verser
» me prouvent que tu sens ce que c'est. Encore
» une fois, sois donc leur mère, conserve à ton
» père la fidélité et la soumission d'une épouse.
» Tu le consoleras. — Elle demanda à le voir ; il
» était sorti pour nous cacher l'excès de la douleur
» qui le dévorait. Albert ! vous étiez présent : elle
» vous entendit, et vous pria de vous approcher
» d'elle. Vous rappelez-vous comme elle nous re-
» gardait tour à tour, comme un rayon d'espoir et
» de consolation brilla encore dans son œil mou-
» rant, comme si elle devinait que nous serions
» heureux, heureux ensemble » ?

— Albert la saisit dans ses bras, l'embrassa, et
s'écria : Oui, tu seras heureuse ! toujours heureuse !
— Le calme, le froid Albert était hors de lui-même :
— et moi, moi ! où étais-je

— « Werther ! reprit-elle, et cette femme a pu
périr ! Grand Dieu ! quand je pense à la coupable
facilité avec laquelle nous nous accoutumons à la
privation de ce qui faisait le charme de nos jours !
Quand je pense, qu'à notre honte, les enfants sentent plus vivement leur perte ! Longtemps après,
les miens se plaignaient de ce que les hommes
noirs avaient emporté leur maman ».

Elle se leva. J'étais toujours remué, troublé : je

restai assis, et m'emparai de sa main. — Il nous
faut partir, dit-elle, il est temps de rentrer. — Elle
voulut retirer sa main, je la serrai plus fort. —
« Nous nous reverrons ! m'écriai-je, nous nous re-
trouverons ; sous quelque forme que ce soit, nous
nous reconnaîtrons ». —

« Je pars, ajoutai-je, je pars volontairement,
mais non pour jamais ; j'en eusse fait le serment,
que je ne le tiendrais pas ! Adieu, Charlotte, adieu
Albert ! nous nous reverrons ». — « Mais dès demain, je pense, répondit-elle en souriant ». Ce
mot *demain,* comme il me fit tressaillir ! ah ! elle
ne savait pas quand elle retirait sa main de la
mienne... !

Ils descendirent l'allée : je restai, je les suivais
au clair de lune. Je me jetai à terre en sanglotant.
Je me relevai, lorsque mes yeux n'eurent plus de
larmes, courus sur la terrasse, et aperçus encore
sa robe blanche reluire à travers l'ombre des grands
tilleuls, à la porte du jardin. J'étendis les bras,
elle était disparue.

DEUXIÈME PARTIE

———

20 octobre.

Nous sommes ici depuis hier. L'ambassadeur est indisposé, et ne sortira pas de quelques jours. S'il était un peu plus affable, tout irait bien. Je ne le vois que trop, le destin me réserve à de cruelles épreuves. Mais, du courage! une humeur légère passe par-dessus tout. Une humeur légère! je ris moi-même de voir ce mot échappé à ma plume. Ah! un peu plus de cette légèreté dans mon caractère me rendrait le plus heureux des mortels. Quoi! des êtres ridiculement vains se complairont dans leurs imperceptibles talents; ils en feront autour de moi un pompeux étalage, et moi, je désespèrerai de mes forces et de mes facultés! Dieu puissant! toi, qui m'as fait ces nobles

dons, que n'en as-tu repris la moitié, pour me
donner la confiance en moi-même et la satisfaction?

Patience! patience! tout s'arrangera! En conscience, mon ami, tu as raison. Depuis que je suis
porté tous les jours dans la foule, depuis que je
vois ce que font tous ces gens affairés, comment ils
le font, je suis beaucoup plus content de moi.
Certes, étant faits de manière que nous compa-
rons tout à nous, et nous à tout, le bonheur, ou
l'infortune gisent dans les objets de comparaison : voilà pourquoi il n'est rien de plus dangereux que la solitude. Notre imagination, portée
par sa nature à s'élancer, nourrie par les illusions
fantastiques de la poésie, se forme tout un ordre
hiérarchique d'êtres où nous occupons le bas de
l'échelle. Tout ce qui est hors de nous paraît excellence et perfection. Ces idées sont toutes naturelles ; nous sentons si souvent que nous manquons de beaucoup de choses ; ce qui nous manque,
nous croyons le voir briller dans un autre indi-
vidu : alors nous lui attribuons tout ce que nous
possédons, et de plus une certaine félicité idéale.
C'est ainsi que cet être parfait se trouve créé par
nous-mêmes.

Au contraire, lorsque malgré toute notre faiblesse, toute notre peine, nous marchons coura-
geusement vers le but, nous nous trouvons sou-

vent plus avancés après avoir louvoyé, que d'autres
qui font force de voiles et de rames. C'est alors cependant qu'on a un vrai sentiment de soi-même,
lorsqu'on parvient à atteindre ou même à dépasser
ses rivaux.

10 novembre.

Je commence, sous plus d'un rapport, à trouver ma position supportable. Ce qu'il y a de mieux
c'est qu'il y a beaucoup à faire ; et puis, les hommes
de toute espèce, de toute figure composent un spectacle varié qui réjouit mon âme. J'ai fait la connaissance du comte de C***, pour qui je sens mon
respect s'accroître de jour en jour, génie vaste, que
sa supériorité n'a pas rendu insensible ; en le fré-
quentant je m'aperçois combien il est sensible aux
charmes de l'amitié et de l'amour. Il prit de l'intérêt pour moi à l'occasion d'un rapport d'affaires, qui
me donna l'occasion de l'entretenir. Il remarqua,
dès les premiers mots, que nous nous compre-
nions, qu'il pouvait me parler d'un ton au-dessus
du vulgaire : aussi ne puis-je assez me louer de
ses manières ouvertes à mon égard. Point de joie
si vraie, si vive au monde, que de voir une grande
âme s'ouvrir à une autre âme !

24 décembre.

L'ambassadeur me tracasse excessivement, je l'avais bien prévu. C'est le sot le plus pointilleux qui existe, marchant pas à pas, et minutieux comme une vieille femme. C'est un homme qui n'est jamais content de lui-même, et que naturellement personne ne peut contenter. J'aime à expédier rapidement les affaires, et une fois une chose écrite, je ne la retranche pas souvent; eh bien! mon homme est capable de me rendre mon travail et me fera tout recommencer en me disant : « Cela est fort bien; mais voyez, relisez, repassez, on trouve toujours un terme plus propre, une particule plus précise. » Il y aurait de quoi se donner au diable! il ne faut pas omettre une conjonction, un trait d'union. Il est ennemi mortel de toutes ces inversions qui m'échappent quelquefois si naturellement : et si l'on ne construit pas sa période suivant la cadence convenue, il ne la comprend pas. C'est un tourment que d'avoir affaire à un tel homme.

La confiance dont m'honore le comte de C****, est la seule chose qui me dédommage. Il me disait ces jours-ci à cœur ouvert combien il était mécontent de la lenteur et des scrupules de notre envoyé. De telles gens sont à charge à eux et aux

autres; mais, ajouta-t-il, il faut bien s'y résigner,
comme le voyageur arrivé au pied d'une montagne. Assurément, si la montagne ne se trouvait
pas là, le chemin serait plus commode et plus
court; mais elle y est, et il faut la gravir!

Mon vieux plénipotentiaire s'aperçoit bien de
la préférence que le comte m'accorde sur lui; cela
l'irrite, et il ne manque pas une occasion de le
déchirer en ma présence. Je prends parti, comme
de raison, et l'animosité n'en devient que plus
grande. Hier il faillit me faire franchir les bornes,
car c'était bien moi qu'il avait en vue en disant :
« Pour le courant des affaires, le comte est excellent; il a de la facilité pour le travail, il écrit
bien, mais il manque totalement d'érudition fondamentale, comme tous les beaux esprits. » Il
accompagna ce propos d'une mine qui disait :
sens-tu le trait? Il ne fit pas sur moi l'effet qu'il
attendait; je méprisai l'homme capable de penser et d'agir de la sorte. Je lui tins tête, et com-
battis avec assez d'acharnement. Je dis que le
comte était un homme qu'il fallait respecter, tant
à cause de son caractère, qu'à raison de ses connaissances. « Jamais, ajoutai-je, jamais je n'ai
connu personne qui ait aussi bien réussi à étendre son esprit, à le porter sur une infinité d'objets, sans rien perdre de son aisance dans la vie
sociale. »

6

Ce langage était de l'hébreu pour cet épais cerveau ; je me retirai, pour ne pas l'entendre déraisonner encore plus et me faire de la bile.

Voilà cependant ce dont vous êtes cause, vous tous qui m'avez courbé sous ce joug, qui m'avez tant prôné l'activité. L'activité ! Si le rustre qui plante des pommes de terre, et va vendre son blé au marché, n'est pas plus actif que moi, je veux ramer encore dix ans sur la galère où je suis enchaîné.

Et si tu voyais la brillante misère, l'ennui qui règnent chez le maussade peuple dont je suis entouré ! leur fureur pour la préséance ! comme ils se surveillent, se guettent pour gagner un pas l'un sur l'autre ! comme leurs passions sont petites, pitoyables ! et elles se montrent à nu !

Il y a une femme, par exemple, qui entretient tout venant de sa généalogie et de ses biens : pas un étranger qui ne doive dire : voilà une créature à qui la tête tourne, pour quelques quartiers de noblesse, et quelques arpents de terre.

Eh bien ! ce ne serait pas le pire ; elle est tout uniment fille d'un mince greffier du voisinage. — Tiens, mon cher Wilhelm, je ne conçois rien à cette espèce humaine, qui est assez dépourvue de sens pour se prostituer avec tant de platitude.

Je remarque, à la vérité, tous les jours combien il est fou de juger les autres d'après soi ! J'ai tant

à faire avec moi-même, avec ce cœur si sujet aux
tempêtes! — Ah! je laisse bien volontiers les
autres suivre leur sentier, pourvu qu'ils me permettent aussi de suivre le mien.

Ce qui me vexe le plus ici, ce sont ces misérables distinctions de société. Je sais, aussi bien que
tout autre, combien est nécessaire l'inégalité des
conditions, combien d'avantages j'en retire moi-
même; mais hélas! je ne voudrais pas qu'elle se
trouvât toujours là précisément dans mon chemin, aux instants où je pourrais encore goûter
quelque plaisir, me créer quelque chimère sur ce
globe. Dernièrement, à la promenade, je fis connaissance d'une demoiselle de B***, jeune personne
tout à fait aimable, qui a su conserver beaucoup
de naturel au milieu de la vie guindée que l'on
mène en ce pays. Nous nous plûmes réciproquement dans l'entretien que nous eûmes ensemble,
et en nous séparant, je lui demandai la permission
de lui rendre mes devoirs chez elle. Elle me l'ac-
corda avec tant d'aisance et de franchise, que je
pus à peine attendre le moment de m'y présenter.
Elle n'est point d'ici, et demeure chez une de ses
tantes. La physionomie de la douairière ne me plut
nullement. Je lui témoignai les plus grandes attentions, lui adressai constamment la parole, et
en moins d'une demi-heure, je découvris ce que l'aimable nièce m'avoua depuis elle-même : savoir,

que la chère tante manquait de tout dans sa vieillesse; qu'elle n'avait, pour tout crédit, tout esprit
et tout soutien, que la lignée de ses ancêtres, pour
tout abri, que le rang derrière lequel elle s'est
retranchée, et pour toute récréation, que de laisser
tomber, de son balcon, ses nobles regards sur les
têtes bourgeoises. On la dit avoir eu de la beauté
dans sa jeunesse ; elle la passa dans la dissipation,
et à faire, par ses caprices, le tourment de plus
d'un pauvre garçon : l'âge mûr vint, il fallut se
mettre sous le joug d'un vieil officier, qui, pour
une médiocre pension, consentit à passer le siècle
d'airain avec elle, et mourut. Aujourd'hui elle se
voit seule dans le siècle de fer, et ne serait pas
même regardée, si sa nièce n'était pas aussi aimable.

8 janvier.

Quels sont donc ces hommes, dont toute l'âme
repose sur le cérémonial, dont tous les efforts,
pendant des années entières, tendent à se glisser à
table, d'un rang plus haut? Et ce n'est pas qu'ils
manquent d'occupations d'ailleurs : non : au contraire, ils accumulent l'ouvrage parce que, au milieu
des petites tracasseries que leur vaut la recherche
de l'avancement , ils négligent l'expédition des

grands intérêts. La semaine dernière, une partie de traîneaux fut totalement troublée par de misérables altercations de ce genre.

Les fous! qui ne voient pas que par elle-même la place qu'on occupe ne fait rien à la chose, et que celui qui a la première, joue si rarement le premier rôle! Que de rois gouvernés par leurs ministres! que de ministres menés par leurs secrétaires! et quel est donc alors le premier? Celui, ce me semble, qui plane sur tous les autres, qui a assez d'empire ou d'adresse pour faire concourir, malgré eux, leurs forces et leurs passions, à l'exécution de ses plans.

20 janvier.

Il faut que je vous écrive, ma chère Charlotte, ici, dans la petite chambre d'une auberge de village, où j'ai cherché un abri contre le mauvais temps. Depuis que je végète dans ce triste trou de D***, au milieu de cette espèce si étrangère à mon cœur, ce cœur ne m'avait pas une seule fois ordonné de vous écrire; et aujourd'hui, dans cette chaumière, dans ce réduit solitaire, où la neige et la grêle viennent assaillir mon humble fenêtre, vous avez été ma première pensée. A peine fus-je entré ici, que votre souvenir, votre figure, toute

votre personne se sont présentés à moi si vivement! Quel moment sacré! Grand Dieu! c'étaient
tous les charmes de la première entrevue!

— Si vous me voyiez, Charlotte, dans le tourbillon des distractions! comme mes sens sont
émoussés! Pas un moment pour le cœur, pas une
heure de félicité véritable! rien! rien! Je suis là
comme devant un spectacle de marionnettes; je
vois des petits hommes, des petits chevaux passer, repasser sous mes yeux, et je me demande
souvent si ce n'est pas une illusion d'optique. Je
m'en fais un jeu, ou plutôt, c'est moi qui sers de
jeu, qui suis traité comme un automate. Je saisis
quelquefois mon voisin par la main, je sens qu'elle
est de bois, et je recule en frissonnant. Le soir, je
me propose de voir lever le soleil, et le matin me
trouve dans mon lit; pendant le jour, j'espère
pouvoir jouir du clair de lune : la nuit vient, et
je reste dans ma chambre. Je ne sais pas trop
pourquoi je me lève, pourquoi je me couche.

Le levain, qui mettait ma vie en mouvement,
est sans force; il est évanoui, ce charme qui m'a-
nimait au sein des profondes nuits, qui, le matin, m'arrachait au sommeil.

Je n'ai trouvé ici qu'une seule véritable femme,
une demoiselle de B***; elle vous ressemble, Charlotte, si l'on peut vous ressembler. « Ah! direz-
» vous : le voilà aussi qui se met à tourner des

» compliments! » Vous n'aurez pas tout à fait tort ;
depuis quelque temps je suis d'un galant achevé,
parce que je ne puis être autrement; je fais de
l'esprit, et les femmes déclarent que personne ne
sait louer et vanter comme moi (et mentir, ajou-
terez-vous, car on ne s'en tire pas sans cela, vous
le savez!) — Je voulais parler de mademoiselle
de B***; son âme ardente brille dans ses yeux
bleus. Son rang lui est à charge, il ne remplit
aucun des souhaits de son cœur. Elle aspire sans
cesse à s'éloigner du fracas : que d'heures nous
avons passées à rêver un bonheur sans mélange,
au sein des scènes champêtres; que de fois n'a-
vons-nous pas parlé de vous. Que de fois elle est
forcée de vous rendre hommage! Forcée? non,
elle s'y plaît, elle aime tant à m'entendre parler
de vous, elle vous chérit.

Oh! si j'étais assis à vos pieds dans votre petit
cabinet favori, et que nos chers petits, tournant,
sautant autour de moi, vinssent, par leur tapage, à
vous étourdir, je les rassemblerais tous dans un
coin, je leur ferais un conte effrayant, ils ne souf-
fleraient plus!

Le soleil se couche majestueusement au-delà de
ces collines resplendissantes de neige, l'ouragan
est dissipé, et moi! — il faut que je rentre dans
ma cage! — Adieu! Albert est-il auprès de vous?
et comment? — Dieu me pardonne cette question!

8 février.

Voilà huit jours que nous avons le temps le plus affreux, et je m'en réjouis, car depuis que je suis ici, pas un beau jour n'a lui au ciel pour moi, qu'un importun ne soit venu le troubler ou l'empoisonner. Du moins, à présent qu'il pleut, vente, gèle et dégèle, ah! me dis-je, il ne peut faire plus mauvais à la maison que dehors, ni aux champs qu'à la ville, et je suis content. Si le soleil, en se levant, promet un jour serein, je ne puis m'empêcher de m'écrier : voici donc encore une faveur céleste dont les humains vont se priver mutuellement. Il n'est rien, rien au monde qu'ils ne s'envient, qu'ils ne s'arrachent : santé, bonne renommée, joie, repos! et la plupart du temps par ineptie et petitesse d'esprit, mais, vous diront-ils, dans les meilleures intentions. Je serais quelquefois tenté de les prier à genoux de ne pas déchirer leurs propres entrailles avec tant de fureur.

17 février.

Je crains fort que l'ambassadeur et moi, ne soyons plus longtemps d'accord. Le personnage est

complétement insupportable. Sa manière de travailler et d'expédier les affaires, est si ridicule,
que je ne puis prendre sur moi de ne pas le contredire, et même de faire quelquefois à ma tête;
ce qui, naturellement, n'a jamais l'avantage de
lui plaire. Il a même porté plainte à la cour à ce
sujet, et le ministre m'a adressé une réprimande,
bien douce, à la vérité, mais c'était toujours une
réprimande. J'allais solliciter mon congé, lorsque
je reçus de lui une lettre particulière, lettre devant
laquelle j'ai fléchi le genou, pour adorer le sens
droit, noble et élevé qui l'a dictée. Comme il réprime l'excès de ma sensibilité! comme il rend
justice à mes idées (même outrées) d'activité, d'influence sur autrui, de pénétration dans les affaires,
qu'il a la bonté de traiter de noble ardeur de jeunesse! Il ne cherche pas à les étouffer, mais à les
adoucir, et les diriger vers un but où elles puissent agir dans tout leur ressort et leur avantage.
Aussi ai-je pris de la force pour huit jours, et
suis-je réconcilié avec moi-même. Cette paix est
un trésor, c'est la vraie félicité! Ah! mon ami,
pourquoi faut-il que ce joyau soit aussi fragile
qu'il est rare et précieux?

20 février.

Que Dieu répande sa bénédiction sur vous, mes amis, qu'il vous donne tous les jours de bonheur qu'il me retranche!

Je te rends grâces, Albert, de m'avoir trompé! J'attendais la nouvelle du jour de votre union! ce jour-là, je m'étais proposé de détacher solennellement de la muraille la silhouette de Charlotte, et de l'ensevelir sous d'autres papiers. Vous voilà unis, et son image est encore là! eh bien! qu'elle y reste! Et pourquoi pas? La mienne n'est-elle pas aussi chez vous? Sans te nuire, ne suis-je pas aussi dans le cœur de Charlotte? Oui, je le sais, j'y ai la seconde place, je veux, je dois la conserver. Oh! je deviendrais furieux, si elle pouvait oublier... Albert, rien que cette idée c'est tout un enfer! Albert, adieu! adieu, ange du ciel! adieu, Charlotte!

15 mars.

Je viens d'éprouver un désagrément qui me chassera d'ici. Je grince des dents! Par la mort! il est sans remède, et vous en êtes seuls la cause,

vous, qui m'avez excité, tourmenté, contraint à
accepter un emploi qui n'était point de mon goût.
Eh bien! voilà où j'en suis : soyez contents; et
afin que tu ne viennes pas me redire que mes
idées exagérées grossissent tout, je vais te faire de
mon aventure un récit net et détaillé comme une
chronique.

Le comte de C*** m'aime, me distingue; cela
est connu, et je te l'ai dit cent fois. Je dînais hier
chez lui; c'était précisément son jour de grande
assemblée : on attendait ce soir-là toute la haute
noblesse du lieu; je n'avais nullement pensé à
cette assemblée, encore moins à l'étiquette qui
nous en bannissait, nous autres subalternes. —
Fort bien. Après le dîner, nous passons au salon,
le comte et moi; nous causons : le colonel de B***
arrive, se mêle de la conversation, et l'heure de
l'assemblée approchait, moi toujours ne songeant
à rien. La porte s'ouvre, et je vois entrer très haute
et très puissante dame de S*** avec son noble
époux, sa grande et niaise fille, cet oisillon bien
couvé, à la gorge plate, à la taille de guêpe : tout
en passant, leurs yeux, leurs narines me lançaient
leur profond dédain. Toute cette engeance me
déplaisant mortellement, je ne pensais qu'à m'es-
quiver, et j'attendais seulement que le comte fût
dégagé du babil fadasse dont on l'accablait, lorsque
mademoiselle de B*** entra. Comme mon cœur

s'épanouit toujours un peu à sa vue, je demeurai;
je me plaçai derrière son fauteuil, et ce ne fut
qu'au bout de quelque temps, que je m'aperçus
qu'elle me parlait d'un air moins ouvert que de
coutume, et même avec quelque embarras. —
Cela me frappa. — « Ressemble-t-elle aussi à tout
» ce monde, dis-je? » — J'étais piqué, et voulais
sortir. — Cependant, je restai encore; je ne de-
mandais qu'à la justifier. J'espérais un mot d'elle,
et... ce que tu voudras. — Le cercle continue à s'a-
grandir : d'abord, c'est le baron de F***, affublé du
costume complet, qu'il porta au couronnement de
l'empereur François Ier; le conseiller aulique R***,
annoncé ici comme un personnage titré et sous le
nom de M. de R***; il était accompagné de sa sourde
moitié; n'oublions pas le malheureux J*** qui remplace ce qui lui manque dans sa garde-robe gothique
par des fanfreluches modernes. — Enfin les voilà
tous en tas. Je veux adresser la parole à quelques individus de ma connaissance, je les trouve tous
très laconiques. Je pensais et ne prenais garde
qu'à mademoiselle de B***. Je ne m'apercevais pas
que les femmes, à l'extrémité du salon, se chu-
chotaient à l'oreille, que cela circulait parmi les
hommes, que madame de S*** s'entretenait avec le
comte. (Tout cela m'a été raconté depuis par mademoiselle de B***). Enfin, le comte vint lui-même
à moi, et me tira dans l'embrasure d'une croisée.

— « Vous connaissez, me dit-il, notre bizarre étiquette; la société, à ce qu'il me semble, ne vous
voit point ici avec plaisir. Je ne voudrais pas pour
tout au monde... » — « Excellence, lui répondis-
je, en l'interrompant, je vous demande un million
de pardons; j'aurais dû y songer plus tôt, et vous
excuserez cette inconséquence. J'ai déjà voulu me
retirer, un mauvais génie m'a retenu », ajoutai-je
en souriant et en faisant ma révérence. — Le
comte me serra la main avec une expression qui
disait tout. Je m'échappai de l'illustre assemblée,
montai en cabriolet, et allai à M***. Du haut de la
colline, je contemplai le coucher du soleil, et là
je lus ce superbe chant d'Homère, où Ulysse reçoit l'hospitalité du divin gardeur de pourceaux.
Tout cela était parfait.

Le soir, je reviens à la ville pour souper; il n'y
avait encore que peu de monde à notre auberge;
on avait relevé un bout de nappe pour jouer
aux dés. Arrive le brave Adelin; il accroche son
chapeau en me fixant, m'aborde, et me dit à voix
basse : « Tu as eu des désagréments! » — « Moi,
dis-je? » — « Le comte t'a fait quitter l'assemblée. » — « La peste les étouffe! m'écriai-je; j'ai
été charmé de me voir en plein air. » — « A
merveille, répliqua-t-il, si tu le prends aussi légèrement! Je suis cependant fâché que la chose
soit déjà répandue partout. » — Je commençai à

7

me sentir mortifié. — Tous ceux qui venaient à
table, et me regardaient!... « Ils sont au fait de
mon aventure », me disais-je, et mon sang bouil-
lait.

Maintenant que partout où je vais, on me poursuit d'une pitié offensante; maintenant que mes
envieux triomphent et disent : « Voilà ce qui arrive
aux fats présomptueux, qui, pour quelques grains
d'esprit, se croient le droit de se mettre au-dessus
de toutes les bienséances! » — Oui, quand on entend ce stupide bavardage, on se donnerait volontiers du couteau par le cœur; car, que l'on vienne
me célébrer la fermeté tant qu'on voudra, montrez-
moi l'homme qui peut endurer que des gredins
parlent mal de lui, quand malheureusement ils
ont quelque prise sur lui. — Oh! si leur babil
est vide de sens, et n'a pas de fondement, alors,
certainement on peut les laisser dire et se moquer
d'eux.

16 mars.

Tout me tracasse, tout m'irrite. Aujourd'hui je
rencontre mademoiselle de B*** à la promenade; je
ne puis m'empêcher de l'aborder, et aussitôt que
nous avons été un peu écartés de la compagnie,
de lui témoigner combien j'avais été sensi-

blement affecté de la conduite qu'elle a tenue ré-
cemment à mon égard. « Oh! Werther, me dit-
elle, avez-vous pu expliquer ainsi mon embarras,
vous qui connaissez mon cœur? Que n'ai-je pas
souffert pour vous dès l'instant où j'entrai au salon!
Je prévoyais tout; cent fois je fus au moment de vous
le dire. Je savais que la de S*** et la de T***
quitteraient la place avec leurs maris plutôt que de
rester dans votre société; je savais que le comte ne
prendrait jamais sur lui de leur tenir tête, — et
aujourd'hui quel esclandre! » — « Comment! mademoiselle! » m'écriai-je, et je cherchais à déguiser
mon trouble, car tout ce qu'Adelin m'avait dit la
veille, courut à l'instant dans mes veines comme
de l'huile bouillante. — Que cela m'a déjà coûté!
ajouta la douce créature, tandis que je voyais les
larmes rouler dans ses yeux! — Je n'étais plus
maître de moi, je fus au moment de me jeter à ses
pieds. « Expliquez-vous, lui dis-je. » Ses joues
étaient baignées de pleurs. J'étais hors de moi :
elle les essuya sans vouloir les cacher. — « Vous
connaissez ma tante, reprit-elle; elle était présente : ah! de quel œil elle a considéré tout ceci!
Werther, hier au soir et ce matin, il m'a fallu
essuyer une mercuriale sur ma liaison avec vous.
Il m'a fallu vous entendre rabaisser, humilier, et
je n'ai pu, je n'ai osé vous défendre qu'à demi. »
Chacune de ses paroles me perçait le cœur comme

un fer aigu. Elle ne sentait pas que par pitié il aurait fallu me taire tout cela. Elle observa de plus combien on allait encore faire de caquets sur cette aventure, combien une espèce de gens en allait triompher! quel plaisir, quelle jouissance allait leur procurer désormais la punition de ce qu'ils me reprochaient depuis longtemps, de mon arrogance et de mon dédain pour les autres! — Entendre tout cela d'elle, Wilhelm, avec le ton du plus sincère intérêt! — J'étais anéanti, et suis encore tout furieux. Je voudrais que quelqu'un osât me parler en face, pour pouvoir lui plonger mon épée dans le sein; je me trouverais mieux si je voyais du sang. Ah! j'ai cent fois saisi un couteau, pour donner de l'air à mon cœur oppressé. J'ai ouï parler d'une noble race de chevaux, qui, lorsqu'ils sont violemment échauffés par une longue course, s'ouvrent par instinct la veine avec les dents, pour soulager leur respiration. — Cette envie me prend souvent de m'ouvrir la veine, pour me procurer une éternelle liberté.

24 mars.

J'ai présenté ma démission à la cour, et elle sera acceptée, j'espère. Vous me pardonnerez de n'avoir pas préalablement sollicité votre permission. Il faut

absolument que je parte, et je sais d'avance tout ce
que vous avez à me dire, pour me persuader de
rester : ainsi — fais avaler tout doucement la pilule
à ma mère; je ne puis me venir en aide à moi-
même, il faut donc bien qu'elle m'excuse, si je ne
puis la contenter non plus. Au vrai, cela doit l'af-
fecter! Voir tout à coup son fils faire halte dans
cette carrière qui devait le mener tout droit au
conseil privé et aux ambassades! le voir revenir
sur ses pas, pour ramener sa monture à l'écurie!
faites maintenant de tout cela ce que vous voudrez;
combinez toutes les hypothèses possibles, dans lesquelles je pouvais et devais rester : il suffit, je
pars; et afin que vous sachiez où je vais, je vous
dirai que le prince de *** est ici; il veut bien trouver de l'agrément dans ma société. Ayant appris ma
résolution, il m'a prié de l'accompagner dans ses
terres, et d'y aller passer le printemps. Je serai
entièrement laissé à moi-même, il me l'a promis;
et comme nous nous entendons jusqu'à un certain
point, j'en veux courir la chance, et je pars avec
lui.

                                        19 avril.

Je te remercie de tes deux lettres. Je n'y ai point
répondu, parce que j'attendais, pour fermer celle-

ci, que j'eusse reçu mon congé de la cour. Je craignais que ma mère ne s'adressât au ministre, pour
entraver mon projet. — Mais la chose est faite, le
congé est là devant moi. Je ne vous dirai point avec
combien de peine on a accepté cette démission, ni
tout ce que le ministre m'écrit à ce sujet : vous
éclateriez de plus belle en lamentations. Le prince
héréditaire m'a envoyé vingt-cinq ducats dans un
billet qui m'a touché aux larmes : je n'ai donc pas
besoin de l'argent pour lequel j'écrivis dernièrement à ma mère.

5 mai.

Demain je pars, et le lieu de ma naissance n'étant
qu'à six milles de ma route, je veux le revoir, je veux
me rappeler ces jours fortunés, qui étaient une suite
de songes heureux. J'entrerai par cette même porte
par laquelle ma mère et moi sortîmes, lorsque à la
mort de mon père, elle abandonna ce cher endroit,
si tranquille, pour aller s'enfermer dans sa mau-
dite ville. Adieu, Wilhelm, tu auras des nouvelles
de mon voyage.

9 mai.

Jamais pèlerin n'a visité les saints lieux avec

autant de piété, que j'en ai ressenti à l'aspect des
lieux qui m'ont vu naître. Que de sentiments inat-
tendus se sont élevés dans mon sein! Près du
grand tilleul qui se trouve sur le chemin de S***, à
un quart de lieue de l'endroit, je descendis de
voiture, et je dis au postillon d'avancer sans moi,
afin de pouvoir mieux, à pied, savourer selon mon
cœur mes souvenirs dans toute leur vivacité, toute
leur fraîcheur. — J'étais là, sous ce tilleul, qui
jadis, au temps de mon enfance, était le but et la
limite de mes promenades. — Quel changement!
Autrefois, dans une heureuse ignorance, je n'aspirais
qu'à m'élancer dans un monde inconnu, où j'espérais
tant de vraies jouissances pour mon cœur, où je me
flattais de remplir, de calmer mon âme remplie d'as-
pirations inquiètes. — Me voilà revenu de ce monde !
— et, ô mon ami, avec combien d'espérances déçues,
avec combien de plans échoués ! — Je voyais devant moi la montagne qui fut tant de fois l'objet de
mes vœux : je m'asseyais, je restais là des heures
entières; mon esprit, vivement exalté, me trans-
portait au delà des hauteurs; je me perdais en imagination dans les forêts, dans les vallées qui se dé-
ployaient à mes yeux ravis sous les brumes du
lointain; et quand enfin il fallut redescendre au
temps fixé, que j'avais de peine à m'arracher de
ce lieu de délices ! — Cependant j'approchais de
la ville ; je saluais tous les jardins, tous les pavil-

lons que j'avais connus : — tous les nouveaux
me choquaient, tous les changements me déplai-
saient. J'arrivai à la porte, et me retrouvai à
l'instant tout à fait. Mon ami, je ne puis entrer
dans les détails; autant mes sensations avaient
pour moi du charme, autant le récit en serait monotone. J'avais résolu de demeurer sur le marché,
près de notre ancienne maison. En passant, je remarquai que l'école où dans mon enfance une
vieille bonne femme nous entassait les uns sur
les autres, était changée en boutique d'épicier. Je
me rappelai les chagrins, les larmes, les angoisses,
les serrements de cœur que j'avais eu à essuyer
dans ce trou. — A chacun de mes pas s'attachait
un souvenir : non, je te le répète, jamais pèlerin
n'éprouva en Terre Sainte, d'émotions plus reli-
gieuses, plus profondes. — Un exemple entre
mille : je descendis la rivière jusqu'à une certaine ferme où je venais souvent; c'était là que
mes petits camarades et moi nous nous amusions à
qui ferait faire à sa pierre les plus beaux ricochets
sur l'eau. — Je me ressouvins si vivement des
moments où, arrêté sur les bords, les yeux fixés
sur le courant, je le suivais par la pensée! Comme
mon esprit aventureux me représentait sous des
couleurs romanesques les contrées qu'il allait ar-
roser! Mais bientôt mon imagination rencontrait
des bornes, et je la forçais cependant de s'égarer.

de toujours s'égarer, jusqu'à ce que je me per-
disse tout à fait dans la perspective d'un lointain
imperceptible. Vois, mon ami; telles étaient les
limites heureuses où vivaient nos bons aïeux!
Leurs sensations, leurs poésies avaient quelque
chose de la naïveté de l'enfance! Quand Ulysse
parle de l'Océan sans fond et sans limites, de la
terre que rien ne circonscrit, n'est-ce pas là la vérité proportionnée à l'homme? cela va au cœur,
c'est plein de mystère. De quoi me sert-il de pouvoir répéter avec tout écolier que cette terre est
ronde? Il n'en faut à l'homme que quelques mottes
pour soutenir sa vie, et moins encore pour y reposer ses restes.

Me voici aujourd'hui au pavillon de chasse du
prince. Il est facile de vivre auprès de lui, il est
vrai et simple. Il est entouré d'individus singuliers
que je ne comprends pas. Ils n'ont point l'air de
fripons, et cependant n'ont pas non plus la mine
d'honnêtes gens. Quelquefois je leur trouve un air
de loyauté et cependant je ne puis me fier à eux.
Ce qui me fait encore de la peine, c'est que le
prince parle fréquemment de choses qu'il n'a que
lues ou ouï dire, et toujours sous le point de vue
où l'objet lui a été présenté par autrui.

Il fait aussi plus de cas de mon esprit et de mes
talents, que de ce cœur qui fait cependant tout
mon orgueil, de ce cœur, l'unique source de toutes

7.

mes affections, de toutes mes facultés, de tout
bonheur et de toute misère. Hélas ! ce que je sais,
tout le monde peut le savoir; — mais mon cœur,
mon cœur n'est qu'à moi !

26 mai.

J'avais quelque chose en tête, dont je ne voulais
vous parler qu'après l'avoir exécuté : à présent
qu'il n'en sera rien, je puis vous le dire. Je voulais aller faire la guerre, ce désir m'a tenu longtemps au cœur ; ce fut le premier motif qui m'engagea à suivre ici le prince, qui est général au
service de Russie. Pendant une promenade, je lui
découvris mon projet; il fit tout pour me dissuader, et il y aurait eu encore plus de passion que
de caprice en moi, si je ne m'étais rendu à ses raisons.

11 juin.

Dis ce que tu voudras, je ne puis rester plus
longtemps. Que ferais-je ici? Le temps me pèse.
Le prince me traite aussi bien que l'on peut traiter un homme, et cependant je ne suis pas à mon
aise. Nous n'avons au fond rien de commun l'un

avec l'autre. C'est un homme d'esprit, mais d'un
esprit tout vulgaire; son entretien n'a pas plus de
charmes pour moi, que n'en aurait un livre bien
écrit. Encore huit jours, et je recommence à errer
çà et là. Ce que j'ai fait de mieux ici, ce sont mes
dessins. Le prince est amateur, et serait même
connaisseur éclairé, s'il n'était pas borné par tout
l'attirail pédantesque des règles et de la termino-
logie. Quelquefois je grince les dents d'impatience,
lorsque dans le feu de l'imagination, je le promène dans les champs de la nature et de l'art, et
qu'il pense faire merveille, en venant fourrer
mal à propos un mot technique bien scientifique.

16 juillet.

Oui, certes, je ne suis qu'un pèlerin, un vagabond sur cette terre! Êtes-vous donc autre chose?

18 juillet.

Où je veux aller! écoute, que je te le dise en
confidence. Je reste encore quinze jours ici, et
puis, je me suis fait accroire que je voulais visiter les mines de***; mais au fond, il n'en est rien!
je ne veux que me rapprocher de Charlotte : voilà

tout. Et je ris de mon propre cœur ! — Et je fais
toutes ses volontés !

29 juillet.

Non, tout est bien ! tout est au mieux ! — Moi !
— son mari ! O Dieu, si tu m'avais destiné tant de
bonheur, ma vie n'eût été qu'une adoration con-
tinuelle. — Je ne veux point discuter. — Pardonne-moi mes larmes, pardonne-moi mes vœux
illusoires ! — Elle ! elle ma femme ! si j'eusse pu
serrer dans mes bras la plus aimable créature qui
soit sous le soleil ! — un frisson mortel s'empare
de tout mon être, Wilhelm, quand Albert ose en-
tourer de ses bras sa taille charmante.

Et dois-je le dire ? Pourquoi pas, mon ami ?
Elle aurait été plus heureuse avec moi qu'avec
lui ! Oh ! il n'est pas homme à savoir remplir tous
les souhaits d'un cœur comme celui-là ! Il manque
d'une certaine sensibilité, il manque... — Prends-le
comme tu voudras. — Son cœur ne sympathise
pas avec les nôtres, au passage d'un livre chéri où
le mien et celui de Charlotte se rencontrent et
battent à l'unisson, en cent autres cas où nous
venons à énoncer notre sentiment sur l'action d'un
tiers. Cher Wilhelm ! mais il est vrai qu'il l'aime
de toute son âme ; et, que ne mérite pas un tel

amour? — Un homme insupportable m'a interrompu. Mes larmes sont taries; je suis distrait,
adieu, mon ami!

                                        4 août.

Ce n'est pas à moi seul que cela arrive : tous
les hommes sont abusés dans leurs espérances,
trompés dans leur attente. J'ai été voir ma bonne
femme sous les tilleuls. L'aîné des garçons accou-
rut au-devant de moi; ses cris de joie amenèrent
la mère qui paraissait fort abattue. Son premier
mot fut : « Ah! mon bon monsieur, mon pauvre
» Jean est mort! » c'était le plus jeune de ses enfants. — Je gardais le silence. — « Mon mari,
» continua-t-elle, est revenu de Suisse, et n'a
» rien rapporté; sans quelques bonnes âmes, il
» aurait été réduit à mendier pour revenir; il a
» eu la fièvre en chemin. » — Je ne pus lui rien
dire. — Je donnai quelque chose à l'enfant. Elle
me pria d'accepter quelques pommes. Je les pris,
et m'éloignai de ce lieu de triste souvenir.

                                        21 août.

Le temps de tourner la main, et tout change

pour moi. Quelquefois un joyeux rayon de vie jette une demi-clarté dans les ténèbres de mon âme, et à l'instant il disparaît. — Si je me perds dans mes rêveries, je ne puis m'abstenir de cette pensée : quoi, si Albert mourait ! tu serais ! Oui, elle deviendrait... — Et je... — Alors, je cours, je m'élance après ce fantôme, jusqu'à ce qu'il me conduise au bord de l'abîme, dont l'aspect me fait tressaillir.

Si je sors de la ville, si je me retrouve sur ce même chemin, que je pris la première fois pour aller chercher Charlotte et la conduire au bal, quel changement s'offre à moi ! Tout, tout est évanoui ! Il ne me reste pas même un trait de ce monde qui a passé, pas une émotion des sentiments qui m'agitèrent alors. Je suis tel que l'ombre d'un puissant prince, qui s'échappant du tombeau pour aller revoir le palais somptueux qu'il bâtit pour un fils chéri, qu'il orna de toute la splendeur, de toute la magnificence des rois, ne trouve plus que d'affreux débris, que de tristes ruines ensevelies sous la cendre.

3 septembre.

Souvent je ne comprends pas comment un autre peut l'aimer, ose l'aimer, tandis que mon amour pour elle est si plein, si profond, si exclusif, tandis que je ne connais, ne sens, ni ne vois qu'elle!

4 septembre.

Oui, c'est ainsi : la nature s'incline vers l'automne, et l'automne va régner en moi comme autour de moi. Mes feuilles jaunissent, et les feuilles des arbres qui m'environnent commencent à tomber. Ne t'ai-je pas parlé jadis d'un jeune valet de ferme, dans le temps de mon arrivée ici? Je me suis de nouveau informé de lui à Walheim; on m'a dit qu'il avait été chassé, et personne ne voulut m'en apprendre davantage. Hier, par hasard, je le rencontrai sur le chemin qui mène à un autre village; je l'abordai, et il me raconta son histoire, qui m'a touché à un point que tu comprendras aisément, lorsque je t'en aurai fait part. Mais, à quoi bon tout cela? Pourquoi ne gardé-je pas pour moi ce qui me tourmente et m'afflige? Pourquoi vouloir t'affliger aussi? Pourquoi te fournir sans cesse des occasions de me plaindre et de me gronder? — Mais, qu'y faire? Cela tient peut-être aussi à ma destinée.

Ce ne fut d'abord qu'avec une tristesse morne, dans laquelle même je crus démêler de la honte, que le jeune homme répondit à mes questions;

mais bientôt, plus ouvert, il se reconnut lui-même
en me reconnaissant, m'avoua ses fautes, et dé-
plora son malheur. Que ne puis-je, mon ami, te
rendre chacune de ses paroles ! Il confessa, il me
raconta même avec une sorte de jouissance et de
bonheur, tirée de ses ressouvenirs, que sa passion
pour la fermière chez laquelle il servait s'était ac-
crue de jour en jour; qu'à la fin il ne savait plus
ce qu'il faisait, ni, selon son expression, où donner
de la tête. Il avait perdu la faim, la soif, le sommeil; il étouffait; il faisait ce qu'il ne devait pas
faire; il oubliait les commissions qu'on lui donnait; il était comme poursuivi par un mauvais
génie. Un jour enfin, la sachant dans une chambre
haute, il était monté, ou plutôt avait été entraîné
après elle par une force invincible : celle qu'il
adorait n'ayant pas voulu écouter ses prières, il
chercha à s'emparer d'elle par la force. Il ne sait
pas comment cela est arrivé, et prend Dieu à témoin, que ses vues sur elle ont toujours été honnêtes, et qu'il ne désirerait rien tant au monde
que de se voir l'époux de cette femme, que de
pouvoir passer sa vie avec elle. — Après avoir
longtemps parlé, il commença à s'arrêter, comme
quelqu'un qui a encore quelque chose à dire, et
n'ose s'expliquer. Enfin il m'avoua avec timidité
les petites familiarités qu'elle lui permettait, les
légères faveurs qu'elle lui accordait. Il s'inter-

rompit deux ou trois fois, et répéta les plus vives protestations, qu'il ne parlait pas ainsi pour lui faire tort; qu'il l'aimait et l'estimait tout comme auparavant; qu'il n'avait rien dit à personne de tous ces détails, et ne m'en parlait que pour me convaincre, qu'il n'était pas un misérable ni tout à fait hors de son bon sens. — Et ici, mon très cher, je recommence ma vieille chanson, et mon refrain éternel : si je pouvais te représenter cet homme, tel qu'il était, tel qu'il est encore devant moi! Si je pouvais te faire un rapport exact et fidèle, pour que tu sentisses quel intérêt je prends et je dois prendre à son sort! mais c'en est assez. — Toi, qui sais aussi quel est mon sort, toi qui me connais, tu ne sais que trop ce qui m'attire vers tous les malheureux, et particulièrement vers celui-ci.

En relisant cette feuille, je m'aperçois que j'ai oublié de raconter la fin de l'histoire, mais elle se laisse aisément deviner. La belle fermière se défendit contre ses attaques : un de ses frères survint; il haïssait le jeune homme depuis longtemps; il souhaitait le voir hors de la maison, parce qu'il craignait qu'un nouveau mariage de sa sœur qui n'a pas d'enfants n'enlevât aux siens une succession sur laquelle il comptait déjà.

Ce frère l'a sur-le-champ chassé de la maison, et a fait un tel esclandre, que la femme même,

quand elle l'eût voulu, n'eût point osé le reprendre. Actuellement, elle a pris un autre valet, et à
son sujet, dit-on, elle est de nouveau brouillée
avec son frère. On assure qu'elle l'épousera ; si
cela doit arriver, m'a dit le jeune homme, il est
bien résolu à ne pas y survivre.

Ce que je te raconte n'est ni exagéré, ni embelli. — Au contraire, je puis bien dire que
mon récit est faible. Je l'ai gâté, en employant
les mots usités dans ce qu'on appelle le monde
poli.

Cet amour, cette fidélité, cette passion , ne
sont donc pas des fictions poétiques! Tout cela
existe dans toute sa pureté, chez une espèce d'hommes, que nous nommons grossiers et incultes,
nous, gens civilisés, façonnés, réduits à rien ! —
Lis cette histoire avec réflexion, je te prie. Je suis
calme aujourd'hui en te l'écrivant : tu vois à mon
écriture que je ne griffonne pas aussi horrible-
ment que de coutume : lis, cher Wilhelm, et pense,
pense que c'est aussi l'histoire de ton ami. Oui,
voilà ce que j'ai éprouvé, voilà ce qui m'arrivera,
et je ne suis pas à moitié si brave, pas à moitié
si résolu, que le pauvre malheureux, auquel je
n'ose presque avoir la présomption de me comparer.

5 septembre.

Elle avait écrit un billet à son mari, que quelques affaires retenaient à la campagne; il commençait par ces mots : « Mon cher, mon bon ami, » reviens le plus vite que tu pourras, je t'attends » avec mille joies. » — Un ami qui survint, l'informa qu'Albert, à raison de certaines circonstances, ne pouvait être de retour de sitôt. Le billet resta là, et me tomba le soir dans les mains. Je le lus et souris; elle m'en demanda la cause. — Que l'imagination est un don céleste ! m'écriai-je. J'ai pu me persuader un instant, que ces mots m'étaient adressés ! Elle ne répliqua rien, parut mortifiée, et je me tus.

6 septembre.

Il m'en a beaucoup coûté, jusqu'à ce que j'aie pu me résoudre à renoncer à ce simple frac bleu, que je portais la première fois que je dansai avec Charlotte; mais il n'était vraiment plus présentable. Pour me consoler, je m'en suis fait faire un tout pareil, même collet, mêmes revers, le gilet et les culottes chamois.

Eh bien! avec tout cela, il n'aura pas absolument le même effet. Je ne sais. — Je pense qu'avec le temps, il me deviendra plus cher et me tiendra lieu de l'autre.

12 septembre.

Elle avait été absente quelques jours, pour aller chercher Albert à la campagne. Aujourd'hui j'ai été la voir; elle est venue au-devant de moi, et j'ai baisé sa main avec mille transports.

Un serin, perché sur une glace, vint voler sur son épaule. « Voici un nouvel ami, me dit-elle, en
» l'appelant et lui présentant le doigt; il est destiné
» à mes enfants; il est par trop aimable! Voyez-
» le! quand je lui donne du pain, il voltige, il
» becquète avec tant de grâces! Il vient aussi me
» baiser, voyez! »

Elle l'approcha de sa bouche : le charmant petit oiseau se pressait sur ses lèvres de rose, aussi voluptueusement que s'il avait pu sentir tout le bonheur dont il jouissait.

« Il faut bien aussi qu'il vous baise, » dit-elle, en me présentant le joli serin. Je tenais entre mes lèvres ce bec qui sortait des siennes; et ce picotement fut comme un souffle précurseur, un avant-goût des délices de l'amour.

— « Son baiser, dis-je, n'est pas tout à fait dé-
» sintéressé; il cherche de la nourriture, et mes
» caresses vides ne le satisferont pas. »

— « Il prend son manger de ma bouche, »
répondit-elle; et elle lui offrit de la mie de pain
sur ses lèvres, qu'épanouissaient la bonté et l'innocente joie.

Je détournai le visage : elle devrait s'en abstenir! elle ne devrait pas allumer mon imagination par ces images d'innocence et de félicité célestes; elle ne devrait pas réveiller mon cœur de
cet engourdissement, où il est quelquefois bercé
par l'indifférence de la vie! — Et pourquoi pas?
— Elle a tant de confiance en moi! elle sait combien je l'aime!

15 septembre.

On pourrait devenir enragé, Wilhelm, en voyant
des hommes, qui n'ont ni sens, ni âme, pour le
petit nombre d'objets, qui ont encore quelque valeur sur la terre? Tu connais les noyers sous lesquels je m'assis avec Charlotte chez le bon pasteur
de Saint***. Ces magnifiques noyers qui remplissaient mon âme de contentement, quel jour imposant et doux, quelle fraîcheur ils donnaient à la
cour du presbytère! Quelles superbes branches!

que l'on aimait à se reporter jusqu'aux vénérables
pasteurs qui les avaient plantés ! Le maître d'école
nous a souvent dit le nom de l'un d'eux, qu'il
avait entendu prononcer à son grand-père. Ce fut
un excellent homme, et sa mémoire m'était toujours présente et sacrée quand je me trouvais sous
ces arbres. D'honneur, le maître d'école avait les
larmes aux yeux en nous racontant hier qu'ils
étaient abattus. — Abattus ! Dans ma fureur, je
poignarderais le misérable, le chien qui a osé leur
porter le premier coup. Moi, qui prendrais volontiers le deuil, si j'avais deux arbres semblables
dans ma cour, et que l'un d'eux vînt à mourir de
vieillesse, moi, il faut que je sois témoin de ce
spectacle ! Vois cependant ce que c'est que la sensibilité de l'homme ! Tout le village murmure, et
j'espère que la femme du pasteur sentira quelle
blessure elle a faite à tout l'endroit, en voyant diminuer chez elle les présents de beurre, d'œufs et
de toute espèce. C'est la femme du nouveau pasteur (nous avons aussi perdu l'ancien), créature
maigre, sèche et acariâtre, qui a bien raison de ne
prendre d'intérêt à personne, car personne n'en
prend à elle. C'est une folle qui se donne pour
savante, qui se mêle d'études sur le canon des
Ecritures, travaille sur un plan tout nouveau à la
réformation morale et critique de la chrétienté, et
lève les épaules de pitié sur les *extravagantes ré-*

veries de Lavater. Elle a une santé totalement dé-
labrée, et ne jouit par conséquent d'aucun plaisir
sur cette terre. Il n'y avait au monde qu'une créature semblable, qui pût abattre mes noyers. Non,
mon ami, je n'en reviens pas ! imagine-toi que
les feuilles mortes salissaient la cour de madame,
que les branches lui ôtaient le jour ; — et puis,
quand les noix étaient mûres, les petits garçons venaient jeter des pierres pour en avoir : ce tapage
lui donnait des maux de nerfs, et la troublait dans
ses profondes méditations, lorsqu'elle était occupée
à peser les opinions de *Kennicot, Semler* et *Michaë-
lis*. En voyant les gens du village, et particulièrement les vieux, si mécontents, je leur demandai
pourquoi ils l'avaient souffert ? — « Quand le
maire veut quelque chose dans ce pays, me dirent-
ils, que pouvons-nous faire ? » Mais savez-vous ce
qui est arrivé ? Le pasteur, déjà las des bizarreries
de sa femme, voulant du moins en retirer quelque
profit cette fois, s'imagina qu'il allait partager le
produit des arbres avec le maire : la chambre des
domaines l'apprend, et intervient, en vertu de
vieilles prétentions sur la partie de la cour du
presbytère, où étaient situés les noyers. Elle s'en
empare, et les vend au plus offrant. Ils sont par
terre ! Oh ! si j'étais prince, je voudrais que la méchante femme, le maire et la chambre... — Prince !
— Ah ! si j'étais prince, que m'importeraient tous
les arbres de mes Etats ?

10 octobre.

Pourvu que je voie seulement ses yeux noirs,
je me trouve déjà mieux! — Croirais-tu que ce
qui me peine, c'est qu'Albert n'a pas l'air aussi
heureux — qu'il l'espérait, — que je pense que
je serais, si... — Je ne fais guère de ces réti-
cences, mais ici je ne puis m'exprimer différem-
ment, — et cela me paraît assez clair.

12 octobre.

Ossian a pris la place d'Homère dans mon cœur.
Quel monde que celui où son génie sublime me
transporte? Errer à travers les bruyères, au milieu
de la tempête qui gronde, et roule devant elle, à
la pâle clarté de la lune, les vapeurs nébuleuses
chargées des spectres de nos pères! Du sommet des
montagnes, au milieu du fracas du torrent impétueux, entendre les lugubres gémissements des
fantômes, du fond de leurs cavernes; recueillir
les accents plaintifs de la jeune fille désespérée,
courbée sur ces quatre masses de pierre, qu'ont
recouvertes l'herbe et la mousse, et sous lesquelles
repose son bien-aimé, victime des cruels com-

bats! J'aperçois le barde aux cheveux blancs, par-
courant la vaste bruyère; il y cherche les traces de
ses pères, et n'y trouve, hélas! que leurs tom-
beaux! Alors, accablé de tristesse, il tourne ses
regards vers la brillante étoile du soir, qui éteint
ses feux dans les flots roulants de la mer; les temps
écoulés revivent dans l'âme du héros, ces temps où
le rayon propice de l'astre secondait les exploits
du brave, où la lune éclairait sa proue couronnée
de fleurs au retour de la victoire. Je lis la profonde douleur gravée sur le front du noble barde;
je le vois, lui, le dernier rejeton de sa race, délaissé sur la terre, languissant et penché vers la
tombe. Il s'enivre d'une joie toujours nouvelle,
d'une joie douloureuse à la fois et délicieuse, dans
la présence désormais sans force des ombres de ses
ancêtres; il attache ses regards sur la terre froide,
sur l'herbe balancée par le souffle des vents, et
s'écrie : Le voyageur viendra, il va venir, celui
qui m'a connu dans ma beauté, et il demandera :
où est le chantre des combats, le noble fils de Fingal? son pied s'imprime sur ma tombe, et c'est en
vain qu'il me cherche sur la terre des vivants. —
O mon ami, embrasé à ce feu divin, je voudrais,
tel qu'un brave et fidèle écuyer, tirer l'épée, délivrer d'un seul coup mon prince des longs tourments d'une vie si lente à s'éteindre, et envoyer mon
âme rejoindre le demi-dieu dans la sphère céleste!

8

19 octobre.

Ciel! quel vide affreux se fait sentir dans mon sein! Ah! me dis-je souvent, si tu pouvais la presser une fois, seulement une fois contre ton cœur, tout ce vide serait à l'instant rempli!

26 octobre.

Oui, je suis persuadé, mon ami, toujours de plus en plus persuadé, que c'est peu de chose, bien peu de chose que l'existence d'une créature. Une amie de Charlotte vint la voir : je passai dans un appartement voisin, pour y prendre un livre ; impossible de lire. Une plume était là, j'essayai d'écrire. Je les entendais parler bas : elles se racontaient des choses insignifiantes, des nouvelles de la ville. « Celle-ci se marie, disait l'amie, » celle-là est malade, fort malade : elle a une toux » sèche, les os lui percent la peau ; de plus, elle a » des faiblesses à tout moment ; je ne donnerais » pas deux liards de sa vie. » — « M. de N*** est aussi fort mal, » dit Charlotte. — « Oui, il est enflé, » répondit l'amie. — Et ma rapide imagination me transporta au chevet du lit de ces malheu-

reux mourants; j'observai avec quel effroi ils
voyaient approcher le terme fatal, j'aperçus...
Wilhelm ! Et les deux jeunes amies s'entretenaient
de ce douloureux sujet comme de la mort de
quelque étranger. — Et quand je jette les yeux
autour de moi, que j'examine la chambre, que je
vois autour de moi les habits de Charlotte, les papiers d'Albert, tous ces meubles, devenus si familiers pour moi, que cet encrier même, je me
dis : « Vois ce que tu es à cette maison ! Tout !
» tout ! Tes amis t'honorent : tu fais souvent leur
» joie, et il semble à ton cœur qu'il ne pourrait
» battre sans eux ; et cependant — si tu t'éloignais,
» si tu t'arrachais de ce cercle, sentiraient-ils, com-
» bien de temps sentiraient-ils le vide occasionné
» chez eux par ta perte? combien de temps? »

Ah! l'homme est un être si fragile, si passager,
que là même où il a vraiment le sentiment et la
conviction de son existence, là même, où sa présence fait la seule impression véritable, c'est-à-dire
dans l'âme et le souvenir de ceux qui l'aiment, là
même, il faut aussi qu'il s'efface, qu'il s'éva-
nouisse. — Et cela si tôt!

27 octobre.

Souvent je me déchirerais le sein, je me brise-

rais le crâne, en voyant combien peu nous pouvons
les uns pour les autres. Ah! si je ne porte pas en
moi l'amour, la chaleur, la volupté, quel autre
pourra me les donner! Et avec le cœur plein de la
félicité des cieux, pourrai-je rendre heureux un
mortel qui est devant moi insensible et glacé.

Même soir.

Que de ressources, que de facultés me resteraient
encore! mais son idée les absorbe toutes, mais sans
elle, tout mon être sera réduit à rien.

30 octobre.

Oui, j'ai été plus de cent fois sur le point de la
prendre dans mes bras, de la couvrir de baisers.
Dieu sait quel tourment c'est de voir sans cesse
tant de charmes, passer et repasser devant soi, et
de ne pas oser y porter la main! Et c'est cependant
un mouvement si naturel à l'homme! Les enfants
ne tâchent-ils pas de saisir tout ce qui tombe sous
leurs sens? Et moi?

3 novembre.

Le croiras-tu ? Je me couche souvent avec le désir,
et quelquefois même avec l'espérance de ne pas me
réveiller ; et le matin, j'ouvre les yeux, je revois
le soleil et je me sens misérable. Oh ! que ne puis-
je être en proie aux caprices ? que ne puis-je rejeter
la faute sur le temps, sur un tiers, sur un projet
manqué ? Le poids insupportable du mécontentement, du dégoût qui m'obsèdent, ne reposerait sur
moi qu'à demi. — Malheur à moi ! je sens, je ne sens
que trop que toute la faute en est à moi. — La faute ?
Non. La source de toute misère est aujourd'hui
cachée en moi, comme l'était autrefois la source de
toute félicité. Ne suis-je plus ce même homme qui
nageait jadis dans toute la plénitude du sentiment,
qui voyait naître un paradis à chaque pas, qui avait
un cœur capable d'embrasser un monde dans son
amour ? Ce cœur est mort à présent ; plus de transports qui en découlent : mes yeux sont secs, mes
sens ne sont plus ranimés par des larmes rafraî-
chissantes, mon front est sillonné par l'inquiétude
et les soucis.

Je souffre beaucoup, car j'ai perdu ce qui faisait
l'unique charme de ma vie ; cet enthousiasme vivi-
fiant et sacré qui créait des mondes autour de moi,

8.

il est éteint! — De ma fenêtre, je porte mes regards
jusqu'aux collines perdues dans le lointain ; je vois
le soleil s'élevant derrière elles, percer à travers
le brouillard, éclairer la prairie déserte, et la rivière, entre les saules effeuillés, s'avancer vers moi
en serpentant. — Oh! pourquoi faut-il que cette
belle nature soit là devant moi froide et inanimée,
comme une estampe coloriée? Pourquoi, à la vue
de ses merveilles, mon cœur n'envoie-t-il plus à
mon cerveau une seule étincelle d'un délire enthousiaste? En présence du créateur même, je suis là
comme une fontaine tarie, comme un vase épuisé.
Souvent je me suis prosterné, j'ai crié à Dieu pour
avoir des larmes, comme le laboureur invoque la
pluie, lorsque le ciel est devenu d'airain et que la
terre se consume de soif.

Mais hélas! je le sens, Dieu n'accorde pas sa
pluie et son soleil à nos vœux importuns. — Ces
temps, dont le souvenir me tourmente, pourquoi
étaient-ils si fortunés? C'est qu'alors j'attendais avec
patience l'action de l'esprit divin, c'est que je recueillais au fond de mon cœur reconnaissant les
délices qu'il versait sur moi.

8 octobre.

Elle m'a reproché mes excès, mais avec tant d'a-

mabilité! mes excès, parce que, quelquefois, d'un
verre de vin, je me laisse aller à boire toute une
bouteille. « Ne le faites plus, me dit-elle, pensez à
» Charlotte! » — « Penser! lui répondis-je, faut-il
» que vous me l'ordonniez? Je pense... non, je ne
» pense pas, vous êtes toujours devant mon âme.
» Aujourd'hui j'étais assis à l'endroit où vous des-
» cendîtes dernièrement de voiture... » — Elle
changea sur-le-champ de conversation, pour ne
pas me donner le temps d'entrer en matière. Mon
ami! je suis perdu! elle peut faire de moi ce qui
lui plaira.

                        13 novembre.

Je te remercie, Wilhelm, de ton tendre intérêt,
de tes sincères avis, et je te demande en grâce d'être
tranquille. Laisse-moi supporter mes maux; au
milieu de toutes mes souffrances, il me reste encore
assez de force pour aller jusqu'au terme. J'honore
la religion, tu le sais; je sens qu'elle est un soutien
pour beaucoup de ceux qui chancellent de lassitude, un baume pour tant de faibles qui languissent.
Mais — peut-elle, doit-elle l'être pour chacun de
nous? Si tu parcours ce vaste univers, ne vois-tu
pas des milliers d'êtres pour qui elle n'a rien été;
des milliers pour lesquels, qu'elle leur ait été pré-

chée ou non, elle ne sera jamais rien? Que serait-
elle donc pour moi? Le fils de Dieu ne dit-il pas lui-
même que ceux-là seront avec lui, que son père lui
a donnés? Mais si je ne lui ai pas été donné, moi?
mais si le père veut me garder pour lui, comme
me le dit mon cœur!

— Je t'en conjure, ne donne point à ceci une
fausse interprétation; ne va point voir de raillerie
dans ces paroles innocentes. C'est mon âme tout
entière que j'expose à tes yeux. Sans cela j'aimerais
mieux m'être tu: d'ailleurs, je regrette toujours de
perdre du temps et des mots sur des matières où nous
entendons tous aussi peu que moi. Quelle est au fond
la destinée de l'homme? de porter son fardeau, de
vider sa coupe. — Et si cette coupe était trop amère
au Fils de Dieu, lorsqu'il la porta à ses lèvres
d'homme, pourquoi aurais-je la présomption de
feindre de la trouver douce? pourquoi aurais-je
honte de tressaillir dans cet effroyable instant, où
tout mon être chancelle entre la vie et le néant, où
le passé brille comme un éclair sur le sombre
abîme de l'avenir, lorsque tout s'engloutit autour
de moi, lorsque le monde descend avec moi dans la
tombe? — N'est-ce pas la voix de la créature acca-
blée, se sentant manquer à elle-même, se voyant
sans ressource entraîner dans le précipice, qui,
après mille vains efforts pour se sauver de l'abîme,
du sein de sa douloureuse agonie, s'écrie avec déses-

poir : « Mon Dieu! mon Dieu! pourquoi m'avez-
» vous abandonné? » — Et rougirais-je de pousser
ce cri d'effroi, à ce moment formidable, auquel n'a
pu se soustraire celui qui roule les cieux comme
une voile?

21 novembre.

Elle ne voit pas, elle ne sent pas qu'elle prépare
un poison qui nous étendra tous les deux sur la
terre; et moi, je bois à longs traits avec délices dans
cette coupe de destruction qu'elle me présente. Que
prétend-elle par ce regard si plein de bonté avec
lequel souvent... souvent? non, pas souvent, mais
quelquefois, elle me considère? Que prétend-elle
par cette indulgence, avec laquelle elle accueille
une expression involontaire de mes sentiments? par
cette pitié pour mes souffrances, écrite sur son front?

Hier, comme je me retirais, elle me tendit la
main, et me dit : « Adieu, cher Werther! » —
Cher Werther! c'était la première fois qu'elle me
donnait ce nom de *cher;* il passa jusque dans la
moelle de mes os. Je me le suis répété cent fois, et
hier au soir, en me couchant, au milieu de mon
babil tumultueux avec moi-même, je me dis tout
à coup : bonne nuit, *cher Werther!* — et il me
fallut après rire de moi-même.

22 novembre.

Je ne puis crier à Dieu : « *laisse-la moi !* » et
cependant elle se présente souvent à mon esprit,
comme étant mon bien, ma propriété. Je ne puis lui
crier: « *donne-la moi !* » puisqu'elle est à un autre.
— Je divague, je badine avec mes douleurs ; j'aurais
bientôt, si je m'y livrais, une litanie entière d'an-
tithèses.

24 novembre.

Elle sent tout ce que je souffre. Aujourd'hui son
regard a profondément pénétré dans mon cœur.
Je l'ai trouvée seule : je ne disais rien, et elle me
regardait fixement. Je ne voyais plus en elle la
beauté séduisante, l'éclat de l'esprit brillant, tout
était disparu à mes yeux. J'étais sous le charme de
son regard sublime, plein de l'expression du plus
tendre intérêt, de la plus douce pitié! Pourquoi
n'osai-je pas me jeter à ses pieds! Pourquoi n'osai-
je pas m'élancer et lui répondre par mille baisers!
Elle eut recours à son clavecin et se mit à chanter,
à soupirer d'une voix douce une romance d'une
mélancolie si touchante! Jamais je n'avais vu ses

lèvres aussi ravissantes ; il me semblait qu'elles
haletaient ; qu'elles ne s'entr'ouvraient que pour
recevoir les sons mélodieux que rendait l'instrument, et laisser échapper de sa bouche enchanteresse, les échos célestes qui y retentissaient. —
Oui, si je pouvais te peindre ce que j'éprouvais ! —
Je n'y pus résister plus longtemps, je m'inclinai et
fis ce serment : « Jamais je n'oserai vous profaner
» par un baiser, vous, lèvres sur lesquelles volti-
» gent les esprits du ciel ! » Et cependant — je
veux... — Ah ! vois-tu ? c'est un mur de séparation
qui s'élève là devant mon âme. — Quelle félicité
si... ! — Et puis périr pour expier ce crime ? — Un
crime ?

26 novembre.

Qnelquefois je me dis : ton sort est unique : à
côté de toi, tous les autres humains on peut les
estimer heureux. Jamais mortel ne fut tourmenté
comme toi ! — Puis je lis un poëte de l'antiquité,
et il me semble lire dans mon propre cœur. J'ai
tant à souffrir ! hélas ! A-t-il donc existé avant moi
des hommes dont la destinée fut aussi déplorable ?

Non, jamais, jamais, je ne reviendrai à moi-
même! Partout où je porte mes pas, m'apparaît un
fantôme, qui me jette hors de ma sphère. Aujour-
d'hui! ô destin! ô humanité! — Vers midi, n'ayant
nulle envie de me mettre à table, je vais me promener au bord de l'eau. Tout était désert : un vent
d'est humide et froid soufflait de la montagne, et de
sombres nuages chargés de pluie s'amassaient sur
le vallon. De loin j'aperçus un homme vêtu d'un
mauvais habit vert, qui s'arrêtait au pied de chaque
roche, et semblait chercher des simples. Je m'ap-
prochai de lui; il se retourna au bruit que je faisais, et je vis une intéressante physionomie, dont
une tristesse morne faisait le principal trait, mais
qui pourtant n'annonçait qu'une âme droite et honnête. Ses cheveux noirs étaient sur le devant relevés
en deux boucles, et les autres formaient une grosse
tresse qui lui descendait dans le dos. Son costume
annonçait un homme du commun : je crus qu'il ne
s'offenserait pas de mon attention à ce qu'il faisait,
et je lui demandai ce qu'il cherchait. — « Je cher-
» che des fleurs, me répondit-il avec un profond
» soupir, et je n'en trouve pas. » — « Aussi n'est-ce
» point la saison, » lui dis-je en souriant. — « Il

» y a tant de fleurs! » reprit-il, en descendant vers
moi : « dans mon jardin il y a des roses, et du
» chèvrefeuille de deux espèces; mon père m'en a
» donné une : il croît comme du chiendent. Je
» le cherche depuis deux jours, et ne puis le trou-
» ver. J'ai aussi là en tout temps des fleurs jaunes,
» bleues et rouges, et la centaurée si belle et si
» rare; je ne puis rien trouver de tout cela. » —
Je remarquai quelque chose de mystérieux dans
son air, et je lui demandai avec un détour : « Que
» voulez-vous donc faire de ces fleurs? » — Un
sourire singulier vint grimacer sur sa figure. —
« Si vous voulez ne pas me trahir, » me répondit-
il en posant le doigt sur la bouche, « j'ai promis
» un bouquet à ma belle. » — « C'est bien cela, de
» votre part. » — « Oh! elle a bien d'autres choses,
» elle est riche! » — « Et cependant, elle aime
» vos bouquets? » — « Oh! elle a des joyaux et
» une couronne. » — « Comment s'appelle-t-elle
» donc? » — « Si les Etats-Généraux voulaient me
» payer, je serais un autre homme! Oui, il a été
» un temps où je me trouvais si content! Actuel-
» lement c'en est fait de moi, je suis... » — Un
regard humide lancé vers le ciel, exprima tout. —
« Vous avez donc été heureux? » lui dis-je. —
« Ah! je voudrais être encore ce que je fus. J'étais
» si aise, si joyeux, si léger, j'étais comme un pois-
» son dans l'eau! » — « Henri! » cria une vieille
9

femme qui arrivait vers nous, « Henri ! où te caches-
» tu donc? Nous t'avons cherché partout; viens
» dîner! » — « Est-ce là votre fils? » lui deman-
dai-je en m'avançant vers elle. — « Hélas! oui,
» c'est mon pauvre fils. Dieu m'a donné là une
» croix bien pesante. » — « Depuis quand est-il
» dans cet état? » — « Ce n'est que depuis six
» mois qu'il est aussi tranquille. Dieu soit loué de
» ce qu'il en est venu là! Auparavant, il a été si
» furieux pendant toute une année, qu'on l'avait
» mis à la chaîne à l'hôpital des fous. A présent,
» il ne fait de mal à personne; mais il a toujours
» affaire à des rois et à des empereurs. C'était un
» bon et paisible garçon, qui m'aidait à gagner
» mon pain, et écrivait, une belle main, il fallait
» voir! Eh bien! voilà que tout à coup il devient
» tout pensif, tombe en fièvre chaude, puis dans
» une frénésie à faire trembler; il est enfin, comme
» vous le voyez là. Si je voulais vous raconter,
» mon cher monsieur.. » J'interrompis ce torrent
de paroles, en lui demandant quel était donc ce
temps, où il se vantait d'avoir été si heureux? —
« Le pauvre insensé! » répondit-elle avec un sourire de pitié, « il veut dire celui où il était tout
» hors de lui; il ne cesse de vanter le temps où il
» était aux petites maisons, où il ne savait ce qu'il
» faisait, ni ce qu'il disait. » — Ces paroles firent
sur moi l'effet d'un coup de tonnerre: je lui mis

une pièce d'argent dans la main, et m'enfuis à grands pas.

« Alors tu étais heureux! » m'écriai-je, toujours marchant précipitamment vers la ville, « alors tu
» étais comme le poisson dans l'eau! — Dieu de l'uni-
» vers, est-ce ainsi que tu réglas le destin des mor-
» tels! ne peuvent-ils donc être heureux, qu'avant
» d'arriver à la raison, et qu'après l'avoir perdue?
» — Infortuné! Et que j'envie cette mélancolie,
» ce trouble des sens, dans lequel tu languis! Tu
» sors plein d'espoir, pour faire un bouquet à ta
» reine, — au cœur de l'hiver, — et tu l'affliges
» de ne pas trouver de fleurs, et tu ne conçois
» pas pourquoi tu n'en peux trouver! Et moi! — Et
» moi je sors sans espérance, sans but; je rentre,
» comme j'étais sorti. — Tu te figures dans ton ima-
» gination quel homme tu serais, si les Etats-
» Généraux te payaient! Heureuse créature! qui
» peux attribuer la privation de ton bonheur à un
» obstacle terrestre! Tu ne sens pas que c'est dans
» ton cœur déchiré, dans ton cerveau troublé, que
» gît ta misère, et que tous les rois de l'univers
» ne peuvent te porter de secours. »

Puisse-t-il périr dans le désespoir celui qui ose se moquer du malade, voyageant à grands frais vers la source lointaine, qui augmentera ses maux, et rendra sa mort plus douloureuse! Puisse-t-il périr, le cruel, qui mépriserait celui qui pour soulager son cœur oppressé, pour se délivrer de ses remords, pour calmer son trouble et ses souffrances, fait un pèlerinage au saint sépulcre! Chaque pas sur un chemin âpre et non frayé, qui déchire la plante de ses pieds, fait couler une goutte de baume sur les plaies de son âme; chaque jour de route la décharge peu à peu du fardeau de ses angoisses. — Et voilà ce que vous oserez appeler démence, vous qui non-chalamment étendus sur vos sophas, débitez des mots et des phrases. Démence! — O Dieu! tu vois mes larmes! Toi qui créas l'homme si faible et si pauvre, fallait-il qu'encore tu lui donnasses des frères, qui vinssent le dépouiller du peu qu'il possède, du peu de confiance qu'il a en toi, en toi qui chéris toutes tes créatures? Ah! la foi dans une racine salutaire, dans les pleurs de la vigne, qu'est-ce donc? sinon confiance en toi, qui, dans tout ce qui nous environne, as mis le soulagement et le remède dont nous avons à tout instant besoin? Père! que je ne connais pas! Mon père! qui autrefois remplissais mon âme, et qui maintenant détournes ta face de moi! Appelle-moi à toi! ne sois pas muet plus long-temps! Ton silence n'arrêtera pas cette âme impatiente et altérée. — Et quel est l'homme, quel est le père, qui pourrait s'irriter en voyant accourir inopinément dans ses bras, son fils revenu d'un long voyage, son fils lui criant : « Me voici de » retour auprès de toi, mon père! Sois sans cour-

» roux, si j'abrége l'exil que ta volonté m'avait
» prescrit! Le monde est partout le même ; par-
» tout peine et travail, plaisir et joie : mais que
» me fait ce monde? Je ne suis bien que là où tu
» es, et c'est en ta présence que je veux désormais
» souffrir et jouir. — Et toi, Père céleste et ten-
» dre, repousserais-tu cet enfant qui t'implore! »

1er décembre.

Wilhelm! l'homme dont je t'ai parlé, cet heureux
infortuné, était secrétaire du père de Charlotte.
Une passion violente qu'il conçut pour elle, qu'il
nourrit, cacha, découvrit, et qui le fit congédier,
l'a privé de la raison. Sens, à ces simples mots,
comme tout mon être a frémi, lorsque Albert m'a
raconté cette histoire, avec autant de sang-froid
peut-être que tu la lis!

4 décembre.

Je t'en conjure — vois-tu? c'en est fait de moi,
je n'y puis tenir plus longtemps. — Aujourd'hui
j'étais assis près d'elle. — j'étais assis: elle jouait
sur son clavecin toutes sortes d'airs, et tous avec
quelle expression. quelle âme! — Ah! — que te

dire? Sa petite sœur habillait sa poupée sur mes
genoux. Les larmes me vinrent aux yeux; je me
penchai, et son anneau nuptial frappa mes regards.
— Mes pleurs coulèrent; — tout à coup elle commença cet air ancien d'une mélodie douce et céleste,
cet air que j'aime tant; et tout à coup un rayon de
consolation se glissa dans mon âme, avec le souvenir des temps où j'entendis cette musique pour la
première fois, avec le souvenir aussi des sombres
jours écoulés depuis, des chagrins, des espérances
déçues, et puis — je marchais çà et là dans la
chambre, mon cœur était oppressé, j'étouffais. —
« Au nom de Dieu, lui dis-je, en allant brusque-
» ment à elle d'un air égaré, au nom de Dieu
» cessez! » — Elle cessa, et me regarda fixement.
« Werther, me dit-elle avec un sourire qui me
» perça le cœur, Werther, vous êtes bien malade,
» vos mets favoris vous répugnent. Allez! je vous
» en prie, calmez vous. » — Je m'arrachai d'auprès d'elle, et — Dieu! tu vois ma misère, et tu
la finiras!

                                   6 décembre.

Comme son image me poursuit! Que je veille,
que je sommeille, elle remplit mon âme entière!
Ici, quand je ferme mes paupières, ici, dans mon
front où toute la force visuelle se concentre, je

retrouve toujours ses yeux noirs. Ici ! je ne peux te
l'exprimer. Suis-je dans les ténèbres, ils sont aussitôt là ; tels qu'un abîme, ils reposent devant moi,
en moi ; ils remplissent tous les sens de mon cerveau.

Qu'est-ce que l'homme, ce demi-dieu si vanté?
Les forces ne lui manquent-elles pas précisément là
où il en aurait le plus besoin? Soit qu'il se laisse
transporter par la joie, ou écraser par la douleur,
n'est-il pas également arrêté, également ramené au
triste et froid sentiment de son être, lui qui aspi-
rait orgueilleusement à se perdre dans la plénitude
de l'infini.

L'ÉDITEUR AU LECTEUR

———

Combien je souhaiterais qu'il nous restât assez de monuments de la main de notre malheureux ami, pour donner l'histoire intéressante de ses derniers jours, sans être obligé d'interrompre la suite de ses lettres par des récits! Je me suis attaché à recueillir les détails les plus précis, de la bouche de ceux qui pouvaient être le mieux informés. L'histoire de notre ami n'est pas compliquée et toutes les relations s'accordent, sauf quelques circonstances toutes secondaires. Ce n'est que sur les sentiments des personnages agissants, que j'ai trouvé les opinions différentes et les jugements partagés.

Il ne nous reste donc plus qu'à raconter fidèlement tout ce que des recherches répétées et pénibles nous ont appris: à faire entrer dans nos récits toutes les lettres qui nous sont restées de l'infortuné jeune homme, sans dédaigner le plus petit papier où il a laissé quelques traits. En effet, combien n'est-il pas difficile de découvrir la cause exacte, les véritables ressorts de l'action la plus simple, quand elle se passe parmi des hommes qui n'appartiennent point au vulgaire?

La mélancolie et le dégoût de la vie avaient jeté dans l'âme de Werther des racines de plus en plus profondes qui l'avaient enlacée tout entière. L'harmonie de tout son être était entièrement troublée; un feu sombre et caché, qui minait sourdement toutes ses facultés naturelles, produisit les effets les plus funestes, et ne lui laissa enfin qu'un accablement plus pénible encore à combattre, que tous les maux contre lesquels il avait lutté jusqu'alors. L'oppression de son cœur amortit par degrés la vivacité, la sagacité de son esprit. Il ne portait plus qu'une morne tristesse dans la société de ses amis, toujours plus souffrant et toujours plus injuste, plus il était malheureux. Voici du moins ce que disent les amis d'Albert : Ils soutiennent que Werther n'avait pas su apprécier la conduite d'un homme droit et paisible, dont l'unique but était de se conserver la possession de l'objet de ses vœux; tandis que Werther, chaque jour en quelque sorte, prodiguait et dissipait toutes ses facultés, ne se réservant qu'indigence et douleurs pour le soir de sa vie.

Albert, disent-ils, n'avait point changé en si peu

9.

de temps; il était encore le même, toujours l'homme
que Werther avait tant estimé et honoré dès le commencement de leur connaissance. Il aimait Charlotte au-dessus de tout; il était fier d'elle, et désirait la voir reconnaître universellement pour la
plus parfaite des créatures. Pouvait-on le blâmer
de ce qu'il cherchait à détourner toute apparence
de soupçon, de ce qu'il se refusait à partager avec
qui que ce fût, même de la façon la plus innocente,
la jouissance d'un bien si précieux. Tous convien-
nent qu'Albert quitta souvent l'appartement de
sa femme quand Werther s'y trouvait, non point
par haine ou aversion pour son ami, mais seulement parce qu'il avait senti que celui-ci était gêné
par sa présence.

Le père de Charlotte avait une indisposition qui
lui faisait garder la chambre. Il lui envoya sa voiture, et elle se rendit chez lui. C'était par un beau
jour d'hiver; la première neige était tombée, et
couvrait tout le pays.

Werther fut la joindre le matin suivant, pour la
ramener chez elle, si Albert ne venait pas la chercher.

Le beau temps n'eut aucun effet sur son humeur
sombre : son âme était oppressée, les images les
plus lugubres le poursuivaient, et son esprit ne
sortait de sa stupeur que pour passer d'une idée
douloureuse à une autre encore plus pénible.

Comme il vivait dans un éternel mécontentement de lui-même, l'état de ses amis lui paraissait aussi plus inquiet et plus critique. Il crut avoir troublé l'harmonie qui régnait entre Albert et sa femme; il s'en fit des reproches auxquels se mêla un secret ressentiment contre l'époux.

En chemin ses pensées se dirigèrent vers ce sujet. « Oui, oui, se disait-il, avec une fureur concentrée, » voilà donc cette amitié si tendre, cet intérêt si » actif, cette fidélité si confiante qui devait être » inaltérable! — Plus rien que satiété et indiffé- » rence! La plus misérable affaire ne l'occupe-t-elle » pas plus que cette femme qu'il *adorait?* Sait-il » apprécier son bonheur? Sait-il seulement ce que » vaut l'être céleste qu'il possède? Il en est le maî- » tre, cela lui suffit. — Je sais cela, comme je sais » toute autre chose. Je croyais être accoutumé à » cette pensée, et elle allume ma rage, elle me » donnera la mort. — Et son amitié pour moi a- » t-elle été à l'épreuve? Ne regarde-t-il pas mon » dévouement à la personne de Charlotte, comme » une atteinte à ses droits? mes attentions pour elle, » comme un secret reproche de sa négligence? Je » n'en puis douter, je le sens, il me voit avec » déplaisir; il souhaite mon éloignement, ma pré- » sence lui est à charge. »

Quelquefois il suspendait sa marche précipitée, quelquefois il s'arrêtait, et semblait vouloir revenir

sur ses pas, mais il continua cependant son chemin, et toujours se parlant à lui-même, il arriva
enfin presque malgré lui au pavillon.

Il se présenta à la porte, et demanda le bailli et
Charlotte. Il trouva la maison en mouvement. L'aîné
des enfants lui dit qu'il venait d'arriver un accident
à Walheim : qu'un paysan y avait été tué. — Cette
nouvelle ne parut pas lui faire grande impression.
— Il entra dans le salon, et trouva Charlotte occupée à dissuader son père, qui, malgré sa maladie,
voulait se rendre sur les lieux pour y informer sur
le délit commis. Le meurtrier était encore inconnu :
le corps avait été trouvé le matin sur le seuil de la
porte; on avait des soupçons : le mort était valet
de ferme chez une veuve : peu de temps auparavant, elle avait eu à son service un autre qui avait
été renvoyé de chez elle par suite de graves mécon-
tentements causés par sa conduite.

A ces détails le sang de Werther s'alluma. « Est-
» il possible! s'écria-t-il; il faut que j'y aille : je
» ne puis avoir un moment de repos. » — Il se
rendit en hâte à Walheim. Une foule de souvenirs
lui revinrent à l'esprit. Il ne douta pas un instant
que celui qui avait fait le coup ne fût l'homme
auquel il avait si souvent parlé, celui qui lui était
devenu si cher.

En arrivant sous les tilleuls, pour se rendre au
cabaret, où l'on avait déposé le cadavre, il tressaillit

à la vue de cet endroit, jadis si chéri. Le seuil de
la porte, où les enfants du voisinage avaient si souvent joué, était souillé de sang. L'amour et la fidélité, les plus beaux sentiments de l'homme, s'étaient
changés en fureur et en meurtre. Les grands arbres
étaient sans verdure, et blanchis par le frimas; les
haies vives, qui se voûtaient au-dessus du petit mur
du cimetière, étaient effeuillées, et on entrevoyait les
pierres sépulcrales, à travers la neige qui les couvrait.

Comme il s'approchait du cabaret, devant lequel
tout le village était rassemblé, un cri soudain
s'éleva; on aperçut de loin une troupe de gens
armés, et tout le monde criait qu'on amenait
l'assassin. Werther regarda, et ne fut pas longtemps
dans le doute. Oui, c'était le valet qui aimait tant
la veuve, celui qu'il avait encore rencontré peu de
temps auparavant, errant dans la campagne, livré
à un secret désespoir.

« Qu'as-tu fait, malheureux! » s'écria Werther,
en s'avançant vers le prisonnier. Celui-ci le regardait tranquillement, sans parler; enfin, il répondit de l'air le plus calme : « Personne ne l'aura,
» elle n'aura personne. » On le conduisait au cabaret, et Werther s'éloigna précipitamment.

L'émotion violente où l'avait mis ce spectacle,
causa bientôt une agitation tumultueuse dans tout son
être. En un instant, il fut arraché à sa tristesse, à
sa sombre apathie. L'intérêt le plus vif au sort du

coupable, le désir le plus ardent de le sauver, s'emparèrent totalement de lui. Il le sentait si malheureux; malgré son crime, il le trouvait même si
innocent, il entrait si profondément dans la situation
de ce malheureux, qu'il s'imaginait pouvoir ramener les autres à son avis. Déjà il souhaitait pouvoir
parler pour lui; déjà le plaidoyer le plus animé se
pressait sur ses lèvres. Il courait vers le pavillon,
et ne pouvait se retenir, en chemin, de débiter à
haute voix le discours qu'il voulait adresser au
bailli.

En entrant dans le salon, il aperçut Albert : sa
présence le déconcerta un moment; il se remit bientôt néanmoins, et exposa avec feu son opinion sur
l'événement actuel. Le bailli secoua plusieurs fois
la tête, et quoique Werther s'énonçât avec toute la
vérité, toute l'énergie passionnée qu'un homme
peut apporter au salut d'un autre homme, cependant, comme on peut facilement le penser, le juge
ne fut point ébranlé. Il ne le laissa pas même achever; il le réfuta vivement, et le blâma de prendre
un assassin sous sa protection; il lui représenta
que, de cette manière, les lois seraient éludées, la
sûreté publique anéantie. D'ailleurs, il ajouta qu'il
ne pouvait rien décider de son chef, dans une telle
affaire, sans se charger de la plus terrible respon-
sabilité; que tout devait se faire dans l'ordre, et
selon la marche prescrite par les lois.

Werther ne se rendit pas encore, mais il supplia
le bailli de fermer les yeux, du moins, si l'on pouvait parvenir à faire évader le malheureux! — Il
essuya encore un refus. Albert, qui se mêla enfin
de la discussion, se rangea du côté du bailli : Werther fut réduit au silence. Alors il s'en alla, pénétré de douleur, après que le bailli lui eut répété
plusieurs fois : non, on ne peut le sauver!

On voit quelle impression lui durent faire ces
mots, d'après un billet trouvé dans ses papiers, et
qui fut certainement écrit ce même jour :

« On ne peut te sauver, malheureux! je le vois
» bien, qu'on ne peut *nous* sauver! »

Werther avait été extrêmement mortifié du peu
de mots qu'avait prononcés Albert sur l'affaire de
son protégé, en présence du bailli. Il crut y avoir
remarqué quelque susceptibilité; et quoique après
plusieurs réflexions, il n'échappât point à sa sagacité, que ces deux hommes pouvaient avoir raison,
il lui semblait cependant, qu'il lui en coûterait
autant que de renoncer à son être même, s'il fallait
qu'il convînt de son erreur.

Nous trouvons dans ses papiers une feuille qui a
trait à cela, et qui donne peut-être la mesure de
ses sentiments à l'égard d'Albert.

« De quoi me sert de me dire et me redire : il

» est honnête et bon? mais je suis déchiré jusqu'au
» fond du cœur! je ne puis être juste. »

La soirée étant fort douce, et le temps inclinant
au dégel, Charlotte retourna à pied avec Albert.
En chemin elle tournait la tête, regardait çà et là,
comme si la société de Werther lui eût manqué.
Albert commença à parler de lui; il le blâma, tout
en lui rendant justice. Il en vint à sa malheureuse
passion, et souhaita qu'il fût possible de l'éloigner,
pour sa tranquillité. « Je le désire aussi pour la
» nôtre, ajouta-t-il, et, je t'en prie, vois à donner
» une autre direction à sa conduite à ton égard, à
» diminuer la fréquence de ses visites. Le monde
» s'en aperçoit, et je sais qu'on en a déjà parlé. »
Charlotte se tut, et Albert parut comprendre son
silence. Du moins, depuis cette époque, il ne fit
plus mention de Werther devant elle ; et si elle le
nommait, il laissait tomber la conversation, ou
changeait aussitôt de propos.

La vaine tentative qu'avait faite Werther pour
sauver le malheureux villageois, était la dernière
lueur d'un flambeau qui s'éteint; il ne se replongea
que plus profondément dans la mélancolie et l'engourdissement; il faillit surtout perdre ses sens en
apprenant qu'il serait peut-être appelé en témoignage contre le coupable, qui voulait maintenant
prendre le parti de tout nier.

Tout ce qui lui était arrivé de désagréable dans
le temps de sa vie active : ses chagrins auprès de
l'ambassadeur, tout ce qui lui avait jadis mal réussi,
tout ce qui jamais avait pu le mortifier, revint
agiter son esprit et troubler son âme. Il se croyait
autorisé ainsi à l'inactivité, il se trouvait séparé de
toute perspective d'avenir, et incapable de se remettre au courant des affaires de la vie commune.
C'est ainsi, qu'entièrement abandonné à ses étranges
sensations, à ses sombres idées, et à la violence
d'une passion indomptable ; c'est ainsi, que dans
l'éternelle uniformité d'un triste commerce avec
l'aimable créature qu'il adorait, et dont il troublait
le repos, consumant ses forces dans des élans sans
motif et sans but, il s'approchait chaque jour d'une
fin déplorable.

Quelques lettres de lui qui nous sont restées, et
que nous insérons ici sont les témoins les moins
équivoques de son trouble, de son délire, de ses
incessantes et pénibles luttes intérieures, et de son
dégoût pour la vie.

12 décembre.

Mon cher Wilhelm, je suis dans l'état où doivent
avoir été ces malheureux, que l'on croyait autrefois
possédés de l'esprit malin. Souvent il me saisit : ce
n'est pas de l'angoisse, ce n'est pas du désir. —

C'est une fermentation interne, un transport inconnu, qui menacent de déchirer ma poitrine, qui
me serrent la gorge, qui me suffoquent! Ah! douleur! Ah! tourments! et dans ces moments affreux,
je fuis, je vais m'égarer au milieu des scènes noc-
turnes et terribles, qu'offre cette saison ennemie de
l'homme.

Hier au soir, il fallut que je sortisse. Un dégel subit était survenu. J'avais ouï dire que la rivière était
débordée, tous les ruisseaux gonflés, et toute ma
vallée favorite inondée jusqu'à Walheim : j'y courus; il était onze heures du soir. Spectacle d'effroi!
Voir de la cime d'un roc, à l'incertaine clarté de la
lune, les vagues furieuses s'élancer écumantes sur
les champs, tourbillonner par dessus les prairies, les
haies, les bocages; et la vaste vallée ne formant plus
qu'une mer orageuse, bouleversée par les vents rugis-
sants! Après quelques instants d'une profonde obscurité, la lune reparaissant, semblait reposer son disque
sur les épais nuages qu'elle entr'ouvrait : alors un
reflet magnifique et terrible me découvrait, de nouveau, les flots roulant à mes pieds avec un bruit
formidable : tour à tour, le frisson de l'horreur,
l'ardeur du désir s'emparaient de moi. Les bras
ouverts, je soupirais, je brûlais de m'y élancer; je
me perdais dans la délicieuse idée d'y précipiter
avec moi mes souffrances, mes tourments, d'y mugir
avec les vagues! hélas! — Et tu ne pus détacher ton

pied de la terre, pour finir ton supplice! — Mon heure n'a pas encore sonné : je le sens! Oh! Wilhelm! avec quel transport j'aurais abandonné mon existence d'homme pour déchirer les nues avec l'ouragan, pour soulever les flots! Ah! ces délices ne seront-elles pas un jour peut-être, le partage de celui qui languit dans ce cachot?

— Avec quelle douleur je remarquais un endroit, où, dans une promenade d'été, je conduisis Charlotte sous l'ombrage d'un saule! — La place était aussi inondée; et à peine pus-je reconnaître le saule! Et ses prairies, me dis-je, et les environs de son pavillon! Comme notre berceau doit être ravagé par la fureur des torrents! Aussitôt, tel qu'un rayon de soleil, le passé vint briller à ma vue; de même qu'à l'imagination d'un prisonnier, viennent dans un songe se présenter des troupeaux, de riches prés et des honneurs! J'étais là, — je ne rougis point de moi, car j'ai du courage pour mourir. — J'aurais... — Actuellement me voilà de retour; me voilà comme la vieille femme qui ramasse un peu de bois sec au pied des haies, quête un peu de pain aux portes, pour prolonger d'un instant, pour alléger sa caduque et pénible existence.

Qu'est-ce donc que cela, mon ami? j'ai horreur
de moi-même! Mon amour pour elle, n'est-il pas le
plus pur, le plus saint, le plus fraternel? Ai-je
jamais senti un coupable désir s'élever dans mon
âme? — Je ne veux pas prendre le ciel à témoin, —
et maintenant des rêves! Oh! qu'ils sentaient profondément, ces hommes qui attribuaient des effets
si opposés à des puissances surnaturelles! Cette
nuit, je tremble de le dire, je la tenais dans mes
bras, je la pressais fortement sur mon cœur, je
dévorais de baisers brûlants ses lèvres rosées, j'y
recueillais les accents entrecoupés de son amour
timide : mes yeux nageaient dans l'ivresse des siens!
Dieu du ciel! mérité-je ton courroux, parce que
je puise encore une félicité enivrante dans le souvenir de ces transports célestes? Charlotte! Charlotte! — C'en est fait de moi! mes sens se trou-
blent : depuis huit jours, je ne pense plus, mes
yeux sont pleins de larmes; je ne suis bien nulle
part, et je suis bien partout; je ne souhaite rien,
je ne demande rien; il serait mieux que je partisse!

La situation de Werther, à cette époque, avait
encore accru et fortifié dans son âme, la résolution
de quitter ce monde. Depuis son retour auprès de

Charlotte, telles avaient toujours été ses vues et sa
dernière espérance : il s'était néanmoins promis de
ne point se porter à une action violente et précipitée : c'était avec conviction, avec tout le calme et
la détermination possibles, qu'il voulait accomplir
son dessein.

Ses doutes, ses combats avec lui-même, se lisent
dans les lignes suivantes, qui ne sont probablement
que le commencement d'une lettre à Wilhelm. Ce
papier est sans date :

« Sa présence, sa destinée, la part qu'elle prend
» à la mienne, expriment encore les dernières lar-
» mes de mon cerveau calciné.

» Il faut lever le rideau et passer derrière! voilà
» tout! Pourquoi donc hésiter, pourquoi trembler?
» parce qu'on ignore ce qui se trouve derrière la
» toile! parce qu'on n'en revient pas. C'est que
» telle est la propriété de notre esprit, de supposer
» ténèbres et confusion, là où il n'y a que de l'in-
» certain. »

Enfin, il devint de plus en plus familier avec
l'idée de destruction qui le tourmentait · son projet
fut pris irrévocablement. La lettre à double entente,
qu'il écrivit à son ami, en est une preuve.

20 décembre.

Je rends grâces à ton amitié, Wilhelm, d'avoir si
bien interprété mes paroles; oui, tu as raison : il
vaudrait mieux que je partisse! la proposition que
tu me fais de revenir parmi vous, ne me plaît pas
entièrement; du moins ferais-je volontiers un détour,
surtout ayant à espérer une gelée soutenue, et de
bons chemins. Je suis ravi de te voir dans l'intention de me venir chercher; diffère seulement de
quinze jours, pour attendre encore une lettre de
moi avec des nouvelles ultérieures. Il ne faut jamais
cueillir le fruit avant qu'il soit mûr, et quinze
jours de plus ou de moins, font beaucoup. Tu diras
à ma mère de prier pour son fils, et que je lui
demande pardon de tous les chagrins que je lui ai
causés. Tel était mon destin d'affliger ceux-là mêmes
qui devaient attendre leur bonheur de moi. Adieu,
mon cher et bon ami! Que toutes les bénédictions
du ciel reposent sur ta tête! Adieu!

Nous espérons à peine pouvoir exprimer par des
mots ce qui se passait dans l'âme de Charlotte,
quels étaient ses sentiments à l'égard d'Albert, et
envers son malheureux ami. Nous nous en faisons
cependant une idée secrète, d'après la connaissance
de son caractère; et l'âme d'une femme sensible se

reconnaîtra dans la sienne, et comprendra ses sentiments.

Il est, du moins, certain qu'elle était fortement
résolue de tout faire pour éloigner Werther; et si
elle hésitait, ce n'était que par un ménagement
dicté par la compassion et l'amitié : elle savait combien il en coûterait à l'infortuné jeune homme ; elle
savait même qu'un tel effort serait probablement
au-dessus de ses forces. Cependant les circonstances
devenaient toujours plus pressantes. Son mari gardait constamment sur ce sujet le silence qu'elle
avait elle-même gardé ; et elle n'en désirait que
plus sincèrement de lui prouver par des actes combien ses sentiments étaient dignes des siens.

Le même jour que Werther écrivit à son ami la
lettre que nous venons de rapporter (c'était le
dimanche avant Noël), il alla le soir chez Charlotte, et la trouva seule. Elle s'occupait à ranger
des joujoux qu'elle destinait à ses petits frères et
sœurs pour leurs cadeaux de Noël. Il parla du plaisir qu'auraient les enfants, et des temps où l'apparition subite d'une table chargée de bougies, de
pommes et de bonbons, était pour lui les joies du
paradis. — « Eh bien! dit Charlotte, en s'efforçant
» de cacher son embarras sous un aimable sourire,
» vous aurez aussi vos étrennes, si vous êtes sage :
» un petit pain de bougies et encore quelque
» chose. »

— « Et qu'appelez-vous être sage? s'écria-t-il;
» comment dois-je être? comment puis-je être, chère
» Charlotte? » — « Jeudi soir, répondit-elle, est
» la veille de Noël : les enfants viendront, mon
» père les accompagnera, chacun recevra son pré-
» sent. Venez aussi, — mais pas plus tôt. » — Werther était tout interdit. — « Je vous en prie,
» continua-t-elle ; oui, il le faut : je vous en conjure
» pour mon repos; cela ne peut durer plus long-
» temps de la sorte. » — Il détourna ses yeux de
Charlotte, et se mit à marcher à grands pas dans
la chambre, en répétant entre ses dents : « Cela ne
» peut durer longtemps. » Charlotte apercevant
l'état violent où l'avaient mis ces paroles, chercha,
par mille questions, à le distraire; mais ce fut en
vain. « Non, Charlotte, s'écria-t-il, non, je vous
» reverrai plus! » — « Pourquoi donc? Werther !
» vous pouvez, vous devez nous revoir; seulement
» modérez-vous. Oh! pourquoi faut-il que vous
» soyez né avec cette fougue, avec cette passion
» indomptable, qui s'attache comme un feu dévo-
» rant à tout ce que vous touchez! Je vous en sup-
» plie, modérez-vous! que de distractions, que de
» jouissances vous offrent votre esprit, vos con-
» naissances, vos talents! Soyez homme! arrachez-
» vous à ce fatal attachement pour une créature
» qui ne peut que vous plaindre. » — Il frémissait,
grinçait des dents, et lui lança un sombre regard. —

Elle tenait sa main. — « Un moment, un seul mo-
» ment de calme, Werther! ne sentez-vous pas que
» vous vous abusez, que vous courez de plein gré à
» votre perte! Pourquoi faut-il que ce soit moi, Wer-
» ther que vous ayez choisie, moi, précisément, la
» propriété d'un autre! justement moi! Je crains, je
» crains bien que ce ne soit l'impossibilité de me
» posséder qui rende vos désirs si ardents! » —
Il retira sa main de la sienne en la considérant avec
des yeux fixes et irrités. — « A merveille, s'écria-
» t-il, à merveille! c'est Albert peut-être, qui a
» fait cette remarque! Elle est profonde, très-
» politique! » — « Tout le monde peut la faire,
» reprit-elle; dans l'univers entier, n'est-il pas une
» jeune fille qui puisse remplir les vœux de votre
» cœur? Faites un effort, cherchez-la, et je vous
» jure que vous la trouverez. Il y a longtemps que
» je vois avec douleur l'isolement dans lequel vous
» vous êtes enchaîné. Rappelez vos forces! un voyage
» vous distraira sans doute. Cherchez un objet
» digne de votre amour, et revenez auprès de nous,
» jouir de tout le bonheur que peut offrir une ami-
» tié sincère. »

« Il faudrait imprimer votre discours, dit Wer-
» ther avec un sourire amer, et le recommander à
» tous les précepteurs. Ah! Charlotte, laissez-moi
» encore quelques instants de tranquillité; tout,
» tout s'arrangera! » — « Au moins, Werther, ne

» revenez pas avant la veille de Noël ! » — Il allait
répondre, Albert entra. On se salua réciproquement avec un froid glacial. Tous deux embarrassés,
se promenaient çà et là dans l'appartement. Werther commença à parler de choses insignifiantes ;
bientôt il s'arrêta. Albert fit de même, puis inter-
rogea sa femme sur quelques commissions qu'il
avait laissées. En apprenant qu'elles n'étaient pas
encore faites, il lui dit quelques mots, qui parurent
à Werther froids et même durs ; il voulait se retirer
et ne le pouvait pas. — Il hésita jusqu'à huit heures,
son trouble et son humeur croissant toujours. On
vint mettre le couvert, il prit sa canne et son chapeau. Albert l'engagea à rester ; mais ne regardant
son invitation que comme une politesse banale, il
remercia très froidement et partit.

Il revint chez lui, prit la lumière des mains de
son domestique qui voulait l'éclairer, et monta seul
à sa chambre ! Il pleura amèrement, marcha à grands
pas, s'entretenant seul à haute voix, et d'une manière très animée. Enfin il se jeta tout habillé sur
son lit, où le trouva son domestique, lorsque à onze
heures il se hasarda d'entrer pour lui demander s'il
ne voulait pas quitter ses bottes. Il y consentit, et
défendit au domestique de paraître le lendemain,
avant qu'il ne l'eût appelé.

Le lundi matin, 21 décembre, il écrivit la
lettre suivante à Charlotte. On la trouva cachetée

sur son secrétaire, après sa mort, et on la porta à
l'épouse d'Albert. Je vais la placer ici par frag-
ments, dans l'ordre où il paraît l'avoir écrite.

« La résolution en est prise, Charlotte ! je veux
mourir, et je te l'écris, sans aucune exaltation romanesque, dans le calme le plus profond, le matin de
ce même jour où je vais te voir pour la dernière
fois. Quand tu liras cette lettre, être chéri, la nuit
du tombeau aura déjà enveloppé les restes inanimés
de l'infortuné qui, dans les derniers moments de sa
vie inquiète, ne connaît pas de plaisirs plus doux
que de s'entretenir avec toi. Je viens de passer une
nuit effroyable : que dis-je ? Nuit bienfaisante ! C'est
elle qui a fixé, affermi ma résolution : je veux mourir ! Hier, lorsque je m'arrachai d'auprès de toi, un
affreux tumulte s'empara de mes sens ; l'existence
triste et désespérée que je traîne à tes côtés, vint
répandre un frisson mortel dans mon cœur oppressé.
— Je pus à peine me rendre chez moi : dans mon
trouble horrible, je me jetai à genoux, et un torrent
de larmes amères fut, ô mon Dieu ! le dernier soulagement que tu daignas m'accorder ! Mille idées,
mille projets se combattaient dans mon âme ; et
enfin resta seule, ferme, inébranlable, cette unique
pensée : je veux mourir ! »

« Je reposai mon corps épuisé, et ce matin, dans
le calme du réveil, elle est encore là, cette pensée,

toujours énergique, toujours immuable : je veux
mourir! — Ce n'est pas le désespoir; c'est la certitude que ma carrière est remplie; que je me sa-
crifie pour toi! Oui, Charlotte, pourquoi le tairais-
je? Il faut qu'un de nous trois disparaisse, et je
veux que ce soit moi : ô mon amie! dans ce cœur
en proie à tant de tourments, s'est souvent glissé le
désir furieux — d'immoler ton mari! — Toi! —
Moi! — Eh bien! Moi donc!

» Lorsque dans une belle soirée d'été, tu erreras
sur les montagnes, rappelle-toi combien de fois je
traversai la vallée, pour t'aller joindre : puis, tourne
tes regards vers le cimetière, repose-les sur ma
tombe, vois, à la lueur rougeâtre du soleil couchant,
l'herbe épaisse qui la couvre, ondoyante, et balancée
par le vent du soir. Charlotte! j'étais calme en
commençant cette lettre; mais à ces sombres images
qui s'animent devant moi, ma force m'abandonne;
je pleure comme un enfant! »

Vers dix heures, Werther appela son domestique,
et pendant sa toilette il lui dit que devant partir
dans quelques jours, il fallait tout préparer pour
faire ses malles. Il lui ordonna de demander ses
comptes chez tous les marchands, de reprendre
quelques livres qu'il avait prêtés, et de payer deux
mois d'avance à certains pauvres, auxquels il avait
coutume de faire une aumône toutes les semaines.

Il se fit apporter à manger dans sa chambre. Après dîner, il monta à cheval, et alla chez le bailli, qu'il ne trouva pas. Il se promena dans le jardin d'un air profondément pensif : il semblait vouloir rassembler sur lui tout le poids des souvenirs les plus douloureux.

Les enfants ne le laissèrent pas longtemps en repos; ils le poursuivirent, sautant autour de lui, lui racontant que quand demain, et puis encore demain, et puis encore un autre jour, seraient passés, ils iraient chercher leurs cadeaux de Noël chez Charlotte, et ils lui détaillèrent toutes les merveilles que leur petite imagination leur promettait. — « Demain! s'écria-t-il, et puis encore demain, et puis encore un autre jour! » Il les embrassa tous tendrement, et voulait s'en retourner, quand le petit vint lui dire quelque chose à l'oreille. L'enfant lui fit confidence que ses grands frères avaient écrit de beaux compliments de nouvelle année sur une grande, grande feuille de papier ; un pour papa, un pour Albert et Charlotte, et puis un aussi pour M. Werther, et que tous ces compliments seraient présentés le jour de l'an de grand matin. Ces derniers mots l'accablèrent : il fit de petits présents à chacun des enfants, en leur recommandant de saluer leur père de sa part, remonta à cheval, et s'éloigna, les yeux baignés de larmes.

A cinq heures, il revint chez lui, dit à la servante

10.

de voir après le feu, et de l'entretenir jusque dans
la nuit. Il donna ordre à son domestique d'empaqueter ses livres et son linge au fond du coffre et
d'emballer ses habits. C'est à ce moment qu'il écrivit vraisemblablement le passage suivant de sa dernière lettre à Charlotte.

« Tu ne m'attends pas! tu crois que je t'obéirai,
» que je ne te reverrai que la veille de Noël. O
» Charlotte! aujourd'hui ou jamais! la veille de
» Noël, tu tiendras ce papier dans tes mains, tu
» trembleras, tu l'arroseras de tes larmes pré-
» cieuses. Je le veux, je le dois! Oh! que je suis
» aise d'être résolu! »

Cependant Charlotte se trouvait dans la position
la plus critique. D'après son dernier entretien
avec Werther, elle sentait combien il aurait de
peine à se séparer d'elle; elle concevait tout ce
qu'il souffrirait, s'il fallait qu'il s'éloignât.

Elle avait dit, comme en passant, en présence de
son mari, que Werther ne reviendrait pas avant
la veille de Noël; et Albert était allé chez un bailli
du voisinage, avec lequel il avait à traiter des affaires, qui devaient le retenir jusqu'au lendemain.

Charlotte se trouvait seule; personne de sa
petite famille n'était auprès d'elle. Elle s'abandonna
à ses méditations, qui erraient tranquillement sur

son état présent et futur. Elle se voyait liée pour la vie à un homme dont elle connaissait l'amour et la fidélité, auquel elle était dévouée de cœur, à un homme dont le caractère solide et paisible lui paraissait le sûr garant du bonheur d'une femme sage : elle sentait de quel prix un tel époux ne cesserait d'être pour elle, pour ses petits frères et sœurs. D'un autre côté, Werther lui était devenu infiniment cher. Dès le premier instant de leur connaissance, la sympathie de leurs âmes s'était tellement manifestée, leur longue intimité avait établi tant de rapports entre eux que l'impression qu'en avait reçue son cœur était devenue ineffaçable. Tout ce qu'elle pensait, tout ce qu'elle ressentait d'un peu intéressant, elle avait coutume de le partager avec lui, et son éloignement la menaçait de creuser dans tout son être un vide, qu'elle ne pourrait désormais plus remplir. Oh! si elle avait pu dans cet instant le changer en frère ! qu'elle eût été heureuse ! — Si du moins il eût été possible de le marier à une de ses amies, s'il y avait eu quelque espoir de rétablir entièrement la bonne intelligence entre Albert et lui !

Elle passa en revue dans son esprit tout le cercle de ses amies, découvrit chez chacune d'elles quelque chose à redire, et ne trouva aucune qui lui parût digne de Werther.

Toutes ces considérations lui firent profondément

sentir, sans qu'elle osât franchement se l'avouer, que le désir secret de son cœur était de le garder pour elle-même. Elle se répétait cependant qu'elle ne pouvait, qu'elle ne devait pas le garder. Son âme d'ailleurs si sereine, si pure, si légère, reçut le poids d'une morne mélancolie, à qui la perspective du bonheur est interdite. Son cœur était oppressé, et un sombre nuage couvrait ses yeux.

Il était de près sept heures, lorsqu'elle entendit Werther monter l'escalier et demander après elle; elle reconnut à l'instant sa marche et sa voix. Son cœur, pour la première fois, nous l'oserions presque dire, son cœur battit vivement à son approche : elle se serait volontiers fait céler ; et quand il entra, elle lui cria avec une espèce de trouble passionné : « Vous n'avez pas tenu votre parole ». — « Je n'ai rien promis » fut sa réponse. — « Au moins auriez-vous dû avoir égard à la prière que je vous avais faite pour notre tranquillité à tous deux. »

Ne sachant trop que dire ni que faire, elle envoya chez deux de ses amies, pour ne pas se trouver seule avec Werther. Il déposa quelques livres qu'il avait apportés, et en redemanda quelques autres, Charlotte tantôt souhaitait que ses amies vinssent, tantôt qu'elles ne vinssent pas.

La fille qu'elle avait envoyée, revint, et rapporta que ces dames la priaient d'agréer leurs excuses.

Elle pensa d'abord à faire rester cette fille avec

son ouvrage dans la chambre voisine, et puis changea aussitôt d'avis. Werther marchait, s'arrêtait ; elle se mit à son clavecin, voulut jouer un menuet : ses doigts étaient roides. Elle se recueillit, et vint s'asseoir près de Werther, qui avait pris sa place accoutumée sur le canapé.

« N'avez-vous rien à lire, dit-elle » ? — Je n'ai rien ». — « Ici, dans ce tiroir, est votre traduction de quelques poëmes d'Ossian : je ne l'ai pas encore lue, dans l'espoir de vous l'entendre lire vous-même ; mais l'occasion ne s'en est jamais présentée ». — Il sourit, et alla chercher son manuscrit : un frisson le saisit en le prenant, et des larmes vinrent inonder ses yeux quand il l'ouvrit. — Il se rassit et lut :

« [1] Etoile de la nuit naissante ! l'occident brille de tes feux ! tu lèves ton front rayonnant au-dessus de ton nuage ! tes pas sont majestueux sur la colline ! Que contemples-tu dans la plaine ? Les vents orageux se sont apaisés, le torrent gronde dans le lointain, les vagues se balancent mollement au pied de la roche escarpée. L'insecte du soir est porté sur ses ailes fragiles, son bourdonnement erre sur les campagnes. Que contemples-tu, lumière divine ? Mais tu souris et disparais. Les flots s'empressent joyeusement autour de toi, et baignent ta superbe

---

1. Le petit poëme dont Werther fait ici la lecture, est intitulé, dans l'original, *Chants de Selma*.

chevelure. Adieu, rayon silencieux ! et toi, lumière
de l'âme d'Ossian, parais !

» Et elle paraît dans toute sa force. J'aperçois
mes amis qui ont fui de cette terre ; ils s'assemblent
à Lora, de même qu'aux jours qui ne sont plus.
— Fingal s'avance, tel qu'une humide colonne de
vapeurs; ses héros sont autour de lui. Voyez les
bardes aux chants immortels ! Voici Ullin à la chevelure d'argent, voilà le majestueux Ryno; là est
Alpin à la voix mélodieuse, ici Minona aux accents
plaintifs et doux. — Que vous êtes changés, mes
amis, depuis les jours de fête de Selma ! Ces jours
où nous combattions pour la palme du chant, semblables aux souffles de la riante saison, qui, volant
sur les collines avec un murmure harmonieux,
sillonnent tour à tour l'épais gazon dont ils font
courber les faibles tiges.

» Ce fut alors que s'avança Minona dans toute
sa beauté ; ses regards étaient inclinés vers la terre,
ses yeux baignés de larmes ; ses cheveux flottaient,
mollement balancés par le souffle inconstant qui
descendait de la colline. — La tristesse régnait
dans l'âme des héros, quand elle faisait résonner sa
voix attendrissante; car ils avaient souvent vu la
tombe de Salgar, et la sombre demeure de Colma
au sein de neige. Colma était abandonnée sur la
montagne avec sa voix mélodieuse. — Salgar avait
promis de venir, mais déjà la nuit étendait ses

sombres voiles. '— Ecoutez la voix de Colma, lorsque seule elle était assise sur la colline.

COLMA.

» Il fait nuit : — je suis seule, délaissée sur la
colline des tempêtes. Le vent rugit dans les montagnes, le torrent roule avec fracas entre les rocs.
Pas une chaumière qui me défende contre la pluie.
moi, délaissée sur la colline des tempêtes!

» Lève-toi, lune, sors du sein de tes nuages !
Paraissez, étoiles de la nuit ! qu'un de vos rayons
me guide vers l'endroit où l'amant de mon cœur
se repose des fatigues de la chasse ; près de lui son
arc détendu, ses chiens haletants autour de lui.
Mais moi, il faut que je reste seule, ici sur le rocher
tapissé de mousse qui borde le ruisseau. L'onde et
le vent mugissent, je ne puis entendre la voix de
mon bien-aimé.

» Pourquoi mon Salgar, pourquoi le fils de la
colline diffère-t-il d'accomplir sa promesse ? Voilà
le roc et l'arbre et voici le torrent furieux. Tu
m'avais promis d'être ici avec les ténèbres. Ah !
où est allé mon Salgar ? Avec toi je voulais fuir
loin de mon père ; avec toi, loin de mon frère
altier : ta famille et la mienne depuis longtemps
sont ennemies ; mais nous, nous ne sommes pas
ennemis, ô Salgar!

» Vent, retiens un instant ton haleine ! ruis-

seau, suspends un moment ton cours ! que ma voix
se fasse entendre dans la bruyère, qu'elle parvienne
jusqu'à mon amant égaré. Salgar ! c'est moi qui
t'appelle. Voici l'arbre, et voici le roc. Salgar ! mon
amour ! me voici : pourquoi tardes-tu à venir ?

» Vois ! la lune paraît, les flots resplendissent dans
la vallée, les rochers blanchissent sur les flancs
de la colline. Mais je ne le vois pas sur le sommet ;
ses chiens fidèles ne m'annoncent pas qu'il vient.
Il faut que je reste seule ici !

» Mais qui sont-ils ceux-là, qui au-dessous de moi
gisent sur la bruyère ? Est-ce mon amant ? est-ce
mon frère ? — Parlez-moi, ô mes amis ! Ils ne ré-
pondent pas. Mon âme est déchirée par la crainte.
— Hélas ! ils sont morts ! Leurs glaives sont rougis
de sang ! O mon frère ! mon frère ! pourquoi as-
tu tué mon Salgar ? Pourquoi, ô Salgar ! as-tu tué
mon frère ? Tous deux vous m'étiez chers ! Tu étais
beau entre mille sur la montagne ; il était terrible
dans les combats. Parlez-moi ! entendez ma voix
vous qui étiez tout mon amour ! mais, hélas ! ils se
taisent ! ils se taisent pour toujours ! leur sein est
froid comme la terre !

» Oh ! du rocher de la colline, du sommet de
la montagne orageuse, parlez, ombres des morts !
parlez, je ne frémirai point. — Où êtes-vous allées
reposer ? dans quel antre de la colline vous trouve-
rai-je ? Pas une faible voix qui m'arrive sur l'aile

des vents, pas une réponse à demi étouffée dans la
tempête de la montagne.

» Je suis assise au milieu de mes peines, j'attends le matin dans les larmes. Creusez la tombe,
amis des morts, mais ne la fermez pas que Colma
ne soit venue. Ma vie s'évanouit comme un songe ;
pourquoi resterais-je en arrière ? Ici je veux habiter
avec mes amis, au bord des ondes du roc retentis-
sant. Lorsque la nuit descend sur la colline, lorsque
le souffle du vent s'élance sur la bruyère, mon
ombré s'élèvera au milieu des tempêtes, et déplorera
la mort de ceux que j'aimais. Le chasseur m'entendra de sa cabane de feuillage ; il craindra ma voix,
mais il l'aimera, car elle sera douce ma voix, en
pleurant mes amis, tous deux si chers à mon cœur !

» Tels furent tes chants, ô Minona ! fille de
Thorman, et l'aimable pudeur rougissait sur ton
front ! Nos larmes coulèrent pour Colma, et la
tristesse descendit dans nos âmes.

» Ullin s'avança avec sa harpe, et fit entendre
les chants d'Alpin. — La voix d'Alpin était agréable ; l'âme de Ryno était un rayon flamboyant, mais
déjà la tombe était leur demeure, déjà leur voix
ne résonnait plus dans Selma. — Ullin, un jour,
revenait, de la chasse avant que les héros ne tom-
bassent ; il entendit sur la montagne leurs chants
alternants, doux, mais tristes. Ils déploraient la
chute de Morar, le premier des héros. Son âme était

11

comme l'âme de Fingal, son épée comme l'épée d'Oscar.

— Mais il tomba, et son père gémit; les yeux de sa sœur étaient inondés de pleurs, les yeux de Minona, sœur du noble Morar. Elle se retira aux chants d'Ullin, telle que la lune qui fuit vers l'occident quand elle prévoit les pluies orageuses, et va cacher sa belle tête dans un nuage ».

La harpe résonna sous mes doigts, et Ullin fit entendre ses chants de douleur.

RYNO.

« Le vent et la pluie sont apaisés, le milieu du ciel est serein, les nuées se dissipent. L'inconstant soleil éclaire, en fuyant, les vertes collines, ses feux répandent la pourpre dans l'onde du ruisseau qui de la colline coule vers la vallée. Ton murmure est doux, ô ruisseau! mais plus douce est la voix que j'entends, la voix qui pleure les morts. C'est Alpin; — l'âge a courbé sa tête, les larmes ont rougi ses yeux. Alpin, chantre sublime, pourquoi es-tu seul sur la colline silencieuse? pourquoi te plains-tu comme le vent emprisonné dans la forêt, comme la vague sur le rivage lointain?

ALPIN

» Mes larmes, ô Ryno, sont pour les morts, ma voix pour les habitants du tombeau. Tu es majes-

tueux et grand sur la colline, beau parmi les enfants
de la bruyère ! Mais tu tomberas comme Morar, et sur
ta tombe tes amis affligés viendront s'asseoir et
pleurer. Les collines ne te connaîtront plus ; ton
arc détendu restera dans un coin de la grande
salle.

» Tu étais léger, ô Morar, comme le chevreuil
sur la montagne, terrible comme le météore enflammé. Ta colère était comme la tempête ; comme
l'éclair qui passe sur la bruyère. Ta voix était comme
un torrent après la pluie, comme le tonnerre sur les
collines lointaines. Que d'ennemis furent terrassés
par ton bras, consumés dans les flammes de ta
fureur !

» Mais quand tu revenais des sanglantes guerres,
que ta voix était pacifique ! Ton visage était comme
le soleil après l'orage, comme la lune dans le silence
de la nuit, calme comme le sein du lac, quand le
vent impétueux cesse de souffler.

» Qu'elle est étroite aujourd'hui ta demeure !
qu'il est obscur le lieu de ton séjour ! En trois pas
je mesure ta tombe, toi qui naguère étais si grand !
Quatre pierres couvertes de mousse sont l'unique
souvenir qui reste de toi ; un arbre effeuillé, une
herbe haute et épaisse, agitée par les vents, dési-
gnent à l'œil du chasseur le tombeau du puissant
Morar. Tu n'as pas de mère pour te pleurer, tu ne
recevras point de larmes d'amour de la jeune fille ;

elle est morte, celle qui t'a donné le jour, elle est
tombée, la fille de Morglan.

» Quel est ce mortel courbé sur son bâton
noueux? quel est-il celui dont les yeux sont rouges
de larmes, qui vacille à chaque pas? — C'est ton
père, ô Morar! ce père, qui n'avait d'autre fils que
toi. Ta renommée dans les combats a frappé ses
oreilles, le bruit de tes ennemis dispersés a enor-
gueilli son cœur, il a appris les exploits de Morar
On lui avait caché le coup mortel qui l'a frappé.
Pleure, ô père de Morar! pleure! mais ton
fils ne t'entend point: profond est le sommeil des
morts, leur oreiller de poussière est bas. Il n'entendra plus ta voix, il ne se réveillera plus à tes cris :
jamais! Oh! quand l'aube luira-t-elle dans le tombeau, pour dire à celui qui sommeille: Eveille-toi!

» Adieu, toi le plus généreux des mortels! vainqueur au champ de la gloire! Mais le champ ne te
verra plus, la sombre forêt ne sera plus éclairée de
l'éclat de ton armure. Tu n'as pas laissé de fils,
mais les chants du barde conserveront ton nom.
Ils retentiront dans les siècles futurs; ils rediront
le nom de Morar, moissonné dans les combats ».

La douleur de tous les héros éclata, et plus haut
encore éclatèrent les sanglots d'Armin. Il se rappelait le trépas de son fils, qui tomba dans les jours
de sa jeunesse. Carmor était assis près du héros,
Carmor, prince de Galmal, fameux par ses échos.

— Pourquoi éclate le soupir d'Armin, dit-il? qui peut ici faire couler des larmes? Les chants, la douce musique retentissent pour amollir l'âme et la charmer. L'harmonie est semblable à la douce vapeur qui s'élève du lac, et se répand dans la paisible vallée; la fleur naissante est humectée de rosée, mais le soleil reparaît dans sa force, et la vapeur est dissipée. Pourquoi es-tu si plaintif, ô Armin ! toi qui règnes sur Gorma qu'environnent les flots ! —

ARMIN.

— « Oui, je suis triste, et grande est la cause de mes tourments ! — Carmor, tu n'as point perdu de fils, tu n'as point perdu de fille dans la fleur de la beauté. Le vaillant Colgar respire; elle respire, Amira, la plus belle des vierges. Les rejetons de ta race fleurissent, ô Carmor ! mais Armin est le dernier de son sang. Ta couche est sombre, ô Daura ! profond est ton sommeil dans la tombe ! — Quand t'éveilleras-tu avec tes chants mélodieux, avec ta voix enchanteresse?

» Levez-vous, vents de l'automne, levez-vous, soufflez sur la sombre bruyère ! Hurlez, tempêtes, sur la cime des chênes ! Grondez, torrents de la forêt ! Roule à travers les nuages déchirés, ô lune ! montre par intervalles ton disque pâle ! ramène à mon esprit cette nuit sinistre, où tous mes enfants

me furent ravis, où tomba le puissant Arindal, où
l'aimable Daura s'éteignit.

» Daura, ma fille ! tu étais belle, belle comme la
lune sur les collines de Fura ; blanche comme la
neige portée sur les vents, douce comme le souffle
du matin ! Arindal ! ton arc était formidable, ton
javelot rapide dans les combats ; ton regard était
comme la vapeur sur les flots, ton bouclier une nue
enflammée dans la tempête !

» Armar, fameux dans la guerre, vint, et recher-
cha l'amour de Daura : il triompha bientôt. L'espoir brillait aux yeux de leurs amis.

» Erath, fils d'Odgal, frémissait de rage ; car
son frère avait été immolé par Armar. Il vint déguisé
en fils des mers : sa barque était belle sur les flots ;
sa chevelure semblait blanchie par l'âge, son visage
était grave et sérieux. « O la plus belle des fem-
» mes, dit-il, aimable fille d'Armin ! là-bas sur
» un roc peu éloigné dans la mer, Armar attend sa
» Daura : je viens pour porter l'objet de ses amours
» sur les vagues ondoyantes. »

» Elle le suivit et descendit sur le rocher ; elle
appela Armar. Rien ne répondit que l'écho, fils
du rocher. « Armar ! mon bien-aimé ! Armar, mon
» amour ! pourquoi m'accabler de terreur ? Ecoute,
» fils d'Arnath, écoute : c'est Daura qui t'appelle. »

» Erath, le traître, fuyait en riant, vers la terre.
Elle éleva sa voix, et cria vers son père, cria vers

son frère. « Arindal ! Armin ! personne pour sauver
» votre Daura » !

» Sa voix traversa la mer. Arindal, mon fils, descendait de la montagne couvert du butin de sa
chasse ; ses flèches résonnaient à son côté ; son arc
était dans sa main ; cinq dogues d'un gris-noirâtre
accompagnaient ses pas. Il voit le féroce Erath sur
le rivage : il l'atteint, le saisit et l'attache à un
chêne ; des liens de peau serrent étroitement ses
membres ; Erath, captif remplit les airs de gémissements.

» Arindal s'élance dans sa nacelle ; il monte sur
le dos de la vague, pour ramener Daura au rivage.
Armar vint dans son courroux, et décocha la flèche
aux plumes légères. Elle siffla, elle se plongea dans
ton cœur, Arindal ! ô mon fils ! Tu tombas percé
du coup destiné au traître Erath. La rame s'arrêta
tout à coup ; pantelant, tu vins expirer sur le
rocher. Quelle est ta douleur, ô Daura, quand le
sang de ton frère rougit tes pieds?

» La barque est brisée en éclats par les flots.
Armar se précipite dans la mer, pour sauver sa
Daura, ou mourir. Soudain, voilà qu'un vent fu-
rieux, du haut des monts s'élance sur les ondes :
Armar plonge, et ne reparaît plus.

» Seul, sur la falaise battue des vagues j'entendais ma fille qui faisait retentir les airs de ses
plaintes. Ses cris étaient aigus et fréquents, et son

père ne pouvait la secourir. Toute la nuit, je restai
sur le rivage ; je la voyais à la pâle lueur de la lune ;
toute la nuit, j'entendis ses cris. Les vents étaient
déchaînés, et la pluie par torrents battait les flancs
de la montagne. Avant que le matin parût, sa voix
était affaiblie ; elle se perdait comme le souffle du
soir, parmi l'herbe des rochers. Epuisée de douleurs, ma fille mourut, et te laissa seul, Armin !
Ma force dans la guerre n'est plus ; ma gloire
parmi les filles est évanouie.

» Toutes les fois que la tempête descend de la montagne, toutes les fois que le vent du nord soulève
les vagues, je m'assieds sur la rive retentissante,
je contemple le fatal rocher. Souvent, au coucher
de la lune, j'aperçois les ombres de mes enfants. A
peine visibles au travers des vapeurs de la nuit, ils
errent et gémissent ensemble. »

Un torrent de larmes qui s'échappa des yeux de
Charlotte, et soulagea son cœur oppressé, vint arrêter la lecture de Werther. Il jeta le manuscrit,
prit sa main, et versa les pleurs les plus amers.
Charlotte s'appuyait sur l'autre bras, et cachait son
visage dans son mouchoir. Leur émotion récipro-
que était terrible. Ils sentaient leur propre infortune dans le destin des héros d'Ossian ; ils le sentaient ensemble, et leurs larmes se confondaient.
Les lèvres et les yeux de Werther dévoraient le

bras de Charlotte : un frisson s'empara d'elle; elle voulait s'éloigner, et la douleur et la pitié comme un poids de plomb accablaient toutes ses forces. Elle s'efforçait de reprendre haleine, elle suffoquait, et d'une voix céleste pria, conjura Werther de continuer. Il tremblait, son cœur voulait éclater ; il ramassa le cahier, et lut au milieu des sanglots.

« Pourquoi m'éveilles-tu, douce haleine du printemps ! Ton souffle caressant dit : Je distille la rosée du ciel ! mais le temps s'approche où je vais me faner ; l'orage accourt, qui va me dépouiller de mes feuilles. Demain le voyageur viendra ; il viendra celui qui m'a vu dans ma beauté. Son œil, errant dans la plaine, me cherchera tout autour de lui ; il me cherchera, et ne me trouvera pas ».

L'application frappante de ces paroles fit tressaillir l'infortuné jeune homme. Dans l'excès de son désespoir, il se jeta aux pieds de Charlotte, saisit sa main, la pressa sur ses yeux, contre son front : à l'instant, un pressentiment de son affreux projet se glissa dans l'âme de Charlotte ; ses sens se troublèrent, elle lui prit la main, la serra contre son sein, et dans sa douloureuse émotion, se pencha vers lui. Leurs joues brûlantes se touchèrent, le monde disparut à leurs yeux. Il l'entoura de ses bras, la pressa sur son cœur, et couvrit ses lèvres

11.

tremblantes, balbutiantes, de baisers furieux. Werther! lui disait-elle, d'une voix étouffée, Werther! et d'une faible main elle repoussait mollement sa poitrine collée sur la sienne : Werther! s'écria-t-elle enfin, du ton imposant qui exprime le plus noble sentiment. Il ne résista point, la laissa échapper de ses bras, et tomba comme hors de lui à ses pieds. Elle s'élança vers la porte, et dans le trouble le plus violent, tremblante d'amour et de colère, elle lui dit : « C'est la dernière fois, Werther! vous ne me reverrez plus » ! — Elle s'arrêta un instant, jeta un regard plein d'amour sur l'infortuné, et courut s'enfermer dans une pièce voisine. Werther tendit les bras vers elle, et ne chercha pas à la retenir. Il était à terre, la tête appuyée sur le canapé, et il resta plus d'une demi-heure dans cette position, jusqu'à ce qu'un bruit qu'il entendit le rappela à lui-même. C'était une servante qui venait mettre le couvert. Il se releva, marcha çà et là dans la chambre, et se revoyant seul, il alla à la porte du cabinet, et dit à voix basse ; « Charlotte! » Charlotte! un mot, encore un seul mot! un » adieu» ! — Elle ne répondit pas. Il attendit, supplia, et attendit encore. Alors il s'arracha de cette porte, en criant: « Adieu! Charlotte! adieu pour jamais » !

Il vint à la porte de la ville. Les gardiens accoutumés à le voir, le laissèrent passer sans rien dire.

Il soufflait un vent très froid, accompagné de pluie et de neige. Onze heures sonnaient quand il rentra. Son domestique remarqua qu'il n'avait point de chapeau. Il n'osa lui en parler, et le déshabilla : tous ses vêtements étaient trempés d'eau. On retrouva, depuis, le chapeau sur un rocher escarpé, qui plonge du haut de la colline dans la vallée. Il est inconcevable qu'il ait pu, sans se précipiter, le gravir dans une nuit obscure et humide.

Il se coucha, et dormit longtemps. Le domestique le trouva écrivant, lorsque, sur sa demande, il lui apporta son café le lendemain. Il achevait le passage suivant de sa lettre à Charlotte :

« Pour la dernière fois donc, pour la dernière fois j'ouvre les yeux. Hélas! ils ne verront plus le soleil ; un jour sombre et nébuleux le tient caché. Oui, prends le deuil, nature ! ton fils, ton ami, ton amant s'approche de sa fin. Charlotte! c'est un sentiment sans égal ! Quoi cependant de plus semblable aux illusions d'un songe, que de se dire : voici ton dernier jour. Le dernier ! Charlotte, ce mot n'a point de sens pour moi ! Le dernier ! Ne suis-je point là dans toute ma force ? et demain je serai étendu sans mouvement sur la terre. Mourir ! qu'est-ce que mourir? Ah ! nous rêvons quand nous parlons de la mort. J'ai vu plusieurs êtres mourir; mais telles sont les limites de l'hu-

manité, que le principe et la fin de son existence
sont pour elle des mystères. Actuellement encore, je
suis à moi, à toi ! à toi ! ô ma bien-aimée ! et dans
un instant — séparés, arrachés l'un à l'autre, peut-
être pour toujours ! — Non, Charlotte, non. —
Comment puis-je être anéanti? comment peux-tu
cesser d'être? Nous sommes, nous existons. —
Néant! — Qu'est-ce encore? un vain mot ! un son
vide, qui ne dit rien à mon cœur ! La Mort! — Etre
descendu au sein de la terre, réduit à un espace si
étroit, si ténébreux ! — J'avais une parente, qui
était tout pour moi dans l'abandon de ma jeunesse.
Elle mourut, je suivis son convoi funèbre. J'étais
sur le bord de la fosse, quand on y descendit le
cercueil; j'entendis le roulement des cordes que
l'on lâchait et retirait ; je vis jeter la première pel-
letée de terre, j'entendis le cercueil rendre un bruit
sourd, et toujours plus sourd, jusqu'à ce qu'enfin
il fût recouvert! Je tombai à genoux près de la
tombe. — J'étais oppressé, ébranlé, déchiré jusque
dans le fond de mon âme, mais j'ignorais ce qui
se passait en moi — ce qui se passera en moi.
— Mort ! tombeau ! mots effrayants, je ne vous comprends pas !

» Oh ! pardonne, pardonne-moi ! Hier ! pourquoi
cela n'a-t-il pas été le dernier moment de ma vie ! O
créature angélique ! pour la première fois, oui, je
ne puis en douter, pour la première fois, j'ai senti

dans tout mon être un transport délicieux, un
céleste enthousiasme : elle m'aime ! elle m'aime !
il brûle encore sur mes lèvres, ce feu sacré qui
coulait des tiennes ; un nouveau délire se rallume
dans mon cœur. Pardonne ! pardonne-moi !

» Ah ! je le savais, Charlotte, que tu m'aimais ;
je l'ai su dès le premier regard où ton âme se pei-
gnit, dès la première fois que ta main se trouva dans
la mienne. Et cependant, quand je te quittais,
quand je voyais Albert à tes côtés, je retombais
dans le tourment du doute, mon sang bouillonnait.

» Te rappelles-tu ces fleurs que tu m'envoyas
après cette fatale assemblée où tu ne pus me dire un
mot, où tu ne pus me donner ta douce main ? Oh !
j'ai passé la moitié de la nuit à genoux devant elles ;
elles me répondaient de ton amour. Mais, hélas !
ces impressions se sont évanouies, comme, dans
l'âme du croyant, s'efface peu à peu le sentiment
de la grâce, que son Dieu avait versée sur lui en
signes sacrés et visibles.

» Tout cela est périssable ; mais l'éternité même
ne saurait éteindre cette flamme vivifiante que j'ai
recueillie sur tes lèvres, que je sens circuler dans
mes veines ! Elle m'aime ! ces bras l'ont envelop-
pée, ces lèvres ont frémi sur ses lèvres, cette bouche a bégayé sur sa bouche. Elle est à moi ! tu es
à moi ! oui, ma Charlotte, à moi pour toujours.

» Et que m'importe, à moi, qu'Albert soit ton

époux? — Ton époux ? — Mais ce n'est que pour
ce monde : pour ce monde seul, c'est un péché
de t'aimer, de vouloir t'arracher de ses bras pour
te serrer dans les miens ! Un péché ? eh bien ! je
m'en punis : je l'ai savouré dans toutes ses célestes
délices, ce péché ; j'ai avidement aspiré ce baume de
force et de vie, j'en ai abreuvé mon cœur. De ce moment tu es à moi ! à moi, ô Charlotte ! Je marche
devant, je vais à mon père, à ton père. Il entendra
mes plaintes, il me consolera jusqu'à ce que tu
viennes. Alors je vole au-devant de toi, je te saisis,
et en présence de l'Etre Infini nous confondrons
nos existences dans un embrassement éternel !

» Je ne rêve point, je ne délire point. Aux portes
du tombeau, le jour me luit plus clair et plus serein !
Nous serons, nous nous reverrons ! Ta mère ! je
vais la voir, je vais la joindre ; oui, je vais épancher
tout mon cœur dans le sien ! Ta mère, ta parfaite
image ! »

Vers les onze heures, Werther demanda à son
domestique si Albert était de retour. Le garçon
répondit que oui, qu'il avait vu ramener son cheval.

Il lui donna alors à porter un billet ouvert, avec
ces mots :

« Voulez-vous avoir la complaisance de me
» prêter vos pistolets, pour un voyage que je me
» propose de faire? Adieu » !

La pauvre Charlotte avait peu dormi la nuit précédente; toutes ses appréhensions s'étaient réalisées, et réalisées d'une manière qu'elle ne pouvait ni présager ni craindre. Son sang, jadis si pur, si léger, était dans une tumultueuse effervescence; mille sensations confuses déchiraient son noble cœur. Etait-ce le feu des embrassements de Werther qu'elle sentait dans son sein? était-ce indignation de son audace? était-ce une pénible comparaison de son état actuel avec ces jours de paix et d'innocence, où libre de tout souci, elle avait pleine confiance en elle-même? Comment irait-elle audevant de son mari? comment lui avouerait-elle une scène dont rien ne l'empêchait de lui faire le récit et qu'elle n'osait cependant pas lui avouer. Depuis longtemps ils gardaient le silence l'un envers l'autre : serait-elle la première à le rompre, pour faire à son mari une révélation si brusque et si inattendue? Elle craignait déjà que la simple nouvelle de la visite de Werther ne fît sur lui une impression désagréable; que serait-ce donc, s'il apprenait cette catastrophe imprévue? Pouvait-elle espérer qu'Albert vît cette scène dans son vrai jour, qu'il la jugeât sans prévention? pouvait-elle espérer qu'il lût dans le fond de son âme? D'autre part, pouvait-elle dissimuler envers un homme, devant lequel elle avait toujours été pure et transpa-

rente comme le cristal ; auquel elle n'avait jamais
déguisé, ni jamais pu déguiser un seul de ses sentiments? Toutes ces réflexions la plongèrent dans
un douloureux embarras : et ses pensées revenaient
sans cesse sur Werther, qui était perdu pour elle,
qu'elle ne pouvait pas abandonner, et qu'il fallait
qu'elle livrât à lui-même ; sur ce Werther, à qui,
quand il l'aurait perdue, il ne resterait plus rien au
monde.

L'agitation de ses esprits ne lui permettait pas
de voir, dans ce moment, les suites funestes de la
discorde dont elle avait été la cause entre ces deux
hommes. Tous deux, bons et sensés, faute de s'entendre sur certains points, avaient commencé à se
renfermer réciproquement dans un silence absolu.
Chacun d'eux réfléchissait aux torts de l'autre, et
l'aigreur avait augmenté à un tel point, qu'il était
devenu impossible, au moment critique, de dé-
brouiller ce tissu de difficultés. Si une heureuse
confiance les eût rapprochés plus tôt, si l'amitié et
l'indulgence se fussent ranimées entre eux, en épa-
nouissant leurs cœurs, peut-être notre malheureux
ami eût-il pu être sauvé.

Une circonstance particulière vint se joindre à
ces considérations. Werther, comme le témoignent
ses lettres, n'avait jamais fait mystère de son désir
ardent de quitter ce monde. Albert l'avait souvent
combattu, et en avait quelquefois fait le sujet de

ses entretiens avec Charlotte. Par une suite de son invincible répugnance pour le suicide, il avait manifesté assez fréquemment, avec une espèce de susceptibilité, d'ailleurs absolument étrangère à son caractère, qu'il avait de puissants motifs de douter d'une semblable résolution. Bien plus, il s'était même permis quelques railleries à ce sujet, et avait fait part de son incrédulité à Charlotte. Si cela, d'un côté, servait à la tranquilliser, quand son esprit lui présentait cette sinistre image, c'était, de l'autre, un obstacle à ce qu'elle osât communiquer à son mari les inquiétudes qui la tourmentaient en cet instant.

Albert revint; Charlotte alla au-devant de lui avec un empressement mêlé d'embarras. Il n'était pas de bonne humeur : ses affaires n'étaient point terminées; il avait trouvé, dans le bailli du canton voisin, un homme intraitable et minutieux. Les mauvais chemins l'avaient aussi singulièrement contrarié.

Il demanda s'il ne s'était rien passé pendant son absence : elle se hâte de répondre que Werther était venu la veille. Il s'informa s'il était arrivé des lettres ; elle lui dit qu'elle en avait porté quelques-unes avec des paquets dans sa chambre. Il y passa, et Charlotte resta seule. La présence de l'époux qu'elle aimait et respectait, avait fait une nouvelle impression sur son cœur. Le souvenir de sa généro-

sité, de son amour et de sa bonté, avait tranquillisé
son esprit ; elle se sentit secrètement attirée à le
suivre. Elle prit son ouvrage, et passa chez Albert,
selon son ancienne coutume ; elle le trouva occupé
à ouvrir et à lire ses lettres : quelques-unes paraissaient être d'une teneur peu agréable. Elle lui
adressa quelques questions, auxquelles il répondit
brièvement, et il se mit à son bureau pour écrire.

Il y avait une heure qu'ils étaient ensemble, et
Charlotte devenait toujours plus sombre. Elle sentait combien il lui serait difficile de découvrir à
son mari ce qui oppressait son cœur, eût-il même
été dans les meilleures dispositions. Elle tomba
dans une mélancolie d'autant plus douloureuse,
qu'elle cherchait à la cacher et à dévorer ses larmes.

L'apparition du domestique de Werther vint mettre le comble à son embarras. Il remit le billet à
Albert, qui se retourna vers elle, et lui dit avec
calme : « Donne-lui les pistolets ». — « Je lui souhaite un heureux voyage » ajouta-t-il, en s'adressant au domestique. La foudre était tombée sur
Charlotte ; elle voulut se lever, et les jambes lui
manquèrent : elle ne savait ce qui se passait en elle.
Enfin elle se traîna vers la muraille, décrocha les
pistolets d'une main tremblante, en essuya la poussière, hésitait, et aurait tardé encore davantage,
si Albert, par un regard significatif, ne l'eût pressée
de les donner. Elle remit donc les funestes armes

au domestique, sans pouvoir proférer une parole; quand il fut sorti, elle releva son ouvrage, et se retira dans sa chambre, plongée dans un état d'incertitude et de trouble inexprimable. Son cœur ne lui pronostiquait que terreur et qu'effroi. Tantôt elle était au point de s'aller jeter aux pieds de son mari, et de lui tout révéler, la scène de la veille, sa faute et ses pressentiments; tantôt elle ne voyait aucun moyen d'y parvenir : elle désespérait surtout de pouvoir l'engager à se rendre chez Werther. Le couvert était mis : une amie, qni n'avait qu'un mot à dire, vint, et voulait s'en retourner sur-le-champ; on la retint. Elle rendit la conversation supportable pentant le dîner ; on se contraignit, on causa, on oublia.

Le domestique apporta les pistolets à Werther; il les reçut avec transport, en apprenant que Charlotte les lui avait donnés. Il se fit apporter du pain et du vin, envoya son domestique dîner, et se remit à écrire.

« Ils sortent de tes mains, tu en as essuyé la poussière : je les baise mille fois, tu les as touchés! Toi-même, esprit du ciel, favorises mes projets; toi-même, Charlotte, tu me présentes l'arme qui va me donner la mort, la mort que je brûlais de recevoir, que je reçois de tes mains ! — Oh! que de questions j'ai faites à mon petit domestique! tu

tremblais, en lui remettant ces armes, tu ne m'as
point fait dire tes adieux! — O douleur! Point
d'adieux! — M'aurais-tu fermé ton cœur, à cause
de ce divin instant qui m'a enchaîné à toi pour
l'éternité? Charlotte, des milliers d'années s'écou-
leront, et cette impression divine ne s'effacera point!
Oui, je le sens, tu ne peux haïr celui qui brûle
pour toi d'une flamme immortelle ».

Après le dîner, il ordonna à son domestique
d'achever de tout empaqueter. Il déchira beaucoup
de papiers, sortit et acquitta quelques petites dettes.
Il rentra chez lui, ressortit presque aussitôt malgré
la pluie, et alla hors de la ville au jardin du comte.
Il se promena longtemps dans les environs; à la
nuit tombante, il revint, et écrivit :

« Wilhelm, pour la dernière fois j'ai vu les
champs, les bois et le ciel. Adieu aussi, ô ma
mère, ma bonne mère! Pardonne-moi! Console-la,
Wilhelm! Dieu puisse-t-il vous bénir! Toutes
mes affaires sont en ordre. Encore adieu! Nous
nous reverrons et alors le bonheur nous sou-
rira ».

« J'ai mal reconnu ton amitié, Albert, mais tu
me le pardonnes! J'ai troublé la paix de ta maison,
j'ai semé la méfiance entre vous. Adieu! je veux y
mettre fin. Oh! puisse ma mort vous donner le

bonheur! Albert! Albert! rends cet ange heureux! et que la bénédiction du Tout-Puissant repose sur toi » ?

Le soir, il s'occupa encore assez longtemps de ses papiers : il en déchira une grande quantité, et les jeta au feu. Il cacheta quelques paquets avec des adresses à Wilhelm. Ils contenaient de petits mémoires sur divers objets, des pensées détachées : j'en ai vu une partie. A dix heures il se fit faire un grand feu, et demanda une bouteille de vin. Il envoya coucher son domestique dont la chambre, ainsi que celle de ses hôtes, était au fond de la cour.

Le jeune garçon se jeta sur son lit, tout habillé, pour être prêt de grand matin : son maître avait dit que les chevaux de poste seraient à la porte avant six heures.

Après 11 heures.

« Tout est si calme autour de moi! mon âme est si paisible! Je te rends grâces, ô mon Dieu, toi, qui conserves tant de force et de chaleur à mes derniers moments!

» Je m'approche de la fenêtre, chère Charlotte, et à travers les sombres nuages, que les vents emportent dans les airs, j'aperçois encore quelques

étoiles, qui brillent au firmament. Non, astres immortels, vous ne tomberez point ! L'éternel vous porte
dans son sein, comme il m'y porte aussi. Je vois les
étoiles de la grande ourse, la constellation que je
préfère à toutes les autres. La nuit, quand je me retirais d'auprès de toi, Charlotte ! quand je m'arrêtais sur ta porte, elle brillait en face de moi. Avec
quelle ivresse je l'ai souvent contemplée ! Que de
fois les mains tendues vers elle, je l'ai prise à témoin, j'en ai fait le monument sacré de la félicité
que je goûtais alors ! et encore, — ô Charlotte,
qui est-ce qui ne me rappelle pas à toi ? Ne suis-je
pas environné de toi de toutes parts ? Et tel qu'un
enfant, ne me suis-je pas élancé avec une avidité
insatiable, sur mille bagatelles que ton toucher
avait consacrées !

» O silhouette chérie ! je te la lègue, Charlotte, et
te prie de l'honorer. J'y ai imprimé mille milliers
de baisers ; je l'ai mille fois saluée, quand je sor-
tais, quand je rentrais.

J'ai supplié ton père, dans un billet qu'on lui
remettra, de protéger ma sépulture. Dans le cimetière, vers le coin qui donne sur la campagne,
sont deux tilleuls : c'est là que je souhaite reposer. Il peut accorder, il accordera cette grâce à
son ami. Demande-la lui aussi. Je ne prétends pas
exiger que de pieux chrétiens déposent leurs
corps près d'un pauvre infortuné. Hélas ! je vou-

drais qu'on m'enterrât sur le bord du chemin, ou
dans la vallée solitaire, afin que le prêtre et le lé-
vite passassent devant ma tombe en se signant, et
que le bon Samaritain y répandît une larme.

» Donne, Charlotte ! je ne tremble pas, en prenant l'horrible calice où je vais puiser l'ivresse de
la mort ! Tu me le présentes, et je n'hésite pas.
Ainsi donc sont accomplis tous les désirs de ma
vie ! Voilà donc à quoi aboutissent toutes mes
espérances ! toutes, toutes ! A venir heurter avec
ce sang-froid, avec cet engourdissement aux portes
d'airain de la mort.

» Ah ! si du moins j'avais pu obtenir la faveur de
mourir pour toi, de me dévouer pour toi, Charlotte ! je périrais avec courage, avec joie, si je
pouvais te rendre le repos et les douceurs de ton
existence. Mais hélas ! il ne fut donné qu'à peu
d'élus, de verser leur sang pour l'objet de leur
amour, et de rallumer, par leur mort, une vie
plus active et plus brillante, au sein de leurs amis.

» Charlotte, je veux être enterré dans ces habits ;
tu les as touchés, sanctifiés. Je demande aussi cette
grâce à ton père. Mon âme plane sur le cercueil.
Que l'on ne fouille point mes poches. Ces nœuds
couleur de rose que tu portais sur ton sein, la
première fois que je te vis au milieu des enfants...
(Oh ! embrasse-les, baise-les mille fois, ces tendres
enfants, raconte-leur l'histoire de leur malheureux

ami. Chers petits ! je les vois se presser autour de moi. Hélas ! comme je suis attaché, identifié à ta personne ! Dès le premier instant, comme je devins inséparable de toi !) — Ces nœuds de ruban seront enterrés avec moi ; tu m'en fis présent à la fête de mon jour de naissance ! Comme j'engloutissais tout cela ! — Hélas ! je ne pensais guère que cette route dût me conduire où je suis ! — Sois calme ; je t'en conjure, sois calme !

» Ils sont chargés. — Minuit sonne ! Eh bien donc ! — Charlotte ! — Charlotte ! Adieu ! adieu ! »

Un voisin vit l'éclair de la poudre, et entendit le coup ; mais tout restant tranquille, il n'y fit pas attention davantage.

Le matin, à six heures, le domestique entra avec une lumière. Il trouve son maître par terre ; il voit le pistolet, le sang ; il l'appelle, il le prend, le soulève ; point de réponse, il râlait seulement encore.

Il court chez les médecins, chez Albert. Charlotte entend la sonnette, un tremblement subit agite tous ses membres. Elle éveille son mari, ils se lèvent ; le domestique sanglotant leur apporte l'affreuse nouvelle : Charlotte tombe évanouie aux pieds d'Albert.

Lorsque le médecin arriva auprès du malheureux, il le trouva par terre perdu sans ressource ;

le pouls battait encore, les membres étaient déjà roidis. Il s'était tiré le coup dans la tête au-dessus de l'œil droit : la cervelle sortait par la blessure. Pour tout tenter, on lui ouvrit la veine au bras ; le sang coula, il respirait encore.

D'après le sang qui rougissait le dos de son siége, on pouvait conclure qu'il s'était tiré le coup, assis devant son bureau ; et que dans les convulsions de l'agonie, il était tombé, s'était roulé autour du fauteuil. Il était étendu près de la fenêtre, sur le dos, et sans mouvement. Il était entièrement habillé, et botté, en frac bleu, en gilet chamois.

La maison, le voisinage, toute la ville était en rumeur. Albert entra : on avait couché Werther sur un lit, le front bandé. Son visage était celui d'un mort ; il ne remuait aucun membre. Les poumons râlaient encore d'une manière effrayante, tantôt faiblement, tantôt plus fort ; on attendait sa fin.

Il n'avait bu qu'un verre de vin. *Emilia Galotti* [1] était ouverte sur son bureau.

Albert était consterné. Le désespoir de Charlotte était lamentable et inexprimable.

Le vieux bailli arriva tout ému ; il embrassa le mourant, en l'arrosant de ses larmes. Les aînés de ses enfants accoururent aussi bientôt après. Ils

1. Célèbre tragédie de *Lessing.*

se précipitèrent sur le lit avec l'expression de la plus violente douleur, et lui baisèrent les mains, la bouche. Le plus âgé, qui avait toujours été le favori de Werther, s'étendit sur lui en l'embrassant jusqu'à ce qu'il fût expiré. Ce ne fut qu'avec peine alors qu'on parvint à l'en détacher. A midi, Werther expira. La présence du bailli, et les mesures qu'il avait prises, prévinrent un attroupement. Sur les onze heures du soir, il le fit enterrer à l'endroit qu'il s'était choisi. Le vieux bailli et ses fils suivirent le convoi ; Albert n'en trouva pas la force. On craignait pour la vie de Charlotte. Des ouvriers portèrent le corps ; aucun ecclésiastique ne l'accompagna.

FIN DE WERTHER

HERMANN ET DOROTHÉE

POEME EN NEUF CHANTS

CALLIOPE

CHANT I

LE MALHEUR PARTAGÉ

— Non, je n'ai jamais vu les rues et le marché si déserts: on dirait que la ville est abandonnée, elle est comme morte ; il n'y reste point, je crois, cinquante de tous ses habitants. Que ne fait pas la curiosité ! chacun va, court pour voir le triste spectacle de ces malheureux fugitifs. D'ici à la chaussée où ils doivent passer, il y a bien une petite heure de chemin, et l'on y court à midi, dans la brûlante poussière ! Moi certes, je ne me remucrais

pas de ma place pour voir l'infortune de braves
gens, qui abandonnent, hélas! avec ce qu'ils ont
pu sauver, l'autre rive si belle du Rhin, et venant
à nous, errent à travers le recoin heureux et les
sinuosités de notre fertile vallée. Je te loue, ô ma
femme! et c'est un trait de ta bonté, d'avoir envoyé
notre fils pour distribuer à ces pauvres gens notre
vieux linge, des aliments et des boissons; car donner c'est l'affaire du riche.

— Que ce garçon mène bien! comme il dompte
nos chevaux fringants! La petite voiture, nouvellement faite, comme elle a bon air; quatre personnes,
sans compter le cocher sur son banc, y seraient
commodément assises. Cette fois notre enfant la conduit seul : qu'elle a roulé légèrement en tournant la rue !

Ainsi, se reposant bien à son aise sous la porte
de sa maison près du marché, parlait à sa femme
l'hôte du *Lion d'Or*.

— Mon ami, lui répond l'intelligente et sage
ménagère, je ne prodigue pas ordinairement le linge
que nous cessons de porter; il peut souvent être
utile, et dans le besoin on ne trouverait parfois pas
à en acheter; mais aujourd'hui qu'on me parlait
d'enfants et de vieillards réduits à la nudité, j'ai
donné de si bon cœur maintes chemises et couver-
tures encore fort bonnes! Me le pardonneras-tu ?
J'ai mis aussi ton armoire à contribution; particu-

lièrement ta robe de chambre du plus fin coton,
cette indienne à fleurs, doublée d'une flanelle fine,
je l'ai donnée ; elle est vieille, usée, et tout à fait
hors de mode.

L'excellent hôte se mit à sourire.

— Je regrette cependant un peu, dit-il, cette
vieille robe de chambre, cette indienne du plus fin
coton ; on n'en trouve plus de pareille . Soit, je ne
la portais plus. Il faut ne se présenter maintenant
qu'en surtout et en bottes ; les pantoufles et le
bonnet sont bannis.

— Ah! de ce côté, interrompit-elle, reviennent
déjà quelques-uns de ceux qui sont allés voir les
fugitifs ; probablement tout est passé. Comme leurs
souliers sont blancs de poussière ! comme leurs
visages sont enflammés ! chacun y portant le mouchoir en essuie la sueur. Je ne voudrais certainement pas courir si loin, dans l'ardeur du jour, pour
assister à un spectacle pareil et souffrir ; je me con-
tenterai bien du récit.

— Qu'il est rare, dit le brave aubergiste avec
l'accent de l'assurance, qu'un si beau temps arrive
pour une telle récolte ! Nous mettrons le blé à couvert dans la grange, comme nous y avons déjà mis
le foin, sans avoir une goutte de pluie : le ciel est
serein ; pas le plus léger nuage ; et le souffle du
vent de l'est répand une agréable fraîcheur. Voilà
un temps constant, et le blé est au plus haut point

12.

de sa maturité; demain nous commençons à joncher la terre de la plus riche moisson.

Pendant qu'il parlait, s'augmentait à chaque instant la foule des hommes et des femmes qui traversaient le marché, et rentraient dans leurs demeures. A l'autre coin du marché, le riche voisin, le premier négociant de l'endroit, mené avec ses filles dans sa voiture ouverte (elle avait été faite à Landau), arrivait rapidement devant sa maison, qu'il avait nouvellement réparée. Les rues devinrent vivantes, car la petite ville était peuplée, et l'on s'y appliquait à divers genres de fabrique et de commerce.

Le couple intime suivait de l'œil les mouvements de la foule, et s'amusait par différentes observations.

— Vois, dit enfin la digne hôtesse, le pasteur vient à nous de ce côté; le pharmacien, notre voisin, l'accompagne : il faudra qu'ils nous racontent tout ce qu'ils ont vu, ce spectacle qui n'inspire pas la joie.

Ils s'approchent tous deux amicalement, saluent les époux et, s'asseyant près d'eux sur les bancs de bois sous la porte cochère, ils secouent la poussière de leurs souliers, et s'éventent de leurs mouchoirs. Après les compliments réciproques, le pharmacien prenant la parole, dit quelque peu avec humeur :

— Voilà bien les hommes ! qu'il arrive un malheur à leur prochain, tous se plaisent à l'aller considérer la bouche béante. Chacun accourt pour voir les flammes désastreuses d'un incendie s'élever dans les airs, pour voir le pauvre criminel marchant tristement au supplice : maintenant encore chacun se promène hors de la ville pour contempler le malheur de ces bonnes gens chassés de leurs foyers ; et aucun d'eux ne songe qu'une infortune pareille peut l'atteindre, bientôt peut-être. Cette légèreté, selon moi, est impardonnable ; toutefois, elle est dans le caractère de l'homme.

Rempli de sens, le vénérable pasteur prend la parole. Il était l'ornement de la ville ; jeune encore, il approchait de l'âge mûr. Il connaissait les scènes variées qui forment la vie humaine, et dirigeait ses entretiens vers l'utilité de ses auditeurs ; pénétré de l'importance des livres sacrés qui nous dévoilent la condition de l'homme et le but de la Providence, il avait aussi puisé des lumières dans les meilleurs écrits des auteurs séculiers.

— Je n'aime point, dit-il à blâmer un penchant que la nature, cette bonne mère, ne donna pas à l'homme pour l'égarer ; car souvent ce penchant heureux qui le guide et qui est irrésistible, produit ce que l'intelligence et la raison ne sauraient toujours opérer. Si la curiosité n'invitait pas l'homme par ses puissants attraits, dites, eût-il ja-

mais connu l'étonnante beauté des rapports qui,
dans la nature, unissent tous les êtres ? D'abord
la nouveauté l'attire ; il recherche ensuite l'utile
avec une ardeur infatigable ; enfin il aspire à ce
qui est bon par excellence, et c'est là ce qui l'é-
lève et lui donne son véritable prix. Jeune, il a
une joyeuse compagne, la légèreté, qui lui cache
le péril, et qui efface à l'instant même les vestiges
de la peine cuisante, quand elle est passée. Prisons
l'homme chez lequel, dans un âge plus mûr, le
calme de la raison remplace cette joyeuse humeur,
et dont l'activité se déploie avec succès dans le
bonheur et dans l'infortune ; ses efforts créent le
bien et réparent les maux.

L'impatiente hôtesse dit aussitôt avec un air
amical :

— Veuillez nous raconter ce que vous venez de
voir ; car c'est là ce que je désire apprendre.

— Après ce dont j'ai été le témoin, repartit le
pharmacien d'un ton expressif, il sera bien difficile que je me livre de sitôt à la joie. Et qui pourrait raconter la plus grande variété d'infortunes
réunies en une seule ? Déjà, avant d'être descendus
dans la prairie, nous avons aperçu de loin un
nuage de poussière ; la foule marchant de coteaux
en coteaux disparaissait déjà dans le lointain à
perte de vue ; mais après avoir gagné le chemin
qui traverse obliquement la vallée, hélas ! était

encore grande et la presse et la confusion des pié-
tons ; nous n'avons vu que trop encore de ces malheureux à leur passage. L'aspect de chacun d'eux
nous a fait connaître à la fois combien la fuite a de
peines et d'amertumes, et quel doux sentiment cependant on éprouve d'avoir saisi à la hâte l'instant
de sauver sa vie. Les meubles nombreux qu'une
maison peut mettre à couvert, et auxquels le judicieux propriétaire assigne autour de lui la place
la plus convenable, pour les trouver toujours au
besoin, parce qu'il n'y a rien qui ne puisse être
utile : tout cela, triste spectacle ! était chargé pêle-
mêle sur toutes espèces de voitures et charrettes, et
cordelé avec précipitation ; le crible et la couver-
ture de laine étaient sur l'armoire, les bois de lits
dans la huche, les draps sur le miroir. Et comme
nous le vîmes, il y a vingt ans, dans le terrible
incendie, le péril trouble si fort la raison, qu'on
sauve les meubles les plus vils et qu'on laisse les
plus précieux. De même ici, fatiguant les bœufs et
les chevaux, on voiturait, avec une prévoyance peu
réfléchie, des effets d'une mince valeur, tels que de
vieilles planches, de vieux tonneaux, la poussi-
nière et le toit aux oies ; de même les femmes et
les enfants s'essoufflaient à se traîner avec des paquets, à porter des hottes et des corbeilles chargées
de choses inutiles : tant l'homme abandonne à regret la moindre de ses possessions ! et de même en-

core la multitude, se foulant en désordre et en
tumulte, s'avançait dans le chemin poudreux.
L'un, mené par des animaux faibles, voulait aller
lentement, l'autre voulait courir. Là s'élevaient
confusément les clameurs des femmes et des enfants
froissés, les mugissements des animaux, le vacarme des chiens aboyants, et les voix lamen-
tables des vieillards, des malades, assis sur des
lits et vacillants au haut d'un chariot lourd et
surchargé.

— Mais, au bord d'un monticule, une roue pressée par la foule s'égare de l'ornière et crie ; le chariot verse, se précipite dans le fossé, et par la violente impulsion, les hommes, jetant des cris effroya-
bles, sont lancés au loin dans les champs ; la chute
est cependant heureuse ; les caisses tombent plus
tard et à une moindre distance du chariot : les témoins de ce désastre s'attendaient certainement à
voir le spectacle de ces hommes écrasés du poids
énorme des armoires et des malles. Le chariot reste
là brisé, et les hommes dénués de secours ; car les
autres passent devant eux avec rapidité, ne s'occupant que de leur propre sort, et entraînés par le
torrent de la foule. Nous accourons, et ces malades et ces vieillards qui, abrités dans leurs maisons, et sur leurs lits, pouvaient à peine supporter
leurs longues souffrances, nous les trouvons étendus à terre, couverts de blessures, poussant des

gémissements et des plaintes, brûlés des feux du soleil, étouffés par les flots de la poussière.

Plein d'humanité, et vivement ému :

— Puisse donc mon fils Hermann, dit l'hôte, les rencontrer, les secourir et les vêtir ! Je ne voudrais pas moi-même être témoin de leur sort ; je souffre à l'aspect de l'infortune. Le premier récit de si grandes peines m'avait déjà touché ; il avait suffi pour m'engager à leur envoyer promptement une partie de notre abondance, afin qu'au moins plusieurs de ces fugitifs malheureux reprissent des forces, et nous parussent soulagés. Mais ne continuons pas de nous livrer à ces tristes images ; la crainte et le souci, qui me sont plus odieux que le mal même, se glissent aisément dans le cœur de l'homme. Entrons dans ce salon reculé, qui est plus frais, où ne pénètre pas le soleil, et dont les murs épais ne permettent pas l'entrée à l'air échauffé. Et toi, ma petite mère, apporte-nous un flacon du quatre-vingt-trois pour dissiper la mélancolie. Ici nous ne boirions pas avec plaisir ; les mouches bourdonneraient autour de nos verres.

Ils se rendent dans le salon et jouissent de sa fraîcheur.

La mère apporte avec soin sur un plateau d'étain, arrondi et luisant, un flacon poli, rempli de ce vin limpide et merveilleux, et les coupes verdâtres consacrées à la liqueur, présent des vignes du Rhin.

Les trois personnages étaient assis autour de la table ronde, brunie, cirée, brillante, et reposant sur des pieds solides. Aussitôt les verres de l'hôte et du pasteur se rencontrent et rendent un son éclatant : leur compagnon, tenant le sien, était immobile et pensif, lorsque l'hôte lui adresse un défi amical par ces paroles :

— Courage, mon cher voisin, buvons. Jusqu'ici Dieu, par sa clémence, nous a préservés de désastres, et il daignera nous en préserver encore; car qui ne reconnaît que, depuis l'horrible incendie, ce châtiment si rigoureux qu'il nous fit subir, il nous a constamment envoyé des sujets de joie, qu'il a veillé sur nous constamment et avec autant de soin que l'homme veille sur la prunelle précieuse de son œil, qui de tous ses organes lui est le plus cher? Nous refuserait-il à l'avenir sa protection et son secours? C'est dans les périls seulement que l'on commence à bien connaître toute sa puissance. Cette ville florissante, qu'il a comblée de bénédictions, après l'avoir relevée de sa cendre par nos mains, voudrait-il une seconde fois la détruire, et anéantir tous nos travaux?

— Persévérez dans ces sentiments, répond le digne pasteur avec sérénité et d'une voix douce : cette confiance donne à l'homme de la tranquillité

et de la raison quand il est au milieu du bonheur;
elle offre à l'infortuné la consolation la plus solide,
et nourrit notre plus glorieuse espérance.

L'hôte alors s'exprimant en homme ferme et
judicieux :

— Combien de fois, au retour d'un voyage entrepris pour mes affaires, ai-je avec étonnement
salué les flots du Rhin ! Toujours il me paraissait
grand et m'inspirait des idées et des sentiments
élevés; mais je ne songeais guère que bientôt sa rive
agréable nous servirait de rempart contre les Français, et son large lit de fossé difficile à franchir.
Voyez, c'est ainsi que la nature seconde nos braves
Allemands qui nous défendent, et c'est ainsi que
nous défend le Seigneur. Qui voudrait se livrer à
un fol abattement? les combattants sont fatigués,
et tout annonce que la paix se prépare. Puisse donc
aussi, lorsque cette fête si longtemps attendue sera
solennisée dans notre église (alors, de concert avec
l'orgue, retentiront les sons de la cloche et les sons
perçants de la trompette accompagnant le solennel
Te Deum,) puisse donc aussi, dans ce même jour,
respectable pasteur, mon Hermann, enfin décidé,
se présenter avec sa fiancée devant vous à l'autel !
et puisse encore à l'avenir, le jour de cette fête heureuse qui sera célébrée dans tous les pays, m'apparaître comme l'anniversaire d'une joyeuse fête de famille ! Mais je vois avec peine que ce jeune homme,

13

si actif et si zélé sous nos yeux, est au dehors indolent et sauvage ; il ne se produit point dans le monde et même il évite la société des jeunes filles, et le plaisir joyeux de la danse, que toute la jeunesse recherche avec tant d'ardeur.

En achevant ces mots il prêtait l'oreille. On entendait s'approcher de plus en plus le bruit éloigné de chevaux frappant du pied la terre ; on entendait le bruit d'une voiture roulante ; et maintenant, lancée avec rapidité, elle entre sous les voûtes de la maison avec le fracas du tonnerre.

TERPSICHORE

CHANT II

HERMANN

Dès que le jeune Hermann, d'une figure parfaite, paraît dans la salle, le pasteur dirige vers lui ses regards pénétrants, et considérant ses traits et tout son maintien de l'œil d'un observateur qui lit dans la physionomie, il sourit, et lui dit gracieusement :

— Comme vous êtes autrement que d'ordinaire ; jamais vous ne m'avez paru si vif, ni vos yeux n'ont été si animés ; vous êtes joyeux, content ; on voit que vous avez soulagé des malheureux, et recueilli leurs bénédictions.

— Si ma conduite est louable, je l'ignore, répondit le jeune homme d'un ton tranquille, sérieux ; mais je vous raconterai tout ce que j'ai fait poussé par les mouvements de mon cœur. Ma mère, vous vous êtes un peu trop arrêtée à chercher et à choisir des vêtements, le paquet n'en a été formé que tard,

et le soin de placer dans la voiture le vin et la
bière a consumé bien des moments. Lorsqu'enfin
sorti de la ville, je me suis avancé dans la campagne, j'ai rencontré les flots de nos concitoyens,.
déjà retournant, avec leurs femmes et leurs enfants,
à leurs demeures ; les fugitifs avaient passé et
étaient déjà loin. J'active la rapidité de mes chevaux
et, les dirigeant vers le village où j'avais appris qu'ils
devaient cette nuit prendre du repos, je suivais
la route neuve, occupé de mon dessein, lorsque j'a-
perçois un chariot d'un bois solide, traîné par deux
bœufs les plus grands et les plus vigoureux des
pays étrangers; à côté d'eux marchait d'un pas
ferme une jeune fille qui, d'une longue baguette,
gouvernait ces puissants animaux, les excitait et les
réprimait tour à tour, menant le chariot avec précaution. Dès qu'elle me voit, elle s'approche de mes chevaux avec calme : « Notre situation, dit-elle, n'a pas
toujours été aussi déplorable qu'aujourd'hui où vous
nous apercevez sur cette route, et je ne suis pas
accoutumée à solliciter de l'étranger un don, accordé souvent à regret et pour se délivrer du malheureux; mais la nécessité m'y contraint. Là est
étendue sur la paille la femme d'un homme opulent; elle vient d'être délivrée; elle était près de
son terme quand je l'ai placée sur ce chariot ; à
peine ai-je pu la sauver avec le secours de
cet attelage; nous arrivons plus tard que les

fugitifs; elle n'a plus qu'un souffle de vie, l'enfant nouveau-né est nu dans ses bras. Nous ne
pouvons attendre de nos compagnons d'infortune
qu'un faible soulagement; il est même incertain
que nous les rencontrions au village le plus voisin,
où nous devons nous reposer ce jour: je crains bien
qu'ils ne l'aient passé. Si donc vous êtes de ce voisinage, et si par hasard vous avez quelque pièce de
linge dont vous puissiez aisément faire le sacrifice, soyez assez bon que d'en gratifier des malheureux. »

Telles étaient ses paroles; et l'accouchée, pâle,
défaillante, se soulevant avec peine, me regardait
attentivement. « Je ne doute pas, dis-je, qu'une
intelligence céleste ne parle souvent au cœur des
hommes sensibles, et ne leur fasse connaître la
peine qu'éprouve leur frère; car ma mère, par un
pressentiment de votre détresse, m'a remis tout un
paquet qui me permet de secourir vos besoins. »
Déliant aussitôt les hardes, je lui donne la robe de
chambre de mon père, les chemises et les couver-
tures. Dans sa joie, elle me fait des remercîments,
et s'écrie: « L'homme heureux ne croit pas qu'il
arrive encore des prodiges; c'est dans le malheur
qu'on apprend que le doigt de Dieu dirige les bons
vers le bien. Puissiez-vous recevoir de sa part tout
l'aide dont vous êtes le distributeur à notre égard!»
Je voyais l'accouchée passer entre ses mains avec

222 HERMANN ET DOROTHÉE.

satisfaction les pièces de linge, et particulièrement
la flanelle moelleuse de la robe de chambre. « Hâtons-nous, lui dit la jeune fille, d'aller au village
où déjà nos compagnons jouissent du repos; dès
que nous y serons, j'aurai soin de préparer les
langes et tout ce qu'il faudra pour vous soulager. »
Me faisant encore un salut et le remercîment le
plus sensible, elle anime les bœufs, le chariot
part.

Je tardais à m'éloigner et retenais mes chevaux.
Mon cœur était partagé entre le dessein de les pousser rapidement au village, pour distribuer les aliments à d'autres infortunés, et celui de remettre
le tout à la jeune personne pour qu'elle en fît une
sage répartition; mon cœur fut bientôt décidé.
Conduisant mes chevaux sur ses pas, et l'ayant
atteinte en un moment : « Brave fille, dis-je, ma mère
ne m'a pas seulement remis du linge et des vêtements, mais encore des aliments et des boissons,
et le caisson de ma voiture en est assez abondamment pourvu. Je suis porté à déposer aussi ces dons
entre tes mains, et crois par là remplir au mieux
les ordres de ma mère; tu les distribueras avec
discernement, moi je ne pourrais partager qu'au
hasard. — Je ferai de vos dons, dit-elle, le plus
juste emploi, les plus malheureux les recevront, et
vous aurez épanoui leurs cœurs. »

Ainsi parla-t-elle. Ouvrant aussitôt le caisson de

la voiture, j'en sors les lourds jambons, les pains, les flacons de vin et de bière, et remets le tout en ses mains : je lui aurais volontiers donné plus encore, mais le caisson était vide. Elle place avec soin tous ces dons aux pieds de l'accouchée, et s'éloigne : je fais prendre à mes chevaux rapides le chemin de la ville.

Dès qu'Hermann se tait, le voisin, toujours prêt à discourir, s'écrie :

— Oh ! combien est heureux celui qui, dans ces jours de fuites et de troubles, vit isolé dans sa maison, et ne voit pas une femme et des enfants collés à lui, trembler dans ses bras ! Je sens à présent tout mon bonheur ; je ne voudrais pas en ce temps-ci, pour tous les trésors, porter le nom d'époux ni de père, être en peine de femme et enfants. Déjà souvent j'ai pensé à la nécessité de fuir un jour : j'ai rassemblé mes plus précieux effets, mon ancienne vaisselle d'argent, les chaînes et les anneaux d'or de feu ma mère, que je n'ai pas vendus encore. Il me faudra sans doute abandonner bien des objets qu'il n'est pas si aisé de remplacer ; je regretterai, quoique la marchandise ne soit pas d'un grand prix, les racines et les simples que j'ai recueillis avec tant de soin ; mais laissant mon aide dans ma maison je me consolerai d'en sortir. Si je sauve mon argent comptant et ma personne, tout est sauvé ; un célibataire a des ailes s'il veut prendre la fuite.

— Mon voisin, reprit le jeune Hermann avec
énergie, je suis fort éloigné de penser comme vous,
et je blâme votre opinion. Peut-on estimer un homme
qui, dans le bonheur et dans l'infortune, uniquement occupé de soi, ne sait partager avec personne
ni ses peines, ni ses plaisirs, ne trouve en son
cœur aucun sentiment qui l'y porte? si jamais ce
serait aujourd'hui que je me déciderais à prendre
une compagne; mainte brave fille a besoin d'un
mari qui la protége, et l'homme doit désirer
qu'une femme dissipe tes soucis lorsque le malheur
le menace.

— Voilà parler selon mes désirs, dit son père
en souriant; tu m'as rarement fait entendre un
mot si judicieux.

— Mon fils, tu as raison, dit la bonne mère
avec vivacité, et nous t'avons donné l'exemple;
loin de nous choisir comme époux en des jours
heureux, ce fut dans le moment le plus sinistre.
Je me rappelle que c'était, il y a vingt ans, un
lundi au matin : la veille, un dimanche comme aujourd'hui, arriva le terrible incendie qui consuma
notre cité. La chaleur et la sécheressse étaient
extrêmes, l'eau manquait ; tout le monde se pro-
menait en habits de fête, dispersé dans les villages,
dans les guinguettes, dans les moulins ; l'incendie
commença à l'une des extrémités de la ville, et,
par le courant d'un vent impétueux qu'il fit naître,

fut porté rapidement vers l'autre bout. Les granges et la riche moisson, les maisons jusqu'au marché, celle de mon père, celle-ci qui en était voisine, tout fut la proie des flammes : nous ne sau-
vâmes que peu d'effets. Veillant sur ces débris,
quelques caisses, quelques meubles, je passai une
triste nuit, assise hors de la ville dans un champ.
Cependant le sommeil s'empare enfin de moi. Ré-
veillée au matin par la fraîcheur qui précède le
soleil levant, je vois la fumée, les charbons embrasés, la fournaise : tout était détruit ; il ne restait que les murailles et les cheminées. Alors mon
cœur est serré ; mais le soleil, plus éclatant que
jamais, reparaît et répand le courage dans mon
âme. Je me lève aussitôt. Je sens naître en moi le
désir de voir la place qu'occupa notre maison, de
savoir si mes poulets favoris s'étaient préservés
du malheur ; car mon caractère tenait encore de
l'enfance. Je montais sur les ruines fumantes de la
maison et de la cour, et considérais cette habita-
tion déserte et réduite en cendres, lorsque, montant d'un autre côté, toi, à présent mon époux, tu
parais à mes regards. Ton œil attentif parcourait
toute cette place pour découvrir un de tes chevaux
qui, dans l'écurie, avait été accablé par des poutres
brûlantes et couvert par les décombres. Nous restons en présence l'un de l'autre, pensifs, saisis de
tristesse ; la muraille qui séparait nos cours était

13.

abattue. Tu me prends la main et me dis : « Lisette, que viens-tu faire ici ? Va-t'en, tu embrases tes semelles ; les décombres ardents brûlent celle de mes bottes qui sont plus fortes. » Et m'enlevant dans tes bras tu me portes le long des ruines à travers ta cour : la grande porte de ta maison et la voûte subsistaient encore, telles que nous les voyons aujourd'hui, et c'est tout ce qui restait de ta demeure. Tu me déposes et me donnes un baiser ; je m'en défendais ; mais tu me dis ces paroles tendres, assez intelligibles : « Vois, cette maison est détruite ; reste ici, aide-moi à la relever, j'aiderai ton père à relever la sienne. » Je ne compris pas néanmoins le sens de ces paroles, jusqu'au moment où ta mère vint trouver mon père de ta part, et reçut aussitôt la promesse de l'heureux mariage qui nous unit. Je me ressouviens toujours avec plaisir de ces poutres à demi consumées, et de l'éclat avec lequel le soleil se levait sur l'horizon ; car ce jour me donna mon époux, et les premiers temps de cette dévastation terrible me donnèrent le fils de ma jeunesse. Je te loue donc, Hermann, de penser aussi, dans nos jours malheureux, avec la confiance d'une âme vertueuse, à te procurer une compagne, et d'oser former ce nœud au milieu de la guerre et sur des ruines.

— La pensée de notre enfant est louable, reprit avec vivacité le père ; et ton récit, ma petite femme,

est conforme à la vérité, car c'est ainsi que tout
se passa ; mais le mieux est préférable au bien.
Chacun ne réussit pas en recommençant, pour
ainsi dire, à vivre ; chacun ne doit pas, comme nous
et d'autres, se tourmenter de travaux : heureux celui à qui son père et sa mère ont transmis une
maison tout établie, et qui, en y prospérant, n'a
plus qu'à l'embellir ! Les commencements, surtout
ceux d'un ménage, sont pénibles ; l'homme a des
besoins nombreux, et tout renchérit de jour en
jour ; il faut donc avoir de la prévoyance et une
bourse plus garnie. Ainsi, mon Hermann, je
m'attends à te voir bientôt conduire dans ma maison une épouse opulente : un garçon estimable mérite une fille bien dotée ; et c'est une satisfaction
si douce lorsqu'avec la jeune femme que l'on désirait, arrivent aussi, en des caisses et des paniers,
d'utiles richesses. Ce n'est pas en vain qu'une
mère prépare pour sa fille, durant plusieurs années, tant de gros et de fin linge, que les parrains
lui font d'honorables présents en argenterie, et
que le père met pour elle en réserve dans son bureau la pièce d'or qui est rare : elle doit un jour,
par ces biens et ces dons, ajouter au bonheur du
jeune homme qui l'aura préférée à toutes ses compagnes. Je sais combien se plaît dans son domicile
une nouvelle mariée qui revoit dans sa cuisine et
dans ses appartements ses propres effets, et qui a

garni elle-même son lit et sa table. Je veux ne
voir entrer ici qu'une fiancée qui ait une belle
fortune ; celle qui est dénuée de biens, risque
d'être plus tard méprisée du mari ; il traite en servante celle qui n'est venue qu'avec un humble paquet. Les hommes seront toujours injustes : le
temps de l'amour s'envole. Oui, mon Hermann, tu
comblerais ma vieillesse de joie, si tu me présentais bientôt une jeune bru, amenée du voisinage,
de cette maison verte. Le père a beaucoup de
fortune : son commerce et ses fabriques (car où le
marchand ne prospère-t-il pas ?) l'accroissent chaque jour. Il n'y a là que trois filles, seules héri-
tières : l'aînée, je le sais, est promise ; mais
les cadettes, et pour peu de temps peut-être,
sont encore libres. A ta place, je n'aurais pas
hésité si longtemps, et j'aurais été prendre
l'une d'entre elles, ainsi que j'emportai ta petite
mère.

— Mon dessein, conforme au vôtre, répondit le
fils avec respect aux paroles pressantes du père,
était de choisir une des filles de notre voisin. Nous
avons été élevés ensemble ; dans nos premières
années, nous nous réunîmes souvent pour nos jeux
près de la fontaine du marché, et je les défendais
contre les méchancetés de mes camarades ; mais ces
jours sont passés il y a longtemps ; il convenait
enfin, à ces filles qui grandissaient, de rester à la

maison et de fuir les jeux trop libres. Elles ont
reçu une bonne éducation : vos désirs, l'ancienneté
de notre connaissance, m'ont engagé à me rendre
chez elles de temps en temps ; mais leur société ne
m'a jamais été bien agréable. Sans cesse, et cela
il fallait bien l'endurer, elles trouvaient quelque
chose à reprendre en moi ; mon habit était trop
long, l'étoffe trop grossière, la couleur trop commune, mes cheveux mal coupés et mal frisés. Enfin
la pensée me vint aussi de me parer, comme ces
commis de boutique qui se produisent chez elles
le dimanche, et qui, en été, étalent leur petit habit
de soie ; mais je m'aperçus assez tôt que j'étais
toujours l'objet de leurs railleries : c'est à quoi je
fus sensible ; ma fierté en fut blessée ; et ce qui
surtout me navrait le cœur, c'est qu'elles mécon-
naissaient à ce point mon affection pour elles, et
en particulier pour Minette, la plus jeune. Ce
sentiment me conduisit encore dans cette maison à
la dernière fête de Pâques ; j'avais mis mon habit
neuf qui, à présent, est suspendu là-haut dans mon
armoire, et j'étais frisé comme nos autres jeunes
gens. A mon entrée elles firent des ricanements ;
je ne crus point en être l'objet. Minette était à son
clavecin ; son père écoutait chanter sa jeune fille, il
était ravi et dans sa belle humeur. Les paroles de
ces chansons me furent, en grande partie, inintelli-
gibles ; j'entendais seulement qu'il y était souvent

question de Pamina, de Tamino [1] ; je ne voulais
pas néanmoins demeurer muet. Dès qu'elle a cessé
de chanter, je demande des éclaircissements sur le
sujet et sur ces deux personnages : tous se taisent
et sourient ; mais le père dit : « N'est-il pas vrai,
mon ami, vous ne connaissez qu'Adam et Ève ? »
Alors personne ne se contient plus ; les jeunes
filles rient aux éclats, les garçons éclatent aussi de
rire ; le vieillard, riant de toute sa force, se tenait
les côtés. Décontenancé, je laissai tomber mon
chapeau ; et les ricanements se renouvelèrent durant toutes les pièces de musique qui furent exé-
cutées. Honteux et chagrin, je regagne en hâte
notre demeure, suspends mon habit dans mon
armoire, déboucle mes cheveux de mes doigts, et
jure de ne plus remettre le pied sur le seuil de
cette maison. J'avais bien raison de prendre ce
parti ; car elles sont vaniteuses, malicieuses, et je
sais qu'à présent encore elles ne me donnent pas
d'autre nom que celui de Tamino.

— Tu ne devrais pas, Hermann, dit la mère,
être si longtemps brouillé avec ces enfants ; car on
peut les appeler ainsi toutes trois. Minette certainement est bonne ; elle a toujours eu du penchant
pour toi ; il y a peu de jours qu'elle demanda encore de tes nouvelles ; tu devrais la choisir.

1. Personnages de *la Flûte enchantée*, dont Mozart venait
de composer la musique au moment où se passe le récit.

— Je ne sais, répond-il d'un air rêveur ; mais je vous avoue que ce chagrin s'est tellement emparé de mon esprit, qu'il me sèrait impossible de la voir à son clavecin et d'écouter ses chansonnettes.

Alors le père s'emporte, et son courroux éclate en ces mots :

— Tu me donnes peu de satisfaction. Je l'ai toujours dit en voyant que tes seuls goûts sont les chevaux et le labourage ; tu fais le métier d'un valet d'un riche propriétaire : ton père cependant se voit délaissé par un fils qui pourrait lui faire honneur et se distinguer parmi nos concitoyens, comme d'autres de nos jeunes gens. Ta mère, dès tes premiers ans, m'a leurré de vaines espérances, lorsque je me plaignais de ce qu'à l'école tu restais toujours en arrière de tes camarades pour la lecture, pour l'écriture, pour l'exercice de la mémoire, et de ce que tu occupais toujours la dernière place. Voilà ce qui arrive quand l'ambition ne vit pas dans le cœur d'un jeune homme, quand il n'a aucun désir de s'élever plus haut. Si mon père avait soigné mon éducation comme j'ai soigné la tienne, s'il m'avait envoyé à l'école et m'eût donné des maîtres, certainement je serais un autre personnage que l'hôte du *Lion-d'Or*.

Son fils se lève, s'approche de la porte en silence, à pas lents et sans bruit ; mais il est poursuivi par

ces paroles que prononce à haute voix son père
dominé par le courroux :

— Va, je connais ton esprit têtu, va, et en con-
tinuant à remplir tes fonctions, fais en sorte de ne
pas t'attirer mes réprimandes. Mais ne pense point
à conduire dans ma maison pour ma bru une vil-
lageoise, une fille indigente. J'ai vécu longtemps ;
je sais me bien comporter envers tout le monde,
et reçois les étrangers dans mon hôtellerie, de manière qu'ils partent satisfaits de moi ; je sais leur
plaire en les cajolant. Il faut aussi qu'enfin je
trouve dans une jeune bru un retour d'égards, et
qu'elle m'adoucisse tant de soins : j'ai droit, comme
d'autres, d'en avoir une qui touche pour moi du
clavecin ; de vouloir que les personnes les plus
aimables et les plus choisies de la ville se rassemblent avec plaisir dans ma maison, ainsi qu'elles se
rassemblent le dimanche dans celle de notre voisin.

Après qu'il a dit ces paroles, son fils presse
doucement le loquet et sort ainsi de la salle.

THALIE

CHANT III

LES BOURGEOIS

Ainsi le fils respectueux se déroba à la suite de ce discours mêlé d'emportement:

— Ce qui n'est pas dans le cœur de l'homme, continue le père sur le même ton, ne saurait en sortir, et je ne puis guère espérer que mon vœu le plus ardent s'accomplisse; c'est que mon fils, non content de m'égaler, me soit supérieur. Car que serait une maison, une ville, si chacun ne s'attachait pas sans cesse avec soin à l'entretenir, à la renouveler, à l'améliorer d'après l'expérience de tous et sur l'exemple de l'étranger. Un homme ne doit pas ressembler au champignon, qui, presque au sortir de la terre, pourrit à la place où il est né, et ne laisse aucun vestige de force et de vie. Au premier aspect d'une maison, l'on connaît l'esprit du maître, comme en entrant dans une cité on juge de ses magistrats.

Les tours et les murailles tombent-elles en ruines,
les rues et les fossés sont-ils bourbeux, remplis
d'immondices, la pierre se déjoint-elle sans qu'on la
replace, la poutre est-elle vermoulue, et la maison
attend-elle en vain un nouvel étançonnement : ce
lieu est mal gouverné. Lorsque les autorités supé-
rieures ne veillent pas d'en haut sur l'ordre et la
propreté, le citoyen s'habitue à la plus sale nonchalance, comme le mendiant à ses haillons. C'est
pourquoi je veux qu'Hermann ne tarde pas à voya-
ger, à voir au moins Strasbourg, Francfort et la
riante Manheim, bâtie au cordeau.

Quiconque a vu des villes propres et vastes, n'a
pas de repos qu'il n'ait embelli celle où il est né,
quelque petite qu'elle soit. Chaque étranger ne loue-
t-il pas nos portes que nous avons réparées, la tour
que nous avons blanchie, l'église qui semble être nouvellement construite? Ne loue-t-il pas notre pavé,
nos canaux couverts où l'eau coule abondamment, si
bien distribués pour nos besoins et pour notre
sûreté à la première apparence d'un incendie? tout
cela n'a-t-il pas été fait depuis notre grand désastre? J'ai six fois, dans notre conseil, eu la place
d'inspecteur des bâtiments; je puis dire qu'en poursuivant avec ardeur ce que j'avais une fois entrepris,
en achevant des travaux commencés par des hommes
probes, et restés imparfaits, j'ai obtenu, mérité
l'approbation et la plus vive reconnaissance des bons

citoyens. Chaque membre du conseil prit enfin de l'émulation, se fit un plaisir de ces soins ; à présent tous s'évertuent, et déjà la nouvelle chaussée qui doit nous unir à la grande route est une affaire décidée et arrêtée.

Mais je crains bien que nos jeunes gens ne suivent pas ces exemples : les uns ne pensent qu'à la dissipation passagère et à des colifichets : les autres croupissent dans leurs maisons, se tiennent derrière leurs poêles, comme des poules qui couvent, et je crains qu'Hermann ne soit de cette sorte.

— Père, tu es toujours injuste envers notre fils, repartit aussitôt la bonne et sage mère ; et ainsi le bien que tu désires s'accomplit le moins. Nous ne pouvons pas en tout élever nos enfants à notre volonté ; tels que Dieu nous les donna, nous devons les garder et les chérir, en consacrant nos soins à leur éducation, sans vouloir forcer en eux la nature. Celui-ci a reçu tel don, celui-là tel autre ; chacun use du sien, et ne peut être bon et heureux que d'une manière qui lui est propre. Je ne souffre pas que mon Hermann soit grondé ; je sais qu'il est digne des biens qui seront un jour son partage, qu'il soigne nos champs en économe instruit et habile, qu'il est le modèle de nos cultivateurs et de notre bourgeoisie, et je prévois avec certitude qu'il n'occupera pas au conseil la dernière place ; mais le gronder et le censurer journellement, comme tu

viens de le faire, c'est étouffer tout courage dans
le cœur de ce pauvre enfant.

En achevant ces mots, elle sort et se hâte d'aller
trouver son fils, impatiente de le rencontrer, et de
rappeler par les paroles d'une tendre mère la joie
dans son âme, car l'excellent fils le méritait.

Dès qu'elle est sortie :

— Quelle race singulière que les femmes et les enfants ! dit le père avec un sourire ; ils n'aiment rien
tant que de vivre à leur fantaisie, et voudraient
qu'ensuite on fût toujours prêt à leur donner des
éloges et à les cajoler. Une fois pour toutes, le
proverbe ancien est vrai, et restons-en là : *Qui
n'avance, recule.*

— J'adopte volontiers ce proverbe, mon digne
voisin, dit le pharmacien d'un air réfléchi, et je
m'occupe, en regardant toujours autour de moi, à
découvrir ce qui peut améliorer ma situation,
pourvu que la nouveauté ne soit pas trop dispen-
dieuse ; mais lorsqu'on veut embellir le dehors et
l'intérieur de sa maison, et que les ressources sont
limitées, pensez-vous que l'ardeur la plus active
puisse y suppléer ! Disons que le bourgeois est trop
borné dans ses moyens : en vain il connaît ce qui
est bon, il ne peut l'acquérir ; l'objet est trop grand
et sa bourse trop petite ; il est à chaque pas arrêté
dans ses desseins. Que n'eussé-je pas fait ? mais
qui ne serait pas épouvanté, surtout dans la crise

présente, des frais qu'entraîneraient de tels changements? Il y a longtemps que ma maison aurait
été un peu mise à la mode et me rirait; qu'on ver-
rait briller dans toute son étendue de grands carreaux de vitre; toutefois, peut-on suivre le marchand qui joint à ses richesses la connaissance des
lieux où l'on trouve ce qu'il y a de meilleur?

Voyez la maison qui est en face; ne dirait-on pas
qu'elle est neuve? Avec quelle magnificence le stuc
blanc de la volute figure entre les panneaux verts!
combien les fenêtres sont grandes! comme les carreaux éblouissent! ce sont autant de miroirs; les
autres maisons du marché restent éclipsées. Et cependant d'abord, après l'incendie, les plus belles
étaient les nôtres, la pharmacie de l'*Ange* et l'hôtellerie du *Lion-d'Or*. Mon jardin était renommé
dans toute notre contrée; et chaque voyageur s'arrêtait pour regarder à travers la palissade rouge,
le mendiant, statue de pierre, et celles des nains
en habit coloré. Mais ceux auxquels je présentais
le café dans la superbe grotte qui, je l'avoue, est
à présent souillée de poussière et à demi ruinée,
témoignaient une grande joie à l'aspect de la lumière étincelante et colorée qu'envoyaient les co-
quillages si heureusement assortis; et le connaisseur même était ébloui quand il considérait les
cristaux de plomb et les coraux. On n'admirait
pas moins les peintures de la salle, où l'on voit se

promener dans un jardin les dames et les messieurs parés, tenant et offrant des fleurs de la pointe
de leurs doigts délicats.

Eh bien! de nos jours, qui voudrait seulement
regarder ces décorations? Dans mon humeur cha-
grine, je ne vais presque plus dans mon jardin; on
veut que tout prenne une autre forme, et, comme
on le dit, soit marqué au coin du goût; il faut que
les lattes et les bancs de bois soient blancs; on
n'aime que le simple et l'uni, on a proscrit la cise-
lure et la dorure; et cependant le bois étranger est
à présent ce qui coûte le plus. Je consentirais sans
peine à me procurer, comme d'autres, quelques
objets d'un goût nouveau, à marcher avec mon
siècle, à renouveler souvent mes meubles; mais on
craint de faire le plus petit changement : qui peut à
présent payer les ouvriers? J'ai voulu, il n'y a pas
longtemps, faire redorer l'enseigne de ma pharmacie, l'ange Michel, aux pieds duquel se roule un
dragon terrible : le prix de la réparation était si
grand, que j'ai préféré de le laisser encore tel qu'il
est, tout embruni.

EUTERPE

CHANT IV

LA MÈRE ET LE FILS

Ainsi parlèrent les hommes dans leur entretien. Pendant cela, la mère va chercher son fils, d'abord à l'entrée de la maison, où il avait accoutumé de s'asseoir sur un banc de pierre ; ne l'y trouvant point, elle porta ses pas vers l'écurie, dans la pensée qu'il y serait peut-être pour soigner les superbes chevaux qu'il acheta poulains, soin dont il ne se reposait que sur lui-même. Le valet dit :

— Il est allé dans le jardin.

Alors elle traverse avec rapidité les deux longues cours, passe devant les étables et les solides bâtiments des granges, entre dans le vaste jardin qui s'étendait jusqu'aux murs de la cité ; elle le traverse aussi, et dans sa route elle voit avec plaisir les progrès de chaque plante, redresse les supports sur lesquels reposaient les branches du pom-

mier chargées de fruits, et du poirier pliant sous
le poids des siens ; elle enlève promptement quelques chenilles des choux vigoureux et rebondis ;
car une femme active ne fait point un pas qui soit
inutile.

Arrivée dans le berceau de chèvrefeuille à
l'extrémité du jardin, elle n'y trouve pas son fils,
et ses yeux l'ont en vain cherché dans toute l'enceinte qu'elle a parcourue ; mais la petite porte
qui par la faveur particulière accordée à un aïeul,
digne bourgmestre, fut placée dans le mur de la
cité, était entr'ouverte. Elle en sort, et, passant le
fossé qui était à sec, arrive près du grand chemin
au sentier escarpé de son vignoble qui, ceint d'une
forte haie, était favorablement exposé aux rayons
du soleil. Elle gravit ce sentier, et, en montant,
elle voit avec satisfaction l'abondance des grappes
de raisin, qui pouvaient à peine recevoir quelque
abri du feuillage. Traversant le milieu du vignoble, on parvenait sous un berceau de vignes au
sommet par un degré formé de pierres non taillées ;
là étaient appendus le chasselas blanc, et le raisin
muscat, en grappes d'un bleu rougeâtre et d'une
grosseur extraordinaire : ces fruits, cultivés avec
soin, étaient destinés à l'ornement des desserts
qu'on présentait aux étrangers : le reste du vignoble portait des ceps isolés l'un de l'autre, et chargés de plus petites grappes qui donnaient un vin

excellent. Elle jouit par avance des bienfaits de
l'automne, de la fête où tout le canton, en chantant,
cueille les raisins, les foule au pressoir, et remplit de vin les tonneaux ; où le soir des feux d'ar-
tifice éclairent toute la contrée, et font entendre
un bruit éclatant pour honorer la plus belle des
récoltes.

Cependant elle marche avec plus d'inquiétude,
depuis qu'elle a deux et même trois fois appelé
son fils, et que l'écho seul lui a répondu, écho ba-
billard qui a retenti des tours de la ville en sons
nombreux. Il était si rare qu'elle eût à chercher
son fils ! jamais il ne s'éloignait, ou il avait soin
de l'en prévenir pour épargner de vives craintes à
sa tendre mère ; mais elle espère encore le rencontrer en poursuivant sa route, puisque la dernière porte du vignoble, comme la première, était
ouverte.

Elle va dans le vaste champ qui formait le dos
de la colline ; elle était toujours sur son propre
domaine, et son cœur éprouvait de la joie en voyant
le blé qui, chargé d'épis dorés et forts, s'inclinait
et s'agitait sur tout le champ. Elle suit sur une
lisière un sentier en dirigeant ses regards vers le
grand poirier qui s'élevait sur un coteau, limite de
ses possessions. On ne savait qui l'avait planté ; on
l'apercevait de toutes parts à une grande distance,
et ses fruits étaient renommés ; sous cet arbre, à

14

midi, les moissonneurs prenaient joyeusement
leur repas, et les bergers qui gardaient les troupeaux s'asseyaient sous son ombrage ; on y trouvait des bancs de pierres brutes et de gazon.

Elle ne s'était pas trompée dans son espoir, là
son Hermann était assis ; il reposait la tête appuyée
sur son bras, et paraissait considérer dans l'éloignement les monts qui bordaient cette contrée.
Sa mère approche ; il lui tournait le dos ; se
glissant doucement, d'une main légère elle lui touche l'épaule ; il se retourne rapidement, elle voit
ses yeux chargés de larmes.

— Ma mère, dit-il étonné, quelle surprise !

Et il se hâtait d'essuyer ses pleurs, expression
des sentiments généreux de ce jeune homme.

— Quoi ! mon fils, tu pleures ? dit la mère
émue. Je ne te reconnais point à cette désolation ;
je ne t'ai jamais vu dans cet état. Dis-moi ce qui
navre ton cœur, ce qui te porte à t'asseoir seul ici
sous ce poirier, et ce qui remplit tes yeux de larmes ?

L'excellent jeune homme recueillant les forces
de son âme :

— Vraiment, répliqua-t-il, pour être à présent
insensible à la misère humaine, à la détresse
des exilés, il faut n'avoir pas même un cœur, et
avoir une poitrine d'airain ; pour vivre en nos
jours sans aucun souci sur son propre avenir ni

sur le sort de sa patrie, il faut avoir une tête entièrement dépourvue de sens. Ce qu'aujourd'hui
j'ai vu et entendu a pénétré mon âme ; je suis
sorti de la maison ; j'ai porté mes regards sur le
paysage admirable, étendu, qu'embrassent autour
de nous des coteaux fertiles ; sur les épis dorés qui
déjà se penchent en gerbes au-devant de la moisson, sur les riches fruits qui promettent de remplir nos greniers : mais, hélas ! que l'ennemi est
près de nous !

Les flots du Rhin nous défendent ; mais que
peuvent maintenant les flots et les montagnes contre cette nation terrible qui s'approche comme un
orage, qui rassemble de toutes parts la jeunesse et
la vieillesse, et va toujours en avant avec impétuo-
sité ? multitude qui ne craint pas la mort, multitude qui presse la multitude et soudain la remplace.

Et un Germain se hasarde de rester dans sa
maison ! il espère peut-être d'échapper au désastre
qui menace d'être universel. Ma mère chérie, je
vous déclare que je suis chagrin en ce jour d'avoir
été exempté de l'enrôlement fait, il y a peu de
temps, parmi nos citoyens. Il est vrai, je suis votre fils unique ; nos possessions et les soins d'en recueillir tous les produits, sont considérables : mais
ne me vaudrait-il pas mieux d'être placé en avant
des frontières pour résister à l'ennemi, que d'at-

tendre ici la misère et la servitude ? Oui, mon esprit animé de courage, le désir ardent qui s'élève
du fond de mon cœur, me disent de vivre et de mourir pour la patrie, et d'offrir un digne exemple.
Si la fleur de la jeunesse allemande se réunissait
aux frontières, déterminée par un mutuel engagement à ne point céder le terrain aux étrangers...
oh ! certainement ils ne mettraient pas le pied sur
notre sol heureux, ils ne consommeraient pas sous
nos yeux les fruits de notre pays, ils n'y comman-
deraient point aux hommes et n'y raviraient point
les femmes.

Apprenez, ma mère, que j'ai fermement résolu
d'exécuter bientôt, à cet instant même, ce que
la raison et la justice m'ont paru exiger de moi.
Les longues délibérations n'amènent pas toujours
le choix le plus sage : apprenez que je ne ren-
trerai pas dans notre maison ; d'ici je me rends
à la ville, et je confie à nos guerriers ce cœur et
ce bras pour le service de la patrie. Qu'après cela
mon père juge si une ambition louable ne vit pas
aussi dans mon âme, et si je n'ai aucun désir de
m'élever.

La bonne et sage mère répandant quelques larmes, car elles paraissaient facilement sous sa paupière :

— Mon fils, dit-elle avec un regard expressif,
qu'est-ce qui t'a changé à ce point ? Tous les jours,

hier encore, tu ouvrais ton cœur à ta mère; pourquoi ne lui fais-tu pas connaître tes souhaits? Si
quelque autre t'eût entendu, séduit par l'énergie
de tes paroles, il te comblerait d'éloges, et vante-
rait ton dessein comme le plus généreux qu'on
puisse former : moi, je te blâme; car, vois-tu? je
te connais mieux. Tu me voiles ton cœur. Ce n'est
pas le tambour ni la trompette qui t'excitent à
partir; tu ne désires pas de te produire en uni-
forme aux yeux de nos jeunes filles; quelque brave
que tu sois, ta vocation est de bien régler et de
maintenir notre maison, et de veiller paisiblement
sur la culture de nos terres. Parle-moi donc avec
franchise qu'est-ce qui te pousse à cette résolution?

— Ma mère, dit-il avec un air sérieux, vous
êtes dans l'erreur. Les jours ne se ressemblent
pas : l'adolescent mûrit, devient homme; il mûrit mieux pour les belles actions dans une vie calme
et réglée, que dans une vie incertaine et tumultueuse, souvent la perte des jeunes gens. Quoique
mon caractère ait été paisible et le soit encore, il
s'est formé dans mon sein un cœur qui hait l'injustice et l'oppression; j'apprécie très bien ce qui
arrive dans le monde, et mon corps s'est fortifié
par le travail. Tout ceci est vrai, je le sens et
l'ose affirmer.

Cependant, ma mère, vous avez eu raison de me

14.

blâmer, et vous m'avez surpris ne disant pas la vérité entière, et me rendant coupable de quelque
dissimulation. Je l'avoue ; ce n'est pas l'approche
du péril qui me fait quitter la maison de mon père,
ni la pensée généreuse d'être le défenseur de la
patrie et l'effroi de l'ennemi. Ce n'étaient là que
des paroles, elles vous devaient cacher les sentiments qui déchirent mon cœur. O ma mère ! veuillez me laisser : puisque ce cœur forme des vœux
inutiles, que ma vie se donne inutilement ; car
je sais que si tous ne concourent pas au même
but, se consacrer à notre défense, c'est vouloir se
perdre.

— Poursuis, reprit la mère ; que je sache tout,
depuis le plus grand sujet de ton agitation jusqu'au
moindre. Les hommes sont violents, ils se portent
souvent à quelque extrémité ; les obstacles achèvent
de les mettre hors d'eux-mêmes ; une femme est
habile à trouver des moyens, à prendre, s'il le
faut, un détour adroit pour arriver au but. Ne me
cache rien : pourquoi es-tu plus vivement ému que
tu ne l'as jamais été ? pourquoi ton sang bouil-
lonne-t-il dans tes veines ? pourquoi des larmes,
malgré toi, se pressent-elles dans tes yeux pour
s'en précipiter ?

Alors le bon jeune homme s'abandonne à sa
douleur ; il pleure, il sanglote sur le sein de sa
mère ; il est vaincu, et profère ces paroles :

—Le reproche que m'a fait mon père m'a percé l'âme, reproche que je n'ai mérité ni aujourd'hui ni en aucun jour de ma vie. Honorer mon père et ma mère fut de bonne heure mon plaisir le plus cher ; personne ne me paraissait plus prudent et plus sage que ceux qui m'avaient donné la vie, et dont l'attention sévère m'avait guidé dans la nuit de l'enfance. J'ai eu beaucoup à supporter de mes camarades, le venin de leur malice n'a pu nuire à l'affection que j'avais pour eux : souvent, quand ils me jouaient de mauvais tours, je faisais semblant de ne pas m'en apercevoir ; mais s'ils se moquaient de mon père lorsque, le dimanche, il sortait de l'église d'un pas grave et vénérable ; s'ils riaient à la vue du ruban de son bonnet, et des fleurs de sa robe de chambre qu'il portait avec dignité, et qui n'a été donnée qu'aujourd'hui ; alors, fermant aussitôt un poing terrible, je me précipitais sur eux avec une rage aveugle, et frappais sans savoir où tombaient mes coups redoublés : ils hurlaient, le sang coulait de leurs narines, et ils pouvaient à peine échapper à la furie de mes coups de pied, de mes coups de poing.

Animé de ce respect filial, je croissais pour avoir à supporter bien des torts de la part de mon père. Avait-il à se plaindre d'autrui, l'avait-on contrarié dans la séance du conseil trop de fois, s'en prenant à moi, il m'accablait de mots injurieux, et

je portais la peine des querelles que ses collègues
lui avaient suscitées et de leurs intrigues. Vous
m'avez souvent plaint vous-même; j'endurais tous
ces traitements, sans cesse occupé de la pensée
d'honorer du fond de mon âme mes parents les plus
chers, de reconnaître leurs bienfaits, et ce tendre
sentiment qui, toujours présent au cœur d'un père
et d'une mère, les porte à se refuser beaucoup de
jouissances pour accroître le bien de leurs enfants.

Mais, hélas! ce n'est pas cet effort seul, dont les
fruits sont tardifs, qui procure le bonheur; le bonheur ne résulte pas d'amas accumulés sur amas,
ni de champs ajoutés à des champs, quoiqu'on ait
eu soin de les bien arrondir. Un père, et avec
lui ses enfants, avancent en âge sans jouir d'un
heureux jour, sans être dégagés des soucis du lendemain. Voyez l'étendue et la richesse de ces
champs; au-dessous, le vignoble et le jardin; plus
loin, les granges et les étables; quelle série agréable de biens! mais lorsqu'au delà je regarde l'ar-
rière-bâtiment, le toit sous lequel je découvre la
fenêtre de ma petite chambre; lorsque, me rejetant
dans le passé, je songe combien de nuits en ce lieu
j'ai déjà attendu la lune, et combien de matins
le soleil, quand le sommeil salutaire ne m'avait
accordé que peu d'heures de repos, ah! non moins
que ma chambre, la cour et le jardin, et le beau

champ qui s'étend sur la colline, me paraissent alors
si solitaires ! tout à mes yeux est si désert ! il me
manque une compagne.

— O mon fils ! dit la tendre et sage mère, quand
tu souhaites de conduire dans ta chambre l'épouse
qui t'aura été accordée, afin que la nuit soit pour
toi une heureuse moitié de la vie, et que le jour tu
te livres plus gaîment à des travaux, dont les fruits
seront pour toi, tu ne peux former ce désir avec
plus d'ardeur que ton père et ta mère. Nous t'avons
toujours exhorté, pressé même de te choisir une
compagne ; mais je le sais, et mon cœur me le dit
en ce moment : quand l'heure n'est pas venue,
l'heure véritable, et qu'elle n'amène pas la véritable compagne, le choix est reculé, et ce qui agite
le plus est la crainte de prendre la fausse. Te le
dirai-je, mon fils ? je crois que le tien est fait ; ton
cœur est atteint, il est plus sensible qu'il ne l'a
jamais été. Parle ouvertement ; car je me le suis
déjà dit : cette jeune fille expatriée, c'est elle que
tu as choisie.

— Mère chérie, vous l'avez dit, répond-il avec
feu, oui, c'est elle ; et si je ne la conduis pas ce jour
même dans notre maison comme ma fiancée, si elle
s'éloigne, et, ce que peuvent causer les troubles de
la guerre et tant de funestes migrations, si elle
disparaît pour toujours à mes yeux, ô ma mère !
en vain, dans tout le cours de ma vie, ces champs

se couvriront pour moi des plus riches fruits, en
vain chaque année m'apportera les dons de l'abondance. Oui, la maison où je suis né, le jardin, ont
perdu pour moi tout leur attrait ; et même, hélas !
la tendresse d'une mère ne me console point moi infortuné. Je sens que l'amour relâche tous les
autres liens en formant les siens ; si la jeune fille
s'éloigne de son père et de sa mère pour suivre son
mari, le jeune homme de même qui voit partir sa
seule bien-aimée, oublie qu'il a une mère et un père.
Laissez-moi donc suivre la route où me pousse le
désespoir ; car mon père a prononcé la sentence dé-
cisive, et sa maison n'est plus la mienne, quand il
la ferme à celle que seule je désirais d'y conduire.

— Deux hommes opposés dans leurs sentiments,
reprit la bonne et prudente mère, sont-ils donc
comme les rocs ? sont-ils tellement fiers et immobiles qu'aucun d'eux ne veuille faire un pas pour
se rapprocher l'un de l'autre, ni ouvrir le premier
ses lèvres et proférer des paroles conciliantes ? Mon
fils, je t'en assure, dans mon cœur vit encore l'espoir que ton père, quoique si prononcé contre le
choix d'une fille sans fortune te permettra d'épouser
celle que tu aimes, pourvu qu'elle soit bonne et
sage.

Dans ses vivacités il dit bien des choses qu'ensuite
il n'exécute pas : aussi, lui arrive-t-il souvent de
consentir à ce qu'il avait refusé ; mais il exige des

paroles douces, et il peut les exiger de toi, il est ton
père. Nous savons très bien aussi que son courroux
ne dure pas longtemps après son repas. Quand à
table il parle avec feu et se plaît à contester les
raisonnements des convives, le vin réveillant toute
la véhémence avec laquelle s'exerce sa volonté, ne
lui permet pas de bien saisir leurs paroles; il n'é-
coute que lui seul, et n'est affecté que de ses propres sentiments. Mais le soir arrive, et les longs
entretiens auxquels il s'est livré avec ses amis sont
passés; il est plus doux, je le sais, quand la petite
pointe de vin s'est évaporée, et qu'il sent les torts
que sa vivacité a commis. Viens, faisons sur-le-
champ la tentative; risquer avec courage amène seul
le succès : le secours des amis assis encore à ses
côtés nous est nécessaire, et particulièrement le digne pasteur nous secondera.

Elle avait parlé avec animation; et, se levant du
banc de pierre, elle emmène son fils, disposé à
suivre ses pas: occupés de leur projet important, ils
descendent la colline en silence.

POLYHYMNIE

CHANT V

LE COSMOPOLITE

Les trois hommes étaient encore assis, le pasteur, le pharmacien et l'hôte, et poursuivaient leur entretien, dont le sujet, considéré et retourné par eux sous toutes ses faces, était toujours le même.

— Je ne cherche pas à vous contredire, dit le digne pasteur guidé par des vues sages. L'homme, je le sais, doit tendre vers un meilleur sort et en effet, il aspire à s'élever, ou du moins la nouveauté réveille ses désirs. Mais, gardez-vous de rien outrer ; car, avec ce penchant, la nature nous inspira aussi de l'attachement pour ce qui est ancien ; elle fait pour nous d'une longue habitude un plaisir. Tous les états sont bons, lorsque la nature et la raison ne les condamnent pas : l'homme désire beaucoup, et n'a besoin que de peu ; les jours des mortels sont de courte durée et leur sort est borné. Je ne

blâme pas celui qui, toujours actif et ne connaissant
point le repos, parcourt avec une ardeur audacieuse
les mers et toutes les routes de la terre, et qui se
réjouit de s'environner, lui et les siens, de ses gains
accumulés ; mais je sais aussi estimer l'homme paisible, qui porte ses pas tranquilles autour de l'héritage paternel, et qui, prenant l'ordre des saisons,
ne songe qu'à bien cultiver son champ. Il ne voit
pas le sol changer chaque année pour contenter
ses vœux, ni l'arbre nouvellement planté se hâter
d'étendre vers le ciel des rameaux décorés des richesses de l'automne ; non, la patience lui est
nécessaire ; il doit avoir une âme pure, égale et
calme, une raison droite ; il ne confie que peu de
semences au sol nourricier, et ne sait élever que
de petits troupeaux ; l'utile est la seule pensée qui
l'occupe.

Heureux celui qui reçut de la nature un caractère
si bien réglé ! nous devons tous notre nourriture à
des hommes semblables. Heureux aussi l'habitant
d'une petite cité, qui vit et de son champ et de sa
profession ! sur lui ne pèsent point la peine et les
soucis qu'éprouve le villageois, circonscrit en des limites étroites ; il n'est pas moins à l'abri des troubles continuels qui agitent les insatiables habitants
des villes opulentes, et surtout les femmes et
les jeunes filles par l'ambition de rivaliser avec les
plus riches et les plus grands, lors même que

15

leurs moyens sont faibles. Notre hôte, bénissez
donc constamment l'application de votre fils à des
travaux paisibles, et bénissez la compagne assortie
à son caractère, qu'un jour il se choisira.

Il achevait ces paroles, lorsque la mère entre,
tenant son fils par la main, le conduit et le place
devant son mari.

— Père, dit-elle, combien de fois, dans nos
causeries intimes, avons-nous fait mention du
jour heureux et longtemps attendu, où notre Hermann, par le choix d'une épouse, nous comblerait
enfin de joie ! Nos pensées se portaient çà et là ;
nous lui destinions tantôt l'une, tantôt l'autre,
dans ces entretiens familiers d'un père et d'une
mère. A présent, ce jour est arrivé ; le ciel a conduit devant ses pas et lui a présenté sa fiancée, et
son cœur s'est décidé. Ne disions-nous pas toujours :
Il doit former ce choix lui-même ? Bien auparavant, n'as-tu pas souhaité de voir naître en lui
cette vive inclination qui lui ferait trouver son
bonheur dans une compagne ? L'heure est venue,
il a éprouvé ce sentiment, il a fait son choix et il
est résolu à ne pas en faire d'autre. C'est cette
jeune fille, cette étrangère qu'il a rencontrée. Qu'il
l'obtienne de toi ; sinon, il a juré que jamais il ne
se marierait.

— Que je l'obtienne de vous, mon père, dit le
fils ; mon cœur a fait un choix sûr, exempt de

blâme ; vous aurez en elle la fille la plus digne de
vous.

Mais le père gardait le silence. Aussitôt le pasteur se lève, et prenant la parole :

— C'est toujours d'un moment que dépendent
la vie et la destinée de l'homme ; car même après
de longues délibérations, la décision est l'ouvrage
d'un moment, et l'homme sensé prend seul la
meilleure : c'est le tact du sentiment, qu'on risque d'émousser en se livrant à des considérations
accessoires. L'âme d'Hermann est pure ; je le connais depuis son enfance ; il ne tendait pas indiffé-
remment les mains vers tous les objets ; ce qu'il
demandait pouvait lui convenir ; mais alors il ne
lâchait pas prise.

Ne soyez donc point surpris, effarouché, de voir
arriver soudain ce que vous souhaitiez depuis si
longtemps. Il est vrai que votre vœu, tel que vous
l'aviez conçu peut-être, n'est pas rempli ; nos désirs aveugles nous déguisent quelquefois l'objet
désiré ; les dons nous viennent d'en haut sous leur
forme particulière. Ne méconnaissez donc point
la jeune fille qui, la première, a touché l'âme de
ce fils bon et judicieux que vous adorez. Heureux
celui à qui la première qu'il aime donne aussitôt
sa main, et dont le vœu le plus cher ne languit
pas secrètement au fond de son cœur ! Oui, tout en
lui me l'annonce, le sort de votre fils est décidé. Un

penchant vrai, fait subitement de l'adolescent un
homme. Hermann est inébranlable ; si vous lui re-
fusez votre consentement, je crains que les plus
belles années de sa vie ne s'écoulent dans la tristesse.

Le pharmacien, dont les paroles étaient prêtes
depuis longtemps à s'échapper de ses lèvres :

— Prenons en cette occasion cependant la route
moyenne, dit-il avec un air réfléchi : l'empereur
Auguste même avait pour devise : *Hâte-toi lentement.* Je suis tout disposé à servir le cher voisin,
à mettre en œuvre pour son utilité le peu que j'ai
d'intelligence ; la jeunesse, en particulier, a besoin
d'être guidée. Laissez-moi donc partir ; je veux
apprécier la jeune personne, questionner ses com-
patriotes au milieu desquels elle a vécu, et qui la
connaissent ; on ne m'abuse pas si facilement, et je
sais évaluer les paroles.

Ces paroles volent des lèvres du fils :

— Faites cela, mon voisin, allez, prenez des
informations ; mais je désire que le digne pasteur
vous accompagne ; deux hommes si excellents seront des témoins irréprouvables. O mon père ! ne
croyez pas que cette jeune fille en venant ici ait
fait une échappée ; elle n'est pas de ces vagabondes
qui parcourent le pays pour enlacer par leurs intrigues les jeunes gens sans expérience. Non, ce
fléau terrible, universel, la guerre qui ravage le

monde, qui a déjà soulevé hors de leurs fondements tant d'édifices solides, a banni aussi l'infortunée. Des hommes distingués et d'une illustre naissance ne sont-ils pas errants et misérables? des princes déguisés fuient, des rois vivent dans le bannissement. Hélas! elle est de même fugitive, elle, la meilleure de son sexe; oubliant ses propres malheurs, elle assiste ceux qui en sont les compagnons, secourable encore lorsqu'elle est elle-même sans secours. De grandes calamités s'étendent sur la terre. Serait-il impossible qu'un bien sortît de ces maux? et ne pourrai-je pas, en recevant dans mes bras une compagne fidèle, me consoler de cette guerre, comme vous vous consolâtes de l'incendie?

Alors le père, rompant le silence, signifie en ces mots sa volonté :

— Comment, ô fils! s'est déliée ta langue, qui depuis tant d'années était engourdie, et ne formait des sons articulés qu'en des occasions urgentes? Faut-il donc que j'éprouve aujourd'hui le sort dont tous les pères sont menacés, c'est qu'une mère trop indulgente soit toujours prête à favoriser l'opiniâtreté de son fils, et qu'ils trouvent dans chaque voisin un partisan, dès qu'il s'agit d'aller contre le père ou l'époux? Mais je ne veux pas lutter contre vous tous réunis; qu'en résulterait-il? d'avance je vois déjà l'entêtement et les larmes. Allez, et si vos informations lui sont favorables, à la garde de Dieu, amenez-la dans ma maison comme ma fille ; sinon, qu'il l'oublie.

Ainsi dit le père, et, transporté de joie, le fils s'écrie :

— Avant la fin du jour vous aurez la plus estimable fille que puisse désirer un homme en qui respire la sagesse. Elle sera aussi heureuse qu'elle est bonne, c'est ce que j'ose affirmer. Oui, elle me remerciera toute sa vie de lui avoir rendu en vous un père et une mère, tels que peuvent le désirer des enfants vertueux. Mais plus de retard, je cours harnacher mes chevaux et conduis ces amis sur les traces de celle que j'aime ; je m'abandonne à eux, à leur prudence ; leur décision, je vous en fais le serment, sera ma règle, et je ne revois plus la jeune étrangère qu'elle ne soit à moi.

En même temps il sort ; ceux qui restent dans le salon confèrent entre eux avec sagesse et se hâtent de se concerter pour cette affaire importante.

Hermann vole vers l'écurie, où les ardents chevaux se reposaient, et consommaient rapidement l'avoine pure et le foin sec, fauché dans la meilleure prairie. Aussitôt il leur met le frein luisant, fait passer les courroies dans les boucles argentées, attache les longues et larges guides, et conduit les chevaux dans la cour, où le zélé valet, tirant la voiture par le timon, la fait avancer. Donnant aux traits leur exacte longueur, ils attellent les cour-

siers dont la vigueur emporte légèrement un char
dans la carrière. Hermann a saisi le fouet, il est
assis, et la voiture étant arrivée sous la voûte de la
grande porte, et les deux amis ayant pris aussitôt
leurs places, elle roule avec rapidité, laisse en arrière le pavé, les murs et les tours des remparts. Il
dirige vers la chaussée bien connue sa course toujours également impétueuse, soit qu'il monte les
coteaux, soit qu'il descende dans les plaines :
mais lorsqu'il aperçoit le clocher du village et les
chaumières entourées de jardins, il se dit qu'il est
temps d'arrêter ses chevaux.

Ceint du vénérable ombrage de tilleuls élevés
jusqu'au ciel, et enracinés profondément depuis
des siècles, s'étendait devant le village un grand
pré, couvert d'un gazon vert, lieu de plaisance des
villageois et des citadins du voisinage.

Sous ces arbres, au bas d'un plan incliné, était
une fontaine ; en descendant les degrés, on voyait
des bancs de pierre placés autour de la source
pure, toujours vive et jaillissante ; un petit mur
l'environnait et servait d'appui à ceux qui venaient
puiser dans son onde épanchée.

Hermann prend la résolution d'arrêter ses chevaux sous cet ombrage ; il l'exécute.

— Mes amis, dit-il, descendez à présent, et
allez apprendre si cette jeune fille mérite que je
lui offre ma main. Pour moi, je n'en doute pas ;

vous ne me direz rien à ce sujet qui me soit nouveau et me surprenne ; si j'étais chargé seul de ma conduite, je volerais au village, et l'excellente fille déciderait de mon sort en peu de mots. Il vous sera aisé de la reconnaître ; car j'ai peine à croire que la beauté de quelque autre puisse être comparable à la sienne : cependant je vous donnerai encore pour indices ses vêtements, dont la propreté est remarquable. Un rouge corps de jupe, fermé par un beau lacet, élève son sein arrondi ; son corset noir marque sa taille ; elle a soigneusement plissé le haut de sa collerette pour former la fraise qui entoure son menton avec une grâce pudique ; son visage ovale et agréable annonce la candeur et la sérénité ; ses longs cheveux sont roulés plusieurs fois en tresses fortes autour d'épingles d'argent ; son jupon bleu, sous le corset, descend en plis nombreux à ses chevilles bien tournées.

Mais ce que je dois vous dire encore, et ce dont je vous conjure expressément, c'est de ne point parler à la jeune fille, et de ne point laisser apercevoir votre but ; contentez-vous d'interroger les autres, d'écouter tout ce qu'ils vous raconteront à son sujet. Quand vous serez assez éclaircis pour tranquilliser mon père et ma mère, venez me rejoindre et nous songerons au parti qu'il faudra prendre. Je me suis formé ce plan durant notre route.

A ces mots, les deux amis se rendent au village. Les jardins, les granges et les maisons fourmillaient d'une multitude d'hommes; les charrettes, remplissaient la rue spacieuse : les hommes soignaient les chevaux et les animaux mugissants qui restaient attelés ; les femmes se hâtaient d'étendre sur toutes les haies le linge pour le sécher, et les enfants joyeux barbotaient dans l'eau limpide des ruisseaux.

Les deux honnêtes éclaireurs, se faisant jour à travers les charrettes, les hommes et les animaux, portaient leurs regrads à droite et à gauche, cherchaient sur les figures des jeunes filles les traits indiqués, mais aucune de celles qu'ils aperçoivent ne leur paraît être cette merveille.

Bientôt la presse s'augmente devant leurs pas. Des hommes turbulents se querellaient autour des chariots; des femmes prenaient part à la dispute, et poussaient des cris perçants.

Aussitôt un vieillard qui marchait avec dignité, s'approche, arrive au milieu de cette altercation; au moment qu'il a ordonné la paix et menacé de punir du ton sérieux d'un père, le tumulte est étouffé.

— Le malheur, s'écrie-t-il, n'a donc pu encore nous mettre un frein, nous faire enfin comprendre, quand même nous ne saurions pas tous également peser nos actions, que nous nous devons les uns aux autres de la patience et du support? Il est trop vrai

15.

que l'homme heureux est intraitable; mais vos revers ne pourront-ils pas vous apprendre à ne plus vivre en discorde avec vos frères? Voyez donc avec bienveillance la place que l'un de vous obtient sur un sol étranger, et partagez ensemble ce qui vous reste de votre avoir, afin de rencontrer à votre tour des âmes compatissantes.

Tel est le discours de ce vieillard, et tous gardaient un profond silence : rappelés à la douceur, ils rangent de bon accord les attelages et les chariots.

Le pasteur ayant entendu ces paroles, et vu dans la personne de cet étranger le calme d'un juge, s'avance vers lui, et ces mots expriment les sentiments dont il est animé :

— Père vénérable, quand un peuple coule ses jours en des temps heureux, où il vit paisiblement des fruits de la terre, qui ouvre de toutes parts son vaste sein, et renouvelle libéralement chaque année et chaque mois les dons qu'il désire, alors tout marche comme de soi-même, chacun s'estime le plus prudent et le plus sage; on se maintient l'un à côté de l'autre, et le plus sensé est quelquefois confondu dans la foule parce que les événements se succèdent d'un cours tranquille et semblent être leurs propres moteurs. Mais le malheur vient-il rompre les sentiers ordinaires de la vie, renverser la maison, ravager le jardin et le champ, bannir le mari et la femme du sein de leur domicile chéri, et les entraîner au loin, hors de leur patrie durant des jours et des nuits de cruelle détresse ; ah ! l'on cherche alors autour de soi qui pourrait bien être l'homme le plus sage et il ne profère plus en vain ses oracles. Répondez, respectable étranger ; vous exercez, j'en suis certain, les fonctions de juge parmi ces fugitifs, dont vous avez calmé les passions en un moment. Oui, je crois aujourd'hui voir m'apparaître un de ces plus anciens chefs qui conduisirent des peuples exilés par les déserts et par des routes incertaines : je crois parler à Josué même ou à Moïse.

Le juge lui répond avec gravité :

— Il est certain que notre époque ressemble aux époques les plus extraordinaires dont fassent mention les annales, soit sacrées, soit profanes ; car celui qui vécut hier et qui vit aujourd'hui, peut dire qu'en ce peu de moments il a vécu des années, tant les événements se pressent dans leur succession rapide. Quoique je sois encore plein de vie, si je me reporte un peu vers le passé, il me semble que la vieillesse la plus chenue pèse sur ma tête. Oh ! nous pouvons bien nous comparer à ceux auxquels, dans une heure terrible, Dieu le Seigneur apparut au milieu du buisson ardent ; car il nous apparut aussi au milieu des nuées et des flammes.

Le pasteur se propose de prolonger cet entretien pour connaître le sort de ce vieillard et de ceux

dont il était le chef, lorsque son compagnon, empressé d'agir, lui dit secrètement à l'oreille :

— Continuez de parler avec le juge, et dirigez
le discours sur la jeune personne ; moi, je vais de
tous côtés pour la chercher, et reviens dès que je
l'aurai trouvée.

Le pasteur l'approuve d'un signe de tête, et l'honnête éclaireur parcourt les jardins, les buissons et
les granges.

CLIO

CHANT VI

LE SIÈCLE

Le pasteur interroge le juge sur les malheurs de ce peuple.

— Depuis quand, demande-t-il, avez vous été bannis de votre patrie?

— Nos malheurs, répond l'étranger, ne sont pas récents; nous avons été abreuvés des amertumes de toute cette époque, amertumes d'autant plus horribles, qu'avec tant d'autres infortunés, notre plus douce espérance a été trompée. Car, qui pourrait nier qu'au premier rayon du nouveau soleil qui s'élevait naguère sur l'horizon, lorsqu'on entendit parler des droits communs à tous les hommes, de la liberté vivifiante et de l'égalité chérie, qui pourrait nier qu'il n'ait senti son cœur s'élever et frapper de mouvements plus vitaux son sein plus libre? Chacun alors espéra jouir de son existence; les chaînes qui assujettissaient tant de pays, et que tenait serrées la main de l'oisiveté et de l'intérêt, semblaient se délier. Tous les peuples opprimés ne tournaient-ils pas dans ces jours agités leurs regards vers la capitale du monde? titre glorieux que cette ville portait depuis si longtemps avec justice, et qu'elle n'avait jamais plus mérité qu'à cette époque. Les noms des hommes qui proclamèrent les premiers la liberté, ne furent-ils pas égaux aux noms les plus célèbres, élevés jusqu'aux astres? Chacun sentit renaître en soi le courage, l'âme et la parole.

Et nous, qui étions voisins, nous fûmes les premiers animés de cette flamme vive. La guerre commença, et les Français en bataillons armés s'approchèrent; mais ils parurent apporter le don de l'amitié. L'effet répondit d'abord à cette apparence; tous avaient l'âme élevée; ils plantèrent gaiement les arbres riants de la liberté, nous promettant de nous laisser nos possessions et le droit de nous régir nous-mêmes. Notre jeunesse fit éclater les transports de sa joie, la joie anima l'âge avancé, et les danses de l'allégresse commencèrent à se former autour des nouveaux étendards. Les Français triomphants gagnèrent d'abord l'esprit des hommes par leur vivacité et leur enjouement, et ensuite le cœur des femmes par leur grâce irrésistible. Le fardeau même des besoins nombreux de la guerre nous parut léger ; l'espérance en son vol nous dérobait l'avenir, et attirait nos regards vers la carrière nouvellement ouverte.

Oh ! combien est heureux le temps où, dans une danse, l'amant voltige avec sa fiancée, attendant le jour de leur hymen, objet de leurs vœux! tel, et plus heureux encore, fut le temps où ce que l'homme juge être le bien suprême se montrait près de nous et pouvait être atteint facilement. Il n'y avait point de langues muettes ; les vieillards, les hommes d'un âge mûr et les adolescents parlaient à haute voix, pleins de pensées et de sentiments sublimes.

Mais bientôt le ciel se noircit : une race d'hommes pervers, indigne d'être l'instrument du bien, se disputèrent les fruits de la domination ; ils se massacrèrent entre eux, opprimèrent les peuples voisins, leurs frères nouveaux, et leur envoyèrent des essaims d'hommes rapaces. Les supérieurs volaient en grand ; les inférieurs, jusqu'au moindre d'entre eux, tous nous pillèrent, tous accumulèrent nos dépouilles ; ils semblaient n'avoir d'autre crainte que de laisser échapper quelque chose de ce pillage pour le lendemain. Notre malheur était extrême, et l'oppression croissait d'heure en heure ; il n'y eut personne qui écoutât nos cris ; ils étaient les dominateurs du jour. Alors le chagrin et le courroux s'emparèrent des âmes les plus tranquilles, nous n'eûmes tous que la seule pensée, et nous

fîmes tous le serment de venger ces outrages nombreux et la perte amère d'une espérance doublement
trompée. La fortune se tourna du côté de la Germa-
nie ; les Français, mis en déroute, reculèrent par
des marches rapides : mais alors aussi nous connû-
mes, hélas ! ce que la guerre a de plus funeste. Le
vainqueur a de la grandeur d'âme et de la bonté, au
moins il en a les apparences ; il ménage, regarde
comme ami le vaincu dont il tire journellement de
l'utilité, et qui le sert de sa fortune : mais celui
qui fuit ne connaît point de loi ; il ne songe qu'à
repousser la mort ; il dévore les biens sans prévoyance du lendemain ; d'ailleurs il est enflammé de
courroux, et le désespoir fait sortir du fond de son
cœur les plus noirs forfaits ; rien n'est sacré pour
lui, tout est sa proie ; sa convoitise féroce le précipite vers une femme, et le plaisir devient un atten-
tat ; partout il voit la mort, et jouissant de ses derniers moments en homme barbare, il se réjouit de
voir couler le sang, d'entendre les hurlements de
l'angoisse.

Nous fûmes embrasés de la fureur la plus terrible
pour venger nos pertes et pour défendre ce qui nous
restait : tout s'arma, appelé encore par la précipitation du fuyard, par sa face blême et ses regards
égarés et craintifs. Alors le son non interrompu des
cloches fit retentir l'alarme ; le péril futur n'arrêta
pas la vengeance déchaînée ; soudain les paisibles

instruments du labourage se transforment en armes,
la fourche et la faux dégouttent de sang ; l'ennemi
tombe sans pardon ; partout la force s'abandonne à
une colère frénétique, et même la faiblesse, d'ordinaire lâche et rusée, ne ménage plus rien. Puissé-je ne
revoir jamais l'homme plongé dans ces égarements
horribles ! la bête féroce lui est préférable. Qu'il
ne parle donc plus de liberté, comme s'il se pouvait
gouverner lui-même ; dès que les barrières sont
ôtées, reparaît, délivrée des obstacles, toute la
méchanceté que la loi avait repoussée dans les plus
profonds replis de son cœur.

— Homme excellent, répond l'ecclésiastique
avec l'accent d'une âme sensible, si vous ne ren-
dez pas assez de justice à l'humanité, je ne puis
vous en faire un sujet de censure ; que de maux
n'avez-vous pas soufferts d'une entreprise crimi-
nelle ! Mais si, reportant vos regards en arrière,
vous vouliez parcourir ces temps désastreux, vous
conviendriez vous-même que vous avez aperçu
beaucoup d'actions louables, des qualités sublimes
qui étaient comme ensevelies dans le cœur et que
le péril fait produire au jour ; l'homme excité par
le malheur à se montrer un ange, apparaît alors à
ses semblables comme un dieu tutélaire.

— Vous me rappelez sagement, reprit le vieillard avec un sourire, qu'après un incendie on
avertit souvent le possesseur consterné qu'il peut

recouvrer l'or et l'argent qui sont fondus et épars dans les décombres : faible dédommagement, néanmoins précieux ! l'homme appauvri fouille alors dans les décombres et se réjouit de ce qu'il découvre.

C'est ainsi que je tourne volontiers des regards sereins vers ce petit nombre de bonnes actions dont la mémoire conserve le souvenir. Oui, je ne le nierai pas, j'ai vu des ennemis se réconcilier pour sauver leur ville d'un malheur ; j'ai vu des amis, des pères, des mères, des fils, tenter l'impossible en faveur de ceux auxquels ils étaient unis par les plus doux liens de la nature et de l'amitié ; j'ai vu l'adolescent devenir tout à coup homme mûr, le vieillard rajeunir, l'enfant même se changer en adolescent. Oui, le sexe même que l'on nomme faible se montre animé de courage, de force, et de la présence d'esprit la plus vive.

Et souffrez que je vous raconte en particulier l'action dont s'ennoblit, par un sublime essor de l'âme, une jeune fille. l'honneur de son sexe. Elle était restée seule avec d'autres jeunes filles dans une grande ferme : les hommes étaient partis pour repousser les étrangers. La cour fut assaillie d'une troupe de vils fuyards qui se livrèrent au pillage, et bientôt pénétrèrent dans l'appartement des femmes. A l'aspect de la beauté, de la taille divine de la jeune personne, de ces filles ornées

de grâces, et qui étaient presque encore des enfants, un désir féroce s'empare de ces monstres;
ils se précipitent avec une fureur barbare vers ces
colombes tremblantes, vers la fille généreuse;
mais aussitôt elle arrache à l'un des scélérats le sa-
bre dont il était ceint, et lui porte un coup terrible qui l'abat sanglant à ses pieds ; et délivrant ses
compagnes par sa mâle intrépidité, elle frappe
quatre encore de ces brigands qui échappent à la
mort par la fuite. Elle ferme ensuite la porte de la
cour, et prête à ressaisir ses armes, elle attend
qu'on vienne la secourir.

A cet éloge de la jeune fille le pasteur conçoit
un espoir favorable à son ami ; il était prêt à dire :
« Qu'est-elle devenue? a-t-elle accompagné la
fuite malheureuse de ce peuple? »

Mais le pharmacien arrive en hâte, et, le tirant
par l'habit, lui dit tout bas à l'oreille: Eh bien, je
l'ai enfin trouvée parmi plusieurs centaines de
femmes, d'après la description? Venez donc, voyez-
la de vos propres yeux, et prenez avec vous le juge
pour recevoir les informations nécessaires.

Ils se retournent vers le juge ; mais appelé par
les siens pour une affaire pressante, il a disparu.

Cependant le pasteur suit aussitôt, par l'ouver-
ture d'une haie, son ami, qui l'instruisant avec un
air fin :

— Apercevez-vous la jeune fille? elle a emmail-

lotté le poupon ; je reconnais la vieille robe de coton et la taie bleue que renfermait le paquet remis
par Hermann entre ses mains ; vraiment elle a fait
un prompt et bon emploi de ces dons. Ces indices
sont évidents, les autres ne le sont pas moins ; car
son rouge corps de jupe, fermé par un beau lacet,
élève son sein arrondi ; son corset noir marque sa
taille ; le haut de sa chemise, soigneusement plissé,
forme la fraise qui entoure son menton avec une
grâce pudique ; son visage ovale et agréable annonce la candeur et la sérénité, les tresses fortes de
ses cheveux sont roulées autour des épingles d'argent. Quoiqu'elle soit assise, nous voyons la richesse de sa taille ; son jupon bleu, sous le corset,
descend en plis nombreux à ses chevilles bien for-
mées. C'est elle sans doute : venez; apprenons de
quelqu'un si elle est bonne, vertueuse et habile
ménagère.

Le pasteur considérait d'un œil attentif la jeune
fille assise.

— Qu'elle ait charmé notre jeune homme, dit-
il, certainement je ne m'en étonne pas ; elle peut
soutenir l'épreuve aux yeux du plus expert. Heureux qui reçut de la nature, notre mère, une forme
qui enchante ! dès qu'il se produit, elle le recom-
mande ; il n'est étranger nulle part ; on le recherche et l'on se sent arrêté près de lui s'il joint à cet
extérieur ravissant les qualités attrayantes de l'âme.

Je vous assure que ce jeune homme a trouvé une
compagne qui répandra le charme et la sérénité sur
les jours de sa vie, sera pour lui dans tous les
temps une aide courageuse et fidèle ; un corps si
parfait enferme une âme saine, et sa jeunesse active promet une heureuse vieillesse.

— L'apparence est souvent trompeuse, dit de
son air réfléchi son compagnon ; je ne me fie pas
aisément à l'extérieur ; j'ai si fréquemment éprouvé
la vérité du proverbe : *Ne donne pas ta confiance à
ton nouvel ami, avant que vous n'ayez consommé ensemble un boisseau de sel ; le temps seul t'apprendra
si vous vous convenez et si votre amitié sera durable.*
Commençons donc par chercher quelques bonnes
gens qui puissent nous raconter ce qu'ils savent de
la jeune fille.

— Ainsi qu'à vous la précaution me paraît sage,
dit l'ecclésiastique en le suivant : ce n'est pas pour
nous que nous recherchons une fille en mariage :
cette démarche, faite pour un autre, est délicate et
demande beaucoup de prudence.

Ils vont à la rencontre du juge toujours occupé
de ses fonctions, et qu'ils voient reparaître.

— Dites-nous, lui dit le sage pasteur en pesant
ses paroles, nous avons vu dans ce jardin voisin
une jeune fille assise sous un pommier, et qui fait
des habits d'enfant d'un vêtement de coton qu'on a
déjà porté, et qu'elle a probablement reçu en don.

Sa figure nous a plu; elle paraît être une des plus estimables de son sexe. Dites-nous ce que vous savez à son sujet; notre question naît de vues louables.

Le juge étant aussitôt entré dans le jardin pour la considérer :

— Elle vous est déjà connue, dit-il; quand je vous racontais l'action signalée d'une jeune fille arrachant l'épée à un ravisseur, et se délivrant elle et ses compagnes, — c'est elle dont je vous parlais. Vous voyez vous-même qu'elle était capable de cette action; elle est née forte et courageuse, mais elle n'est pas moins bonne. Elle a donné les plus tendres soins à son aïeul jusqu'au dernier jour où le chagrin sur le sort malheureux de sa petite ville et la crainte de se voir dépouillé de ses possessions le précipitèrent dans le tombeau.

Elle a supporté de même avec la fermeté du courage la douleur que lui fit éprouver la perte de son fiancé, jeune homme dont l'âme était élevée, qui, dans la première ardeur du généreux sentiment de seconder la cause sublime de la liberté, se rendit à Paris même, et bientôt y termina ses jours par une mort horrible; car il s'y montra, comme en son pays, l'ennemi de la ruse et de la tyrannie.

Telles furent les paroles du juge.

Les deux amis le remercient, prêts à le quitter;

le pasteur tire de sa bourse une pièce d'or : sa monnaie d'argent, il en avait fait une distribution généreuse en voyant, il y avait peu d'heures, passer les troupes désolées des fugitifs : il présente cette pièce d'or au juge :

— Partagez, dit-il, ce mince don entre vos pauvres ; Dieu veuille l'accroître !

Mais le juge refusant de recevoir ce don :

— Nous avons sauvé, dit-il, quelque argent, assez d'habits et d'autres effets, et j'espère que nous retournerons au lieu de nos foyers avant d'avoir épuisé le tout.

Le pasteur lui pressant la pièce dans la main :

— Personne, répond-il, ne doit en ces jours malheureux, être lent à donner, ni refuser d'être le dépositaire de ce qu'offre l'humanité. Sait-on combien de temps on gardera ce dont on est le possesseur paisible? sait-on combien de temps encore on sera errant dans les pays étrangers, privé du jardin et du champ qui vous nourrissait.

— Eh ! dit le pharmacien d'un air empressé, si donc je m'étais muni d'argent ! somme petite ou grande, vous l'auriez; car un grand nombre des vôtres doivent en être dépourvus. Je ne vous laisse pourtant pas aller sans vous faire un don ; vous connaîtrez au moins ma bonne volonté, quoique l'action ne l'égale pas.

Et tirant par les cordons une bourse de cuir bro-

dée, dans laquelle il enfermait son tabac, il l'ouvre,
et donne le contenu où se trouvaient quelques poi-
gnées.

— Le don, ajoute-t-il, est bien petit.

— Du bon tabac, dit le juge, est toujours bien-
venu du voyageur.

Alors le pharmacien commence à faire l'éloge de
son tabac de Virginie.

Mais le pasteur l'entraînant, et se séparant du
juge :

— Hâtons-nous, dit-il; notre jeune ami nous
attend avec anxiété, qu'il entende au plus tôt l'heureuse nouvelle.

Ils marchent d'un pas rapide, ils arrivent. Le
jeune homme, sous les tilleuls, était appuyé contre
sa voiture; ses chevaux fringants frappaient du pied
et déchiraient le gazon; il les tenait par la bride,
et plongé dans ses pensées, il portait devant lui des
regards immobiles, et n'aperçoit ses amis que lorsque arrivant ils l'appellent et s'annoncent par des
signes de joie. Déjà le pharmacien avait de loin
commencé à parler; cependant ils s'approchent, et
le pasteur prenant les mains d'Hermann, et cou-
pant la parole à son compagnon :

— Sois heureux, jeune homme, dit-il; ton coup
d'œil juste, ton cœur droit ont fait le meilleur
choix; soyez heureux toi et et la femme de ta jeunesse; elle est digne de toi. Viens donc, tourne la

voiture ; qu'elle nous conduise promptement au village pour que nous fassions la demande, et que nous amenions la vertueuse fille dans la maison de ton père.

Mais le jeune homme ne quittant point sa place, écoute, sans marquer de satisfaction, des paroles qui devaient l'animer de la plus douce confiance et d'une joie céleste ; il tire du fond de son cœur un soupir.

— Venus avec rapidité, dit-il, nous nous en retournerons peut-être confus, à pas lents. Depuis que je vous ai attendus, j'ai été en proie au doute, au soupçon, à la crainte, et à tous les sentiments qui peuvent tourmenter le cœur de celui qui aime. Parce que nous sommes riches, et qu'elle est dans la pauvreté et dans l'exil, croyez-vous qu'il nous suffise d'arriver pour que la jeune fille nous suive ? La pauvreté même, non méritée, inspire de la fierté : la jeune fille paraît se contenter de peu ; elle est active, dès lors le monde lui appartient. Et croyez-vous qu'une femme si belle et qui annonce des mœurs si parfaites, n'ait charmé aucun honnête garçon ? Croyez-vous qu'elle ait fermé jusqu'à ce moment son cœur à l'amour ? Ne nous menez pas si précipitamment au village ; nous pourrions retourner lentement les chevaux, et reprendre avec honte le chemin de notre demeure. Je crains bien qu'il n'y ait quelque part un jeune homme qui pos-

16

sède ce cœur, et que cette belle main n'ait touché
celle de ce bienheureux et ne lui ait donné sa foi.
Ah ! je me vois alors devant elle, avec ma demande,
couvert de confusion.

Le pasteur allait l'encourager, lorsque son
compagnon, toujours prêt à discourir, lui enlève la
parole :

— Vraiment! autrefois que chaque action avait
des formes réglées, nous n'aurions pas été dans cet
embarras. Quand les parents avaient choisi pour leur
fils une épouse, la première chose était d'appeler
confidemment un ami commun; on l'envoyait après
cela au père et à la mère de la jeune personne,
comme chargé de la demande en mariage. Paré
solennellement, il allait un dimanche par exemple,
après le dîner, faire une visite à l'honnête bourgeois;
il commençait par s'engager amicalement avec lui
dans une conversation générale, adroit à la conduire et à la tourner prudemment selon ses vues.
Enfin, après de longs détours, il parlait aussi et
avec éloge de la fille de la maison, et il ne louait
pas moins le jeune homme et la famille dont il
était l'ambassadeur.

Les personnes intelligentes remarquaient le but ;
l'ambassadeur intelligent remarquait bientôt leurs
dispositions et pouvait s'expliquer. Si la demande
était éludée, on n'avait pas reçu en face un refus hu-
miliant ; mais si elle avait été agréée, le négociateur

occupait dans la maison, à perpétuité, la première place à chaque festin de famille : car le couple, durant tout le cours de leur vie, se rappelait que cette main habile avait formé le premier nœud de leur union. A présent, tout ceci, comme d'autres bonnes coutumes est passé de mode, et chacun fait sa poursuite lui-même : que chacun donc aussi reçoive en personne le refus, joli présent qui peut lui être destiné, et qu'il demeure avec sa honte devant les yeux de la jeune fille.

— Arrive ce qui pourra, répond le jeune homme, qui à peine a écouté toutes ces paroles, et qui s'est déjà décidé en silence ; j'irai moi-même, et veux apprendre mon sort de la bouche de celle en qui j'ai la plus grande confiance, telle que jamais femme n'en inspira de semblable à un homme. Je suis bien persuadé que ce qu'elle dira sera bon, raisonnable. Quand même je la verrais pour la dernière fois, je veux une fois encore rencontrer ces yeux noirs, ce regard ouvert ; si je ne dois jamais la serrer contre mon cœur, je veux une fois encore voir cette taille accomplie, que je brûle d'embrasser, cette bouche dont un baiser et un oui me rendront heureux pour toujours, dont un non m'enlèvera pour toujours le bonheur.

Mais souffrez que je reste seul et ne m'attendez pas ; retournez vers mon père et ma mère ; qu'ils apprennent que leur fils ne s'est point trompé, et

que la jeune personne est le plus digne objet de
ses vœux. Veuillez me laisser à moi-même. Le
sentier qui mène à travers le coteau jusqu'au poirier, et là descend le long du vignoble, m'abrégera
la route à mon retour. Oh ! puissé-je leur conduire
avec joie et d'un pas rapide ma bien-aimée ! Peut-
être qu'en suivant ce sentier je me glisserai seul vers
notre maison, et qu'il m'est réservé de ne le parcourir désormais qu'avec tristesse.

Il dit, et présente les guides au pasteur qui les
reçoit et maîtrisant avec habileté ses coursiers
écumants s'élance dans la voiture, et occupe la place
du conducteur.

— Mais tu hésites d'y monter, voisin précau-
tionneux, et tu dis au digne pasteur : « Mon ami,
je vous confie volontiers mon âme avec toutes ses
facultés; mais le corps et ses membres n'ont pas
une garantie bien sûre quand une main sacrée
s'empare des rênes de ce monde. » Tu souris, judicieux pasteur. « Prenez seulement place, réponds-
tu, et confiez-moi sans crainte votre corps ainsi que
votre âme. Depuis longtemps cette main est exercée à
diriger les rênes, et cet œil sait suivre habilement
les plus compliqués détours de la route. Tous les
jours à Strasbourg, où j'accompagnais le jeune baron,
notre char dont j'étais le conducteur, traversant la
foule d'un peuple qui passe sa vie aux promenades,
sortait avec rapidité des portes retentissantes, fran-

chissait les campagnes poudreuses, et roulait jusqu'aux prairies et aux tilleuls éloignés. »

A demi rassuré, le voisin monte dans la voiture,
et en s'asseyant prend la précaution de celui qui
se dispose à faire un saut avec prudence.

Les coursiers volent, impatients de gagner l'é-
curie ; sous leurs pieds vigoureux s'élève un nuage
de poussière.

Le jeune homme est longtemps à la même place :
il voit la poussière s'élever dans les airs, il la voit
se dissiper, et reste immobile, perdu dans de vagues
pensées.

16.

ERATO

CHANT VII

DOROTHÉE

Comme le voyageur au coucher du soleil, fixe une fois encore les yeux sur cet astre, qui descend de l'horizon et disparaît ; son œil ébloui en voit flotter l'image sur les sombres bosquets, et au sommet des rochers ; partout où il dirige ses regards il la voit à l'instant même se reproduire, et, vacillante, rayonner de riches couleurs : ainsi Hermann voit l'image de la jeune fille passer légèrement devant lui, et suivre le sentier qui mène au champ de blé. Mais tout à coup il sort du songe qui l'étonne, et il tourne avec lenteur ses pas vers le village : il retombe dans le même étonnement, voit reparaître, voit venir à sa rencontre l'admirable vision. Il la considère avec la plus forte attention ; ce n'était pas une image illusoire, c'était la jeune fille en personne : tenant de ses mains par les

anses deux cruches d'inégale grandeur, elle se hâtait d'arriver à la fontaine.

Il s'avance vers elle avec joie, et ranimé par sa
vue, tandis qu'elle est vivement étonnée à son
tour :

— Fille infatigable, dit-il, je te vois en ce moment encore, comme peu auparavant, occupée à
soulager les maux d'autrui, à secourir l'humanité
souffrante. Dis, pourquoi viens-tu seule à cette
source éloignée, tandis que tes compagnons se con-
tentent des fontaines du village ? Il est vrai que
l'eau de cette source est douée d'une vertu particulière, et qu'on s'en abreuve avec plaisir; tu veux
sans doute en apporter à cette femme infirme, dont
tu as sauvé la vie avec tant de zèle.

L'aimable fille fait un salut gracieux au jeune
homme.

— La peine que je prends de me rendre à cette
source, répond-elle, est déjà récompensée; puisque
je rencontre l'homme généreux qui nous a com-
blés de ses dons : l'aspect du bienfaiteur est aussi
agréable que le bienfait. Venez, voyez de vos propres
yeux ceux qui ont joui de vos largesses, et recevez
les remercîments des cœurs que vous avez ranimés.
Il faut cependant que je vous apprenne pourquoi
je viens seule puiser à cette source pure et intaris-
sable. Des hommes imprévoyants ont, à leur arrivée, troublé toutes les eaux du village, en faisant

passer les chevaux et les bœufs par le réservoir qui
en fournit aux habitants ; et le soin de laver le
linge et les ustensiles a souillé tous les puits et tous
les abreuvoirs : chacun n'est occupé que de soi ; absorbé par le besoin présent, il le soulage promptement et avec ardeur; quant à la suite elle est loin
de sa pensée.

En disant ces mots elle a descendu les larges
degrés, accompagnée d'Hermann ; ils s'asseyent
sur le petit mur de la source. Elle se baisse sur
l'eau pour y puiser ; il prend l'autre cruche, et se
baisse sur la même eau. Ils y voient leurs images,
flottantes sur un ciel azuré ; ils se parlent par un
mouvement de tête et se saluent aussi amicalement
dans ce miroir.

— Je veux m'abreuver de cette eau, dit aussitôt le jeune homme devenu tout joyeux.

Elle lui présente la cruche. Ils restent assis sur
le mur avec une confiance ingénue, appuyés sur
les vases.

Cependant elle dit à son nouvel ami :

— Parle, comment te rencontré-je en ce lieu?
et cela sans ta voiture et tes chevaux, loin de l'endroit où je t'ai vu pour la première fois ; pourquoi
es-tu venu ici?

Hermann pensif baissait sa paupière. Il lève ensuite un regard calme vers Dorothée, l'attache avec
tendresse sur les yeux de la jeune fille, et il sent

que son cœur s'apaise et se rassure. Cependant lui
parler de son amour, il ne l'aurait pu ; le regard
de la jeune personne n'annonçait point de passion,
mais de l'intelligence et de la sagesse, et comman-
dait une réponse dictée par la raison. Il se décide
aussitôt, et lui dit d'un ton affectueux et cordial :

— Ecoute-moi, mon enfant, je vais répondre à
ta question. Tu es le sujet de ma venue ; pourquoi
te le céler? Un père et une mère que j'aime s'occu-
pent du bonheur de ma vie ; moi, comme leur fils
unique, je les aide avec zèle et fidélité à régir notre
maison et nos biens ; chacun de nous a des travaux
assignés, ils sont nombreux ; je soigne la culture
de tous nos champs, mon père est l'administrateur
vigilant de la maison, et ma mère active surveille et
anime le ménage. Mais tu as sûrement appris par
ton expérience combien les domestiques, tantôt par
légèreté et tantôt par mauvaise foi, tourmentent la
maîtresse de la maison, l'obligent à les renouveler
fréquemment, c'est-à-dire à échanger leurs défauts
contre d'autres défauts. Ma mère, depuis longtemps,
désire d'avoir auprès d'elle une personne qui la
soulage, non pas seulement en mettant la main à
l'œuvre, mais encore en s'y trouvant portée par
attachement, et qui remplace sa fille chérie, morte,
hélas ! à la fleur de l'âge. Tu as paru aujourd'hui
devant ma voiture ; je t'ai vue te livrer de si bon
cœur à des soins généreux, j'ai vu que la force et la

santé relevaient encore en toi les autres avantages
de la jeunesse, j'ai entendu la raison parler par ta
bouche ; captivé, j'ai couru vanter à mon père, à
ma mère et à nos amis l'étrangère selon tout son
mérite. Je te dirai enfin ce qu'ils désirent ainsi
que moi... Pardonne si mon discours, s'embarrasse.

— Ne craignez point d'achever, répond-elle ;
loin d'être offensée, vous me voyez reconnaissante ;
parlez ouvertement, le mot ne peut m'effrayer.
Vous voulez me louer comme servante auprès
de votre père et de votre mère pour entretenir l'ordre qui règne dans votre maison, et
vous croyez trouver en moi celle qui leur convient,
une fille sage, active et d'un caractère doux. Votre
proposition était courte, ma réponse le sera de
même. Oui, je vais avec vous, et crois suivre ainsi
ma destinée. Ici mon devoir est rempli ; j'ai rendu
l'accouchée à ses parents, ils se félicitent qu'elle
ait été sauvée ; la plupart d'entre eux sont réunis,
les autres ne tarderont pas à les rejoindre. Tous
peuvent arriver bientôt au moment de retourner
dans leur patrie ; c'est ainsi que l'exilé aime à se
flatter : moi, dans ces jours malheureux qui nous
en font craindre d'autres encore, je ne me berce
pas d'espérances légères. Les liens de l'humanité
sont brisés ; qui les renouera ? ce sera la nécessité
seule, amenée par l'excès des malheurs qui nous
attendent. Si je puis gagner mon pain en servant

sous les yeux de votre mère vertueuse, dans la maison de votre digne père, j'y suis très disposée; car la réputation d'une fille errante est toujours incertaine. Oui, je vous suivrai, dès que j'aurai rapporté ces cruches à mes amis, et que ces bonnes gens m'auront donné leurs bénédictions. Venez, je désire que vous les voyiez, et que vous me receviez de leurs mains.

Le jeune homme, ravi de la voir si disposée à le suivre, délibère s'il doit en ce moment l'instruire du véritable motif qui l'amène; mais il se détermine à ne pas la tirer d'erreur, déjà heureux de pouvoir la conduire dans sa maison où il lui demandera son cœur et sa main. D'ailleurs, ô perplexité! il a vu à son doigt un anneau d'or, c'est pourquoi il ne veut plus l'interrompre, et il écoute attentivement toutes ses paroles.

— Partons, reprit-elle: on blâme les jeunes filles qui se retardent près des fontaines, et cependant il est si agréable de jaser à côté d'une source jaillissante!

Ils se lèvent, se retournent, et, jetant un dernier regard sur la source, ils éprouvent un doux sentiment.

En silence, elle prend les cruches et monte les degrés suivie de celui qui l'aime. Il veut la soulager en se chargeant d'une des cruches.

— Non, dit-elle, en portant de chaque main un fardeau, l'équilibre allége le poids, et le maître

dont à l'avenir je recevrai les ordres ne doit pas
me servir. Ne me regardez pas avec tant de sérieux,
comme pour plaindre ma destinée. Il faut qu'une
femme se dévoue de bonne heure aux soins domestiques que sa vocation l'appelle à remplir, et c'est
par là qu'elle mérite d'arriver au pouvoir qu'une
maîtresse doit exercer dans sa maison. La jeune
fille, attentive à servir son père, sa mère, son
frère , va, vient, prépare et apporte ce qu'ils désirent : c'est là sa vie : heureuse si elle s'est habituée
à ne trouver aucun chemin trop pénible, à ne pas
distinguer les heures de la nuit de celles du jour,
à ne juger aucun travail trop minutieux, aucune ai-
guille trop fine, enfin à s'oublier elle-même et à
vivre pour autrui ! Elle aura besoin de toutes ces
vertus domestiques si elle devient mère, lorsque le
nourrisson la réveillera, demandera de l'aliment à
la femme affaiblie, et que les soins s'uniront pour
elle aux douleurs : les forces réunies de vingt
hommes ne supporteraient pas ces fatigues ; ils n'y
sont point appelés; mais ils doivent les apprécier
avec l'œil de la reconnaissance.

Elle parle ainsi, traverse le jardin, arrive avec
son compagnon devenu muet jusqu'à la grange
où reposait l'accouchée qu'elle avait laissée contente, entourée de ses filles, ces jeunes personnes
qu'elle délivra des ravisseurs, et qui offraient la
belle image de l'innocence.

Ils entrent, et d'un autre côté s'avance en même temps le juge, tenant de chaque main un enfant; ils avaient été égarés, le vieillard venait de les retrouver dans la foule tumultueuse. Ils sautent avec joie vers leur mère chérie, l'embrassent, et se réjouissent à l'aspect du petit camarade, leur nouveau frère, qu'ils voient pour la première fois : ils sautent ensuite vers Dorothée, la saluent avec une vive amitié, demandant du pain, des fruits, et avant tout à boire. Elle présente à tous ceux qui l'entourent l'eau qu'elle apportait : les enfants en boivent, l'accouchée en boit aussi, ainsi que ses filles et le juge; chacun s'est abreuvé avec plaisir, et vante l'excellence de cette eau; elle avait une pointe acide, et c'était un breuvage restaurant et salutaire.

Mais la jeune fille prend un maintien sérieux.

— Mes amis, dit-elle, c'est, je crois, pour la dernière fois que j'ai porté la cruche à vos lèvres et vous ai abreuvés de l'eau d'une source : lorsque à l'avenir, dans un jour brûlant, un breuvage vous ranimera ; lorsque à l'ombre vous jouirez du repos, de la fraîcheur d'une source pure, veuillez songer à moi, et aux soins que l'amitié, plus que la parenté, m'a portée à vous rendre. Durant tout le cours de ma vie, je me souviendrai avec reconnaissance de vos bons services. Je vous quitte à regret; mais en ce temps chacun est pour les autres une

17

charge plutôt qu'une consolation, et si le retour
dans notre patrie nous est interdit, il faudra qu'enfin
nous nous dispersions tous dans les pays étrangers.
Voici le jeune homme qui a été notre bienfaiteur,
auquel nous devons les langes de cet enfant, et les
aliments qui nous semblèrent envoyés par le ciel
pour le soutien de notre vie. Il est venu me proposer
de me rendre dans sa maison pour servir son père
et sa mère, personnes vertueuses et opulentes ; je ne
m'y refuse point, car partout une jeune fille doit
remplir des soins domestiques, et ce serait pour elle
un fardeau que de vivre dans l'indolence et d'être
servie. Je suis donc volontiers ses pas ; il paraît être
raisonnable, et je suis certaine que son père et sa
mère le sont ainsi qu'il convient à des riches. Chère
amie, vivez heureuse ; faites votre joie du nourrisson
plein de vie dont les regards, tournés sur vous, annoncent déjà la force et la santé ; et lorsque avec ses
langes si doux, si chauds, vous le presserez contre
votre sein, oh ! pensez au bon jeune homme à qui
nous en sommes redevables, et dont à l'avenir aussi
je tiendrai la nourriture et le vêtement, moi votre
parente et votre amie. Et vous, homme excellent,
continua-t-elle en se tournant vers le juge, recevez mes remercîments, vous qui, dans un grand
nombre d'occasions, m'avez servi de père.

Alors s'agenouillant devant l'accouchée, elle embrasse cette excellente femme qui fondait en lar-

mes, et qui, dans sa douleur, peut à peine bégayer
sa bénédiction. Toi cependant, juge vénérable, tu
adresses à Hermann ces paroles :

— Mon ami, vous devez être compté parmi les
hommes sages qui pour le gouvernement de leur
maison, s'associent des personnes estimables. J'ai
vu souvent que lorsqu'il s'agit d'acquérir, par
échange ou par achat, des bœufs, des chevaux, des
brebis, on en fait un examen attentif ; tandis qu'on
semble se décider au hasard ou se reposer sur sa
chance pour le choix d'un homme qu'on amène
dans sa maison et auquel on la confie, qui, s'il
est bon et habile, en est le soutien, mais qui, s'il a
les qualités contraires, en est la ruine : on se repent
ensuite, mais trop tard, de cette décision aveugle.
Pour vous, il paraît que vous l'entendez ; vous
avez choisi pour servir votre père, et votre mère
et vous, une fille accomplie. Ayez pour elle de
justes égards : aussi longtemps qu'elle sera chargée
des soins de votre ménage, vous aurez trouvé en
elle, vous une sœur, vos parents une fille.

Cependant arrive un grand nombre des proches
parents de l'accouchée, qui lui apportent divers
secours, et l'instruisent qu'on lui prépare une
demeure plus convenable. Ils apprennent la résolution que la jeune fille a prise ; ils font des vœux
pour Hermann, et portent sur lui des regards
significatifs qui expriment leurs pensées. Ces

mots volent de chaque bouche à l'oreille du
voisin :

— Si de son maître il devient son époux, elle sera
bien pourvue.

Hermann lui prenant la main :

— Partons, dit-il ; le jour décline, et notre petite
ville est assez éloignée.

Alors les femmes, parlant avec vivacité toutes
à la fois, embrassent Dorothée. Hermann l'entraîne ;
elle les charge encore de salutations et de vœux
pour ses amis. Mais les enfants désolés, se préci-
pitant sur ses habits avec des cris affreux et un
torrent de larmes, ne veulent point laisser partir
leur seconde mère. Plusieurs de ces femmes les
répriment :

— Paix, enfants ! elle va dans la ville pour prendre les excellentes dragées que votre frère a com-
mandées pour vous, lorsque la cigogne en nous
l'apportant a passé devant le confiseur, et vous
verrez bientôt revenir votre amie avec des cornets
joliment dorés.

À ces mots, les enfants abandonnent ses vêtements ; Hermann l'arrache avec peine encore à de
nouveaux embrassements ; ils partent ; tant qu'ils
sont en vue, tous agitent leurs mouchoirs, comme
dernier adieu.

MELPOMÈNE

CHANT VIII

HERMANN ET DOROTHÉE

Ils dirigent ensemble leurs pas vers le soleil qui terminait sa course, et qui, enveloppé de profondes nuées, annonçait un orage : ses rayons ardents dardaient çà et là hors de ce voile, à travers les campagnes, de longs traits d'une lueur effrayante.

— Puisse, dit Hermann, le menaçant orage ne pas nous envoyer de la grêle et des torrents de pluie! car tout promet la plus belle récolte.

Ils jettent un coup d'œil satisfait sur les longues tiges de blé qui s'agitaient tout autour d'eux dans le champ qu'ils traversaient, et étaient près d'atteindre jusqu'à la hauteur de leurs tailles élevées.

— Homme, excellent, dit la jeune fille à l'ami qui la guide, vous auquel je devrai bientôt un sort heureux, l'abri d'un toit, pendant que tant de

fugitifs sont exposés à l'orage qui se prépare, faites-
moi connaître, avant mon arrivée, votre père et
votre mère, que je suis disposée, du fond de mon
âme, à servir avec zèle; car il est plus aisé de
complaire à son maître quand on connaît son caractère, les soins qu'il regarde comme les plus impor-
tants et sur lesquels sa volonté est prononcée.
Apprenez-moi donc comment je pourrai gagner
leur affection.

— Oh! que je t'approuve, fille prudente, accomplie, répond le jeune homme plein de sens, de
vouloir t'instruire de leur caractère avant ton arrivée! Pour avoir négligé cette attention, j'ai jusqu'ici fait d'inutiles efforts pour servir mon père à
son gré, tout en me chargeant de veiller matin et
soir sur la culture de ses champs et de ses vignobles,
avec le même soin que s'ils m'appartenaient en
propre. Je n'eus pas de peine à contenter ma mère,
elle rendit justice à mon zèle ; tu seras de même à
ses yeux la plus excellente des filles en soignant sa
maison comme si elle était à toi. Mais il en est autrement de mon père : il aime qu'aux actions se
joignent encore de certaines apparences qui le flat-
tent. Vertueuse fille, ne me regarde pas comme un
fils dénaturé si, dès l'abord, je te parle de son
faible, à toi qui n'es encore pour nous qu'une
étrangère. Oui, je te le jure, c'est la première fois
qu'un tel aveu sort de mes lèvres, qui ne s'ouvrent

jamais pour un babil léger ; mais tu m'inspires tant
de confiance que mon cœur s'épanche avec toi. Ce
bon père se plaît à certaines manières, certaines
formes cérémonieuses dans le commerce de la vie, il
exige des témoignages extérieurs d'attachement et
de vénération : un mauvais serviteur, qui saurait
profiter de ce penchant, parviendrait peut-être à
captiver sa bienveillance, tandis que le meilleur, s'il
ne s'y prêtait pas, pourrait devenir l'objet de son
aversion.

— J'ai le ferme espoir de les contenter l'un et
l'autre, répond-elle avec joie, et en doublant légèrement le pas dans le sentier qui s'obscurcissait.
Le caractère de ta mère est parfaitement semblable au mien, et dès mon enfance les manières
agréables ne me furent pas étrangères. Autrefois
les Français, nos voisins, mettaient un grand prix
à la politesse ; elle était commune aux nobles, aux
bourgeois, et à ceux qui vivent sous le chaume ;
chacun la recommandait à ses enfants. Chez nous,
en Allemagne aussi, les enfants venaient le matin
apporter leurs souhaits au père et à la mère, en leur
baisant la main et en leur faisant la révérence, et
ils se conduisaient avec politesse et décence le jour
entier. Tout ce que je tiens, depuis mon enfance,
d'une bonne éducation et d'une heureuse habitude,
tout ce que mon cœur pourra m'inspirer — je veux
le consacrer au respectable vieillard. Mais qui me

dira ce qu'il me reste à savoir, comment je dois me
conduire envers toi-même, toi, le fils unique de la
maison, et à l'avenir mon supérieur?

Comme elle parlait ainsi, ils étaient arrivés sous
le poirier. La lune, dans tout son plein, répandait
sa clarté majestueuse du haut de la voûte céleste ;
la nuit était venue, et avait jeté son voile sur les dernières lueurs du soleil ; devant leurs yeux s'éten-
daient, en de grandes masses qui se touchent, une
lumière aussi claire que celle du jour, et les ombres
ténébreuses de la nuit. Hermann entend avec plaisir
cette question amicale, sous le bel arbre qui l'ombra-
geait, en ce lieu qu'il aime, et qui, ce jour même,
a été le témoin des pleurs qu'il a répandus pour
sa chère exilée.

Tandis qu'ils s'asseyaient pour se reposer un
moment, le jeune homme transporté d'amour, saisissant la main de la jeune fille :

— Que ton cœur te le dise, lui répond-il, et suis
librement ce qu'il te dira.

Mais il ne hasarde pas un mot de plus, quoique
l'heure soit si favorable ; il craint de s'attirer un
non ; et sa main, hélas ! a touché l'anneau qu'elle
portait au doigt, cet indice qui déjà l'a troublé.

Ils étaient assis en silence, lorsque la jeune fille
prenant la parole :

— Quelle douceur me fait éprouver l'admirable
clarté de la lune ! elle égale celle du jour. Je dis-

tingue dans la ville les maisons, les cours, jusqu'à cette fenêtre sous ce toit ; je crois pouvoir en compter les carreaux.

— La maison que tu vois, dit le jeune homme contenu par cette réponse, est notre demeure où je vais te déposer, et cette fenêtre sous le toit est celle de ma chambre, qui peut-être sera la tienne , car nous ferons une autre distribution de nos logements. Ces champs nous appartiennent, les blés y ont mûri pour tomber demain sous la faux ; ici, à l'ombre de ce poirier, nous goûterons le repos et prendrons notre repas. Mais descendons le vignoble et traversons le jardin ; vois l'orage épouvantable qui s'approche de nous en lançant des éclairs, et qui bientôt ensevelira l'aimable clarté de la pleine lune.

Ils se lèvent, descendent, portent leurs pas le long du champ à travers les riches épis. Prenant plaisir à la clarté nocturne, ils sont arrivés au vignoble, et commencent à marcher dans l'obscurité.

Il conduit ses pas sur les pierres nombreuses et informes, degrés du berceau. Elle descend lentement, les mains appuyées sur l'épaule de son guide : la lune, dont la lumière fugitive vacillait à travers le berceau, jette sur eux ses derniers regards, et bientôt environnée de nuages orageux, elle laisse le couple dans les ténèbres.

Hermann, plein de force, est attentif à soutenir

17.

la jeune fille, penchée sur lui pour assurer sa marche; mais, comme elle ne connaît pas ce sentier et
ces pierres de masses inégales, le pied lui manque .
et éprouve un craquement léger, elle est près de
tomber; soudain le jeune homme intelligent, se
tournant vers elle, a étendu le bras et soutenu sa
bien-aimée; elle tombe doucement sur son épaule;
leurs joues se touchent. Immobile comme le marbre, contenu par les ordres sévères de sa volonté,
il ne la presse pas sur son sein d'une plus forte
étreinte, et se borne à ne pas céder au poids. Chargé
de ce précieux fardeau, il éprouve un sentiment
plein de charme; il sent les battements et la chaleur
du cœur de l'être adoré, il recueille l'haleine em-
baumée qu'elle épanchait sur ses lèvres, et il soutient sans broncher avec un courage mâle la taille
divine de la jeune fille.

Pour déguiser la douleur qu'elle ressentait :

— C'est, dit-elle en plaisantant, un signe malheureux, selon l'avis des gens graves, lorsque en entrant dans une maison, non loin du seuil, le pied
vient à craquer. Que n'ai-je donc reçu un meilleur
présage! Arrêtons-nous un moment: que diraient ton
père et ta mère si tu leur amenais une servante boi-
teuse ? tu leur paraîtrais un maître peu intelligent.

URANIE

CHANT IX

LA PERSPECTIVE HEUREUSE

Muses, si favorables au tendre amour, vous qui jusqu'ici avez guidé l'excellent jeune homme dans sa route, qui avez pressé son amante sur son cœur avant qu'elle lui ait promis sa main, venez à notre secours, achevez de former l'union de ce couple aimable, et dissipez promptement les nuages qui s'élèvent pour troubler leur bonheur ; mais auparavant, dites-nous ce qui se passe en ce moment dans la maison paternelle.

La mère, remplie d'impatience et de craintes, rentre pour la troisième fois dans le salon qui réunissait l'hôte et ses deux amis, et dont elle venait à peine de sortir tout inquiète ; elle parle de l'orage qui s'approche, du subit obscurcissement de la lune, de la longue absence de son fils, et des périls où la nuit l'expose ; elle blâme vivement les

deux amis de s'être si tôt séparés du jeune homme,
sans avoir abordé l'étrangère, sans lui avoir proposé
l'hymen auquel il aspire.

— N'aggrave pas le mal, dit le père mécontent ;
tu vois que nous sommes nous-mêmes pleins d'impatience, et dans l'attente de l'issue.

Mais le voisin, assis tranquillement, prend la
parole :

— Dans ces heures de trouble, je ne cesse de
reconnaître ce que je dois à feu mon père qui, lorsque j'étais enfant, arracha de mon cœur toutes ces
racines de l'impatience jusqu'au dernier filet, et
depuis ce temps je sais attendre mieux qu'aucun
des sages.

— Dites-nous, je vous prie, repartit l'ecclésiastique, quel secret employa le vieillard pour opérer
ce chef-d'œuvre?

— Volontiers, reprit le voisin, chacun peut le
mettre à profit. Dans mon enfance, il m'advint une
fois d'être impatient, en attendant avec un grand
désir la voiture qui nous devait mener à la fontaine
des tilleuls. Cependant elle n'arrivait pas ; courant
çà et là comme une belette, je montais, descendais
les degrés, je me précipitais de la fenêtre à la
porte ; le sang me picotait dans les doigts, je grattais
les tables, trépignais des pieds dans toute la chambre, mes pleurs allaient couler. Rien n'échappait
à cet homme flegmatique ; mais comme enfin je me

portai jusqu'au plus haut point de l'extravagance,
il me prit tranquillement par le bras, me conduisit
à la fenêtre, et me dit ces paroles remarquables :
« Vois-tu là, en face de nous, l'atelier de ce menui-
sier? il est fermé aujourd'hui, demain il sera ouvert ; là sont toujours en mouvement les rabots et
les scies, et du matin au soir les heures s'écoulent
dans le travail ; mais écoute ceci : Un matin viendra
où le maître et tous ses garçons emploieront leur
industrie à te préparer un cercueil, qui sortira
bien vite de leurs mains ; ils s'empresseront d'apporter ici la maison de planche, qui reçoit finale-
ment le patient comme l'impatient, et qui sera
bientôt pressée de son toit. » Mon imagination me
fit tout voir en réalité, les planches jointes, la couleur noire préparée ; je m'assis paisiblement, et
j'attendis la voiture avec patience et résignation.
Depuis ce temps, lorsque d'autres, dans une attente
incertaine, courent de toutes parts en désespérés,
moi je suis forcé de penser au cercueil.

— L'idée frappante de la mort, dit le pasteur
en souriant, ne s'offre pas au sage comme un objet
d'épouvante, ni à l'homme pieux comme son dernier terme ; elle fait rétrograder celui-là vers la vie
en lui enseignant à la bien régler et soutient celui-ci
lorsqu'il est dans l'affliction, par l'espérance d'un
bonheur futur ; le trépas, pour l'un et l'autre, se
change en vie. C'est donc à tort que ce père n'a mon-

tré à l'enfant sensible dans la mort que la mort. On
doit présenter à l'adolescent comme digne d'envie
le tableau d'un âge mûri dans l'exercice des vertus,
et au vieillard le tableau de la jeunesse, afin que
tous deux se plaisent à voir ce cercle perpétuel, et
qu'ainsi la vie s'achève dans l'activité de la vie.

Mais la porte s'ouvre, et le couple admirable
paraît : les tendres parents et les amis, frappés de
surprise à l'aspect de la jeune fille sont captivés par
sa beauté et par la richesse de sa taille, et la trouvent parfaitement assortie au jeune homme; oui,
la porte semble être trop petite pour les recevoir
au moment qu'ils posent ensemble le pied sur le
seuil.

Hermann la présente à son père et à sa mère, et
leur dit ce peu de mots avec rapidité :

— Voici une personne telle que vous pouvez la
désirer pour votre maison. Mon père chéri, veuillez la bien accueillir, elle en est digne ; et vous, ma
mère chérie, interrogez-la, dès à présent, sur tout
ce qui concerne la conduite intérieure d'une maison.
et vous verrez combien elle mérite de vous appartenir de plus près.

Se hâtant de tirer le digne pasteur à l'écart :

— Homme excellent, venez promptement à mon
secours, et déliez ce nœud, moment qui me fait
trembler; car je n'ai point engagé cette jeune fille
à me suivre comme ma fiancée, elle croit entrer

dans la maison comme servante, et je crains qu'elle
ne la fuie avec courroux dès qu'on lui parlera d'hymen ; mais que tout soit décidé à cet instant même,
elle ne doit pas rester plus longtemps dans l'erreur,
et je ne peux plus rester dans le doute ; hâtez-vous,
et donnez-nous un nouveau témoignage de votre sagesse, que nous honorons.

L'ecclésiastique rejoint aussitôt les assistants;
mais, hélas! déjà l'âme de la jeune personne a été
blessée par ces paroles du père, prononcées avec
son ton badin, quoiqu'en de bonnes intentions :

— Voilà qui me plaît, mon enfant, je me réjouis
de voir que mon fils n'a pas moins de goût que
son père qui, étant jeune, prenait toujours la plus
belle pour danser, et qui enfin alla chercher la plus
belle pour l'amener dans sa maison comme son
épouse, c'était cette petite mère. On reconnaît d'a-
bord à l'épouse quel est le tour d'esprit de celui
qui l'a choisie, et s'il a le sentiment de ce qu'il
vaut. Vous n'avez pas non plus, n'est-ce point, dé-
libéré longtemps; il me semble, en effet qu'il n'est
pas si pénible de le suivre.

Hermann n'avait entendu qu'une légère partie
de ces paroles ; cependant il éprouve au dedans de
lui-même un tremblement général, et tous les assistants à la fois gardent le silence.

Mais la fille admirable, navrée jusqu'au fond
de l'âme d'une raillerie qui lui paraît insultante,

reste immobile ; une rougeur subite se répand sur son visage et sur son cou ; néanmoins elle se contient, elle rassemble ses esprits, et dit ensuite au vieillard, sans cacher tout son chagrin :

— Oh ! certainement votre fils ne m'a point préparée à une telle réception, quand il m'a fait le portrait de son père, de ce citoyen excellent. Je sais que vous êtes un homme courtois et affable qui se comporte envers tout le monde selon la convenance des personnes. Mais il paraît que vous n'avez pas assez de compassion pour la pauvre fille qui vient seulement de passer votre seuil, et qui est disposée à vous servir ; sans quoi vous ne m'auriez pas fait sentir, par une ironie amère, la distance de mon sort à celui de votre fils et à votre sort. Sans doute j'entre pauvre, avec un humble paquet, dans une maison pourvue de tout ; ce qui donne de l'assurance à ses joyeux habitants : je me connais très bien, et sais quels doivent être nos rapports ; mais est-il généreux de m'accueillir, à l'instant même de ma venue, avec une raillerie qui, peu s'en faut, me repousse loin du seuil où j'ai à peine posé le pied ?

Hermann, plein d'anxiété, s'agitait, et conjurait d'un signe l'ecclésiastique, son ami, de se jeter comme arbitre au milieu de ce débat, pour dissiper cette erreur en un moment.

L'homme prudent s'approche aussitôt ; il consi-

dère le chagrin secret de Dorothée, la douleur
qu'elle maîtrise, ses larmes qu'elle retient au bord
de sa paupière. Alors, par une prompte impulsion de
son esprit, il se détermine, au lieu de dénouer tout
à coup cette confusion, à la prolonger un instant, afin
de sonder les sentiments de la jeune personne, tandis qu'elle est émue.

— O fille étrangère ! lui dit-il dans ce dessein,
la résolution que tu as prise de servir chez des étrangers a été trop précipitée, si tu n'as pas assez considéré à quoi l'on se soumet en mettant le pied dans
la maison de son maître ; car de la main donnée
dépend le sort de l'année entière, et un seul oui
oblige à beaucoup de résignation. Les courses fati-
gantes, la sueur amère, causée par un travail qui
presse et qui toujours renaît, ne sont pas ce que
le service a de plus pénible ; un maître actif prend
quelque part à ces soins ; mais souffrir de son humeur quand il blâme à tort, ou qu'il donne à chaque instant de nouveaux ordres sans pouvoir être
d'accord avec soi-même ; essuyer les emporte-
ments d'une maîtresse qui prend feu à la moindre
occasion, les rudesses et les mutineries des enfants ;
voilà ce qu'il faut cependant supporter, sans négliger son travail, sans dépit ni murmure. Mais tu ne
me parais pas faite pour cet état, puisqu'une plai-
santerie de ce père a déjà si profondément blessé ton
âme, quoique rien ne soit plus fréquent que de

plaisanter une jeune fille en soupçonnant qu'un jeune homme a touché son cœur.

Frappée de cette dernière parole qui n'a pas manqué le but, vivement émue, elle ne se contient plus ; ses sentiments se manifestent avec énergie, sa poitrine se gonfle, un soupir s'y fait passage, et elle dit aussitôt en versant un torrent de larmes brûlantes :

— Oh! que l'homme raisonnable qui veut donner ses conseils à l'affligé, sait peu qu'une parole froide ne peut dégager un cœur du poids des peines dont le ciel a permis qu'il fût chargé! Vous êtes heureux, la joie est votre partage; comment une raillerie pourrait-elle vous blesser? mais le malade sent avec douleur la main même légère qui le touche. Non, la feinte me serait inutile, quand même je pourrais y recourir. Décidons-nous à cet instant; le retard ne ferait qu'augmenter mes peines, les rendre plus profondes, et peut-être me plonger dans un chagrin secret qui minerait mes jours avec lenteur. Laissez-moi partir, je ne peux rester dans cette maison, je veux en sortir, et vais retrouver mes pauvres parents que j'ai laissés dans le malheur, ne songeant qu'à m'en tirer moi-même. C'est ma ferme résolution ; elle me permet de vous faire l'aveu d'un sentiment qui, si j'étais restée ici, eût été enseveli dans mon sein durant de longues années. Oui, la raillerie de ce père a profondément blessé

mon âme. Ce n'est pas que j'aie un orgueil et une
sensibilité peu convenables peut-être à l'état où
j'entrais; mais il est vrai que mon cœur a senti du
penchant pour le jeune homme qui, dans ce jour,
m'est apparu comme un sauveur.

Quand il s'est éloigné de moi, et que j'ai poursuivi ma route, il est resté présent à ma pensée ; je
songeais à la personne heureuse à laquelle il avait
déjà peut-être donné sa foi, et dont il portait l'image
dans son cœur. Et quand je l'ai revu près de la
source, il me semblait qu'un des immortels paraissait à mes yeux satisfaits. Je l'ai suivi de si bon
cœur lorsqu'il a voulu m'engager à vous servir !
Je veux l'avouer encore; durant notre route, un
espoir a flatté mon âme, celui de mériter peut-être
un jour sa main, lorsque je serais parvenu à me
rendre indispensable au bonheur de votre maison.

Hélas! je vois seulement à cette heure les dangers auxquels je m'exposais en vivant près de celui
pour qui j'avais un secret penchant; je vois à cette
heure la grande distance qui se trouve entre une
fille dénuée de biens et un jeune homme opulent,
fût-elle la première de son sexe par son mérite.
J'ai fait tout cet aveu pour que vous ne mécon-
naissiez pas le cœur qui a été blessé, circonstance à
laquelle je dois d'avoir pu faire un retour sur moi-
même : sans elle, mon sort eût été de cacher mes
vœux intimes, de voir votre fils bientôt amener dans

sa maison son épouse; et comment eussé-je alors pu
supporter mes peines secrètes? Heureux avertisse-
ment! mon secret est échappé de mon sein lorsque le mal n'est pas sans remède. Que tout soit
révélé. Rien ne doit me retenir plus longtemps ici
où je me vois confuse, agitée, où j'ai fait le sincère
aveu de mes sentiments et de ma folle espérance.
Ni la nuit qui se couvre au loin de nuages amonce-
lés, ni le tonnerre roulant qui retentit à mon oreille,
ni les torrents de pluie qui se précipitent du ciel
sur les campagnes avec violence, ni le bruissement
des vents orageux, rien n'arrêtera mes pas. J'ai soutenu tous ces assauts dans notre fuite désastreuse
et près de l'ennemi qui nous poursuivait. Je vais
m'exposer encore à ce qui peut m'arriver sur la
terre, comme j'y suis accoutumée depuis longtemps,
saisie, entraînée par le tourbillon du temps où
nous sommes, qui me sépare de tout. Vivez heureux, je ne resterai plus un moment, le sort en est
jeté.

En achevant ces mots elle se retirait précipitamment et dirigeait ses pas vers la porte, ayant encore
son humble paquet, lorsque la mère entourant de
ses bras la jeune fille et la retenant :

— Dis, s'écrie-t-elle stupéfaite, que signifient
tout ceci et tes larmes inutiles? Non, je ne te laisse
point aller, tu es la fiancée de mon fils; je n'en veux
pas d'autre.

Le père mécontent regardait la fille éplorée, et il dit avec humeur :

— Ainsi, pour prix de toute ma complaisance, ce qui m'est le plus désagréable doit m'arriver à la fin du jour ! car rien ne me révolte plus que les pleurs des femmes, les cris passionnés, qui rendent inextricable ce qu'un peu de raison débrouillerait plus facilement. Je ne puis être témoin plus long-temps de cette étrange scène ; conduisez-la vous-même à sa fin, je me retire pour me coucher.

Se tournant aussitôt, il voulait se rendre à la chambre où était son lit nuptial, et où le sommeil lui faisait goûter le repos ; mais son fils le rete-nant :

— Mon père, lui dit-il d'une voix suppliante, ne précipitez rien, et ne soyez point irrité contre la jeune fille. Je dois seul porter la peine de tout ce trouble, que cet ami, trompant mon attente, vient d'augmenter encore par sa feinte. Prenez la parole, homme vénérable, vous à qui j'ai confié mon bon-heur ; loin d'ajouter à nos tourments, veuillez tout éclaircir ; car l'estime respectueuse que je vous porte s'affaiblirait si les peines d'autrui, au lieu de vous engager à l'exercice de votre haute sagesse, n'étaient pour vous que le sujet d'une joie maligne.

— Quelle prudence, dit le pasteur avec un sou-rire, eût mieux réussi à tirer du cœur de cette excellente enfant l'aimable aveu que nous venons

d'entendre, et à nous dévoiler son caractère ? Ta
tristesse ne s'est-elle pas aussitôt convertie en joie,
en ravissement? Parle-lui donc toi-même: lui faut-
il d'autres éclaircissements que les tiens?

Alors Hermann s'avançant vers Dorothée :

— Ne regrette point tes larmes et cette douleur
passagère, lui dit-il avec tendresse; elles confirment
mon bonheur, et, je l'espère, le tien. Je ne suis
pas venu à la fontaine pour proposer à l'étrangère,
à la fille la plus accomplie, d'être notre servante,
j'y suis venu pour obtenir ton cœur et ta main. Mais,
hélas! mon œil intimidé n'a pu voir quel était le
penchant de ton cœur; je n'ai aperçu dans tes regards que de l'amitié lorsque tu m'as salué dans le
paisible miroir de la source. Te conduire dans notre
maison était déjà la moitié de mon bonheur. Veuille
le rendre parfait; oh! que je puisse bénir ce moment!

Elle lève vers le jeune homme des yeux où règne
l'émotion la plus tendre, et ne se refuse pas à cet
embrassement et à ce baiser, le comble des délices
lorsqu'il est pour des amants le gage longtemps désiré du bonheur futur de leur vie, bonheur qui leur
paraît alors illimité.

Le pasteur avait tout expliqué aux autres. Mais
la jeune fille s'avance, pleine de grâce vers le père,
s'incline devant lui, pénétrée de respect et d'affection, et lui baisant la main qu'il retirait :

— Que la justice, dit-elle, vous fasse pardonner à celle qu'une erreur a troublée, les larmes de la douleur et les larmes de la joie. Oh! pardonnez-moi la sensibilité à laquelle d'abord je me suis livrée; pardonnez-moi aussi celle que j'éprouve en ce moment, et laissez-moi le temps de me reconnaître dans le bonheur inopiné qui m'arrive, et que chacun ici partage. Oui, que ce premier chagrin, causé par moi qu'une surprise a égarée, soit le dernier. Le service fidèle auquel la servante s'était engagée, et que l'affection lui aurait allégé, vous sera rendu par votre fille.

Aussitôt le père l'embrasse, en cachant ses larmes. La mère s'approche d'elle avec confiance, et la baise tendrement: leurs mains, l'une dans l'autre, se serrent en signe d'amitié ; les deux femmes en pleurs gardaient le silence.

Alors le bon et judicieux pasteur se hâte de saisir la main du père, et lui tire, non sans peine, du doigt potelé, l'anneau nuptial ; il prend l'anneau de la mère, et unit les deux jeunes gens.

— Que ces anneaux d'or, dit-il, soient destinés à former l'étroite union d'un second hymen, aussi heureux que le premier ! Hermann est pénétré d'amour pour Dorothée; elle avoue qu'il est l'objet de ses vœux. Je vous unis donc en ce moment, et vous bénis pour le reste de vos jours, par la volonté d'un

père et d'une mère, et sous les yeux de ce témoin
notre ami.

Le voisin aussitôt s'incline vers eux, et leur
adresse ses sincères souhaits. Mais le pasteur, en
voulant attacher l'anneau au doigt de la jeune personne, aperçoit avec étonnement celui qu'elle y portait, et qu'Hermann a considéré avec tant d'inquiétudes lors de leur rencontre près de la source.

— Quoi ! dit-il avec enjouement, ce sont donc
ici tes secondes fiançailles? Pourvu que le premier
fiancé ne se présente pas à l'autel pour s'opposer à
votre union !

— Oh! souffrez, répond-elle, que je consacre un
moment à ce souvenir : l'homme vertueux qui, à
son départ, me donna cet anneau, et qui ne revit
pas ses foyers, le mérite bien. Il prévit tout, lorsque l'amour de la liberté et le désir de consacrer
ses forces à la grande révolution l'entraînèrent à
Paris, où il trouva la prison et la mort.

« Vis heureuse, me dit-il, je pars; tout s'agite
sur la terre, tout semble se disjoindre; les bases
fondamentales des États les plus solides se rom-
pent, l'héritage abandonne l'ancien possesseur,
l'ami se sépare de l'ami, l'amant même de son
amante. Je te laisse en ce lieu, et si jamais je t'y
revois, — mais qui peut le savoir? ce sont peut-
être les dernières paroles que je t'adresse. On l'a
dit avec raison, et on doit le dire à présent plus

que jamais, l'homme n'est qu'un étranger sur la
terre ; le sol ne nous appartient plus, les richesses
passent de mains en mains ; l'or et l'argent des
maisons et des temples se fondent, se dégagent de
leurs formes anciennes et sacrées ; tout est en mouvement, comme si l'univers, dont la structure semblait consommée, voulait briser ses liens pour re-
brousser dans le chaos et la nuit, pour en sortir sous
une forme nouvelle. Tu me conserveras ton cœur,
et si jamais nous nous retrouvons sur les ruines
du monde, nous serons des êtres renouvelés, libres,
à l'abri des coups du sort ; car celui qui aura franchi
de tels jours, qu'est-ce qui pourrait encore l'entraîner? Mais si nous ne sortons pas tous deux vain-
queurs de ces orages, si c'est la dernière fois que je
t'embrasse, oh ! que mon image soit présente à ta
pensée, et attends avec la même égalité d'âme le bonheur et l'infortune. Si une nouvelle patrie et un
nouveau lien t'appellent, reçois avec gratitude les
avantages que la fortune t'aura destinés ; aime ceux
qui t'auront donné leur amitié, sois reconnaissante
envers tes bienfaiteurs ; mais que la prudence guide
tes pas ; ne t'expose pas à l'amertume d'une seconde perte. Que tes jours te soient chers ; cependant n'attache pas à la vie un plus grand prix qu'aux
autres biens, il n'en est point qui ne soient trompeurs. »

Telles furent ses paroles, et cet homme à l'âme

18

noble ne reparut plus à mes yeux. Je perdis ensuite tout ce que je possédais, et je me suis bien
souvent rappelé ses exhortations. J'y pense encore
en ce moment où l'amour me prépare ici le bonheur, où l'espérance m'ouvre le plus riant avenir.
Oh ! pardonne, mon excellent ami, si en serrant
ton bras je tremble encore. Je suis comme le nau-
tonier, auquel le sol le plus solide, qu'enfin il
aborde, paraît chancelant.

Elle dit, et place l'anneau qu'elle vient de recevoir près de celui qu'elle portait.

Mais Hermann, dont l'âme est aussi intrépide que
tendre :

— Dorothée, dit-il, que notre union, dans ce
bouleversement général, soit d'autant plus solide
et durable ; opposons ensemble aux malheurs notre
courage ; songeons à conserver des jours qui doivent nous être chers, et la possession des biens qui
peuvent les embellir. Celui dont l'esprit vacille en
des temps où tout s'ébranle, étend le désastre ; mais
celui dont l'âme est inaltérable se crée lui-même
un monde où il règne.

Il n'est pas digne des Germains de propager ce
moment épouvantable, ni de flotter tour à tour d'un
sentiment à l'autre. Ceci est à nous, c'est notre
bien ! que personne n'y touche ! c'est ce qu'il nous
faut dire et soutenir. On loue encore les peuples
intrépides qui s'armèrent pour la défense de leur

patrie, de leurs lois, de leurs parents, leurs femmes, leurs enfants, et qui résistant jusqu'au dernier succombèrent dans la lutte. Nous sommes l'un
à l'autre, et maintenant tout ce qui est à moi m'appartient doublement et m'est plus cher que jamais ;
je ne veux point le posséder avec crainte et trouble,
mais avec assurance et courage. Si les ennemis
nous menacent encore cette année ou dans un
temps plus éloigné, viens me présenter mes armes
et m'en revêtir. Persuadé, comme je pourrai l'être,
que mon père, ma mère et ma maison seront les
objets de tes soins, oh! j'opposerai aux dangers un
cœur intrépide. Si tous nous étions animés des
mêmes sentiments, la force s'opposerait à la
force et nous jouirions bientôt des bienfaits de la
paix.

FIN

TABLE

—

	Pages
PRÉFACE	I
WERTHER......................................	1
HERMANN ET DOROTHÉE......................	207

IMPRIMERIE GÉNÉRALE DE CHATILLON-SUR-SEINE, JEANNE ROBERT.

www.ingramcontent.com/pod-product-compliance
Lightning Source LLC
Chambersburg PA
CBHW070259030726
47505CB00004B/860